VERSACE SPIELT MIT FEENSTAUB: ROMAN

SOPHIE VANDERBILT - BAND 2

ANNA CAMILLA KUPKA

BUTTERFLY PUBLISHING

Umschlaggestaltung: Melinda De Ross
Redaktion: Mona Gabriel

Sophie und Aishley schlendern durch die Nationalgalerie in London und schauen sich eher beiläufig die Werke der alten Meister an.

„Ich weiß nicht, was die alle mit den Holländern haben", seufzt Aishley und betrachtet mit gerunzelter Stirn ein von Rembrandt gemaltes Porträt. „Mich deprimieren diese greisen Männer. Wer kann schon an der Abbildung dieses Fossils interessiert sein? Da weiß ich mir doch die farbenfrohen Werke der Italiener zu schätzen. All das Blau, Rot und Gold, da kommen Magie und Lebensfreude durch. Die Werke der Holländer sind mir einfach zu dunkel. Na ja, ein pragmatisches Volk halt", seufzt sie und wendet sich kopfschüttelnd ab.

Sophie muss grinsen.

„Vielleicht erinnern dich die Bilder alter Männer ja an den guten alten Maurice", sagt sie. Aishleys adeliger Ex-Freund war zwar selbst nicht alt, aber sein Landgut hing voller dunkler Porträts seiner Ahnen. „Und die Lebensfreude der Italiener ähnelt eher Nicolai", fügt sie lächelnd hinzu, mit Bezug auf Aishleys äußerst attraktiven Freund, den sie bei einem gemeinsamen Trip nach Mailand kennengelernt hat.

Sofort hellt sich Aishleys Miene auf.

„Ah, Nicolai", sagt sie gedehnt und blickt selig ins Leere, „was für ein Traum von einem Mann. Da habe ich wirklich Glück gehabt. Dass ich einmal solch einen Mann an meiner Seite haben würde, das hätte ich mir in hundert Jahren nicht träumen lassen."

Wären sie jetzt in einem Comic, so kämen Herzchen aus Aishleys Augen geflogen, so verträumt schaut sie.

Hätte sie sich nicht träumen lassen ... das ist natürlich Quatsch, denkt Sophie schmunzelnd. Aishley erträumt sich immer nur das Beste, etwas anderem gibt sie gar keinen Raum. Aber Sophie zieht es vor zu schweigen. Sich mit Aishley auf eine Diskussion einzulassen hat meist keinen Sinn. Aishley gewinnt sowieso immer.

„Apropos Lebensfreude", sagt Aishley jetzt ungeduldig, „lass uns rausgehen. Es ist so herrliches Wetter und wir vertrödeln unsere Zeit zwischen diesen verstaubten Typen hier. Komm, ich will ein Eis."

Sophie lässt sich gerne in der Nationalgalerie inspirieren und genießt auch die Ruhe dort, die gleich wieder dahin ist, sobald man auf den trubeligen Trafalgar Square davor hinaustritt. Seit Sophie ihr Designatelier gleich um die Ecke von Aishleys Fotostudio hat, treffen sich die beiden regelmäßig zu ausgiebigen Mittagessen und schlendern danach gerne noch ein wenig durch das Museum. Sophie tut dies gut.

Aber Aishley hat recht. Es ist ein wunderschöner Apriltag und sie sollten die Sonnenstrahlen genießen. Einige besonders geschäftstüchtige Eisverkäufer haben tatsächlich schon ihre Stände aufgebaut und es liegt diese ganz besondere Energie in der Luft, die nur die ersten Sonnentage mit sich bringen. In diesen Stunden liebt Sophie London ganz besonders. Daher folgt sie Aishley jetzt anstandslos nach draußen, wo sie kurz stehen bleibt und die Augen schließt, um die wärmende Sonne auf ihr Gesicht scheinen zu lassen. Dann gehen die beiden zum Eisverkäufer, der sich am niemals abreißenden Touristenstrom am Trafalgar Square eine goldene Nase verdient und holen sich jede ein riesiges Eis, das sie auf den Steinstufen sitzend genießen.

„Woran denkst du?", fragt Aishley Sophie, die heute ungewöhnlich ruhig ist.

„An Yoga", sagt Sophie.

„An Yoga?", wiederholt Aishley erstaunt. „Wieso denn das?"

„Ich überlege, damit anzufangen. Ich war doch letzte Woche mit Patrick im Ballett und komme einfach über diese Grazien dort nicht hinweg. Unglaublich, wie dehnbar die waren. Im Vergleich bin ich so steif und ungelenk! Und dabei bin ich doch noch keine alte Frau! Mit Ballett werde ich jetzt wohl nicht mehr anfangen, ich glaube, der Zug ist abgefahren, aber Yoga ist doch gar nicht so weit davon entfernt. Das Tanzen fehlt da zwar, aber die Beweglichkeit allein würde mir genügen. Und es soll ja auch gut für die Seele sein." Sophie macht eine nachdenkliche Pause und fährt dann fort. „Aber Patrick ist seit unserem Ballettabend ganz eigenartig. Ich weiß nicht, was mit ihm los ist, aber ich kriege kein vernünftiges Wort mehr aus ihm heraus und er ist unvorstellbar grummelig. Ist sonst gar nicht so seine Art."

Patrick ist Sophies Freund, den sie letztes Jahr kennengelernt und zunächst nur für ihren Vermieter gehalten hat. Er hat sich dann aber als überaus erfolgreicher Geschäftsmann entpuppt und Sophie geholfen, ihre Kollektion auf den Markt zu bringen. Dies wiederum ermöglichte es ihr, ihren Job als Moderedakteurin aufzugeben und sich ganz ihrer Designkarriere zu widmen. Ihre erste Kollektion war von Coco Chanel inspiriert, die über Gott, ja, wirklich – Gott! – mit ihr kommuniziert hat und ihr eine Vielzahl unbezahlbarer Ideen geliefert hat. Gott ist seitdem bei Sophie geblieben und plaudert gern weiterhin mit ihr. Natürlich nur in ihrem Kopf und Sophie hat bisher auch niemandem von diesen Konversationen erzählt – noch nicht einmal Patrick oder Aishley. Es ist einfach zu absurd. Coco Chanel hingegen hat sich verabschiedet und sich offensichtlich im Himmel anderen Projekten zugewandt. Aber das ist kein Problem. Denn nachdem Sophie sich letztes Jahr in Mailand Inspiration für ihre nächste Kollektion geholt hat, hat sogleich Gianni Versace angeboten, ihr hierfür Pate zu stehen. Wiederum vermittelt durch Gott natürlich.

„Die Leute werden ja denken, du bist verrückt", meldet sich da auch schon die vertraute Stimme in ihrem Kopf zu Wort. „Ich bin zwar in aller Munde, aber es wird dir doch trotzdem niemand glauben, dass du einfach so mit mir sprichst. Das wirst du denen schon besser erklären müssen."

Dafür habe ich jetzt keine Zeit, antwortet Sophie in ihrem Kopf. *Sie werden entweder das erste Buch lesen oder es einfach hinnehmen müssen, dass du mit mir sprichst. Um ehrlich zu sein, so ganz glaube ich es ja auch immer noch nicht.*

Gott seufzt. „Gut, mach was du willst. Wunder dich nur nicht, wenn sie alle abspringen ..."

Damit schweigt er und es meldet sich stattdessen Aishley zu Wort. Und zwar nicht nur als Stimme in Sophies Kopf, sondern leibhaftig in Person.

„Yoga, he? Wieso auch nicht, hier wimmelt es ja nur so vor Studios. Viele Tänzer gehen wohl auch ins Yoga, da kannst du dir dann täglich deine Inspiration holen."

Das Nationalballett hat sein Zuhause im königlichen Opernhaus und dieses liegt gleich bei ihnen in Covent Garden, sie sind quasi Nachbarn. Da ist es kein Wunder, dass viele der Tänzerinnen und Tänzer sich in einem der nahe gelegenen Yogastudios fithalten.

„Aber du hast doch gerade letztes Jahr erst mit dem Laufen begonnen", fährt Aishley fort. „Von einem totalen Sportmuffel zu einem joggenden Yogi, ist das nicht ein bisschen viel?"

„Nein, das kann man gut kombinieren", antwortet Sophie. „Es schwebt mir schon länger vor, aber seit letzter Woche nimmt es konkretere Formen an. Ich glaube, ich schaue mir heute Nachmittag mal ein paar Studios an."

„Okay, ich mache mit", sagt Aishley ungewohnt nachgiebig. „Wenn du dich anmeldest, dann melde mich mit an."

„Wirklich?", fragt Sophie erstaunt und erfreut. Normalerweise lässt Aishley sich von ihr nicht so schnell beeinflussen und beäugt Sophies Aktivitäten eher mit Misstrauen. ‚Ein gesundes und meistens angebrachtes Misstrauen' würde Aishley es wohl nennen. Sophie ist da anderer Meinung. Aber gemeinsam mit ihrer Freundin würde das Yoga natürlich viel mehr Spaß machen.

„Ja, wirklich", bestätigt Aishley. „Und jetzt sag, wieso Patrick so komisch ist. Was ist passiert?"

„Ach, Aish, wenn ich das nur wüsste", antwortet Sophie

nachdenklich. „Aber ich weiß es wirklich nicht. Und ich komme auch nicht drauf. Am Anfang dachte ich noch, es sei das Zusammenziehen, aber das glaube ich nicht mehr wirklich. Mit dem Wohnungsprojekt haben wir ja schon vorher begonnen und er war die ganze Zeit ganz normal, ja, sogar enthusiastisch. Er ist wirklich erst seit dem Ballettabend so eigenartig. Ich erkenne ihn kaum wieder.“

Am Anfang wohnten Sophie und Patrick in zwei Wohnungen direkt übereinander, dann wollten sie irgendwann zusammenziehen. Aber Sophie liebt das Haus auf der Kensington Church Street, und so haben sie sich entschieden, die Wohnungen einfach zusammenzulegen. Da Patrick der Eigentümer des Hauses ist, war dies theoretisch kein Problem, doch die Umsetzung stellte sich als Albtraum heraus. Seit Wochen wohnen sie nun schon in einem Hotel um die Ecke, und ihr Haus ist eine einzige Baustelle. Glücklicherweise ist ihre Nachbarin, Mrs Larsson, sehr tolerant und verbringt während der Arbeiten vermehrt Zeit bei ihren Töchtern außerhalb Londons. Patrick hat ihr zudem für ein paar Monate die Miete erlassen. Jetzt gehen die Arbeiten langsam ihrem Ende zu und in ungefähr zwei Wochen sollten sie wieder einziehen können. Aber nun verhält sich Patrick so eigenartig und Sophie hat schon überlegt, ob er womöglich die Entscheidung, mit ihr zusammenzuziehen, bereut hat oder auf dem engen Raum in der Hotelsuite festgestellt hat, dass sie doch nicht so gut zusammenpassen. Aber wie gesagt, wenn sie ehrlich zu sich ist, dann glaubt sie das nicht wirklich. Dafür verstehen sie sich viel zu gut. Normalerweise zumindest. Und Patrick ist ein Mann von Klarheit, keiner, der seine Meinung immer wieder ändert. Jedenfalls war dies bislang so. Daher muss es eine andere Erklärung für sein eigenartiges Verhalten geben. Wenn sie nur wüsste, was es sein könnte ... Doch jetzt wird sie auch nicht draufkommen. Daher schüttelt sie den Gedanken ab, steht auf und macht sich mit Aishley auf den

Rückweg, die eine in ihr Fotostudio, die andere in ihr Designatelier.

In ihrem Atelier angekommen schaut Sophie sich glücklich um. Was für ein Traum ist für sie wahr geworden! Letztes Jahr war sie noch Moderedakteurin bei der Zeitschrift *Look&Style* und hat über die Entwürfe und die Kreativität anderer Leute berichtet. Dann hat die Trennung von ihrem Exfreund Oliver sie in eine tiefe Krise gestürzt und als selbst Gott ihre Misere nicht mehr mit ansehen konnte, meldete dieser sich zu Wort und versuchte auf seine manchmal etwas nervtötende Art, Sophie aus ihrem emotionalen Loch zu locken. Was Sophie anfangs für unmöglich hielt, hat sich dann tatsächlich bewahrheitet. Nicht nur ist sie über Oliver hinweggekommen, sondern sie hat ihre Energie in ihre eigene Kreativität geleitet und eine Kollektion entworfen, die jetzt exklusiv bei Harrods erhältlich ist und sich verkauft wie warme Semmeln. Das Konzept hinter Sophies Entwürfen ist, dass sich alle Teile mit an- und abknöpfbaren Details umgestalten lassen. So kann ein Pullunder mit angeknöpften Ärmeln zu einem Pullover umgewandelt werden, einem Pullover mit Rundausschnitt kann dann wiederrum ein Rollkragen angeknöpft werden, kurze Röcke werden zu langen, und schlichte Blusen können mit Elementen wie anknöpfbaren Manschetten, Krägen und Ähnlichem abgewandelt und verfeinert werden. Ein kreatives Konzept, das zudem dem heutigen Bedürfnis nach Individualität und Nachhaltigkeit entspricht. Die letzten Monate hat sie größtenteils mit der Vermarktung ihrer ersten Kollektion zugebracht, aber jetzt merkt sie, dass es sie wieder in den Fingern juckt und sie abermals kreativ tätig werden möchte. Die fertige Kollektion braucht ihre Hilfe nicht mehr, sie ist zum Selbstläufer geworden. Die zweite wartet jetzt darauf, das Licht der Welt zu erblicken. Aber bevor es so weit ist, muss erst einmal entworfen und genäht werden. Vor ihr liegt eine Menge Arbeit. Zeit, dass Versace ihr zu Hilfe kommt. Es läuft doch alles besser mit ein bisschen Zuspruch von oben. Aber seit letztem Jahr hat sie von Versaces Angebot nichts mehr von Gott gehört. Ob dieser in seinem Alter wohl vergesslich wird? Aber da ertönt in ihrem Kopf schon stolz die vertraute Stimme Gottes:

„Gianni Versace, meine Liebe, ist hier bei mir und dir zu Diensten. Puh, dieses Parfum. Ich versinke in einer Geruchswolke. Immer ein wenig zu viel des Guten, der Mann. Zurückhaltung ist nicht gerade seine Stärke. Die Vögel sind immer ganz stoned, wenn sie an seiner Wolke vorbeifliegen. Also, sag mir, falls er sich in den nächsten Wochen zu sehr einmischt. Er ist ein ganz schöner Naseweis und manchmal etwas vorlaut. Nicht so vornehm wie Coco (damit meint Gott Coco Chanel, in die er sich übrigens ziemlich verknallt hat, aber das ist eine andere Geschichte), aber dafür recht energievoll. Ich bin froh, ihm jetzt eine Aufgabe zu geben, dann lenkt er die Engel nicht nonstop mit irgendwelchen verrückten Ideen ab. Ständig will er sie in Gold und Glitter kleiden, dabei müssen sie sportlich angezogen sein, um ihren Job vernünftig ausführen zu können. Sie brauchen keine ornamentalen Gewänder, über die sie eh nur stolpern würden. Aber Gianni lässt sich nicht von seiner verklärten Vorstellung vom Himmel mit pausbäckigen, in Samt und Seide gekleideten Engeln abbringen und weigert sich schlichtweg, unsere eher bescheidene und funktionale Art hier oben zu akzeptieren. Und ich merke, dass Gabriel durchaus anfällig für diese Hirngespinste ist. Letztens tauchte er doch tatsächlich in einem blau-goldenen Gewand mit riesiger Kapuze auf. Er sah aus wie ein Magier - lächerlich. Und während Gianni begeistert klatschte, krümmten sich die anderen vor Lachen. Ich wäre vor Schreck fast aus dem Himmel gefallen. Da trainiert man die Engel jahrelang und mit eiserner Disziplin und dann kommt so ein Tausendsassa daher und setzt ihnen Flausen in den Kopf. Wir sind doch hier nicht in Disneyland! Nun ja, um die Geschichte kurz zu machen: Er langweilt sich hier oben ein bisschen und wirft mir ständig vor, ich hätte ihn zu schnell zu mir geholt. Aber was weiß er denn schon. Wie ihr selber sagt: Die Wege des Herrn sind unergründlich."

Dabei kichert Gott vor sich hin und Sophie fragt sich, ob Kichern in diesem Kontext wirklich angebracht ist. Aber Gott scheint sich nie wirklich um politische Korrektheit zu scheren. Wieso auch, er ist ja schließlich Gott.

„Eben", antwortet dieser auf ihre Gedanken hin, „und daher würde ich dir auch tunlichst raten, mein Erinnerungsvermögen nicht in Frage zu stellen. Also gut, lass uns loslegen, Gianni freut sich schon, bei euch da unten wieder mitmischen zu können. Er kann es gar nicht erwarten!"

Und so legt Sophie ihre Ideen und Gedanken Gott und Gianni Versace dar, zeigt ihnen, was sie bisher schon entworfen hat und verliert sich in einer Brainstorming Session mit den beiden. *Endlich wieder im Flow,* denkt sie. *Wurde auch Zeit!*

Nach drei Stunden hat Sophie genug und braucht frische Luft und einen Kaffee. Sie verabschiedet sich von Gianni und Gott, um sich einen Kaffee zum Mitnehmen zu holen und ein passendes Yogastudio zu suchen. Eines hat sie schon im Kopf, das direkt um die Ecke von ihrem Atelier ist und quasi gleich neben dem Opernhaus und somit auch dem Ballett. Das wird für ihre Inspiration Gold wert sein! So geht sie mit ihrem Kaffee in der Hand dorthin und spürt sogleich, dass sie hier richtig ist. Ein luftiges, helles Studio, dabei gemütlich und vertrauenserweckend. Im Foyer lungern ein paar yogagestählte Mädels herum und die Frau an der Rezeption begrüßt Sophie herzlich und stellt sich als Lisa vor. Sie arbeitet nicht nur an der Rezeption, sondern ist auch eine der Yogalehrerinnen. Dann führt Lisa sie durch das Studio, erklärt ihr die unterschiedlichen Yogaarten und geht den Stundenplan und die Preisliste mit ihr durch. Es ist nicht gerade günstig, aber ihre Kollektion ist inzwischen so erfolgreich, dass sich Sophie momentan um Geld keine Sorgen machen muss. Also sagt sie spontan und freudig erregt zu. Auch Aishley meldet sie mit an und nimmt sich vor, gleich am nächsten Tag ihre Yogakarriere zu starten.

Als sie abends in ihr Hotelzimmer zurückkommt, ist Patrick nicht da, aber sie findet eine Notiz von ihm vor: „Muss unser Dinner heute leider absagen, da ich Geschäftstermin habe. Warte nicht auf mich, kann später werden. xx P." Sophie runzelt die Stirn. Wieso hat er nicht einfach angerufen oder ihr eine Nachricht geschickt? Die einzige Erklärung, die sie dafür hat ist, dass er sich nicht auf eine Diskussion einlassen wollte. *Aber ich hätte doch gar keine Diskussion angefangen*, denkt Sophie grübelnd. Schließlich weiß sie, dass Patrick sich manchmal spontan mit Geschäftspartnern treffen oder mit ihnen essen gehen muss und sie würde ihm da nie einen Vorwurf draus machen. Daher ist sein Verhalten umso erstaunlicher. Wenn sie ehrlich ist, ist es ihr gar nicht unrecht, dass sie heute Abend allein zu Hause bleiben und sich entspannen kann. Sie hat in letzter Zeit viel gearbeitet und ein Abend Ruhe wird ihr auch mal guttun. Damit schält sie sich aus ihren Klamotten, nimmt eine Dusche und cremt sich dick ein, bevor sie sich aufs Bett legt und den Fernseher einschaltet. Sie merkt, wie Entspannung und Müdigkeit sich über sie legen. Nur Patricks eigenartiges Verhalten nagt an ihr und verhindert, dass sie sogleich einschläft.

Dann muss sie aber doch irgendwann eingenickt sein, denn als sie am nächsten Morgen aufwacht, liegt Patrick neben ihr und küsst zärtlich ihre Schulter. Sie atmet innerlich auf. Es scheint doch alles gut zu sein zwischen ihnen, vielleicht hat sie sich sein eigenartiges Verhalten einfach nur eingebildet. Oder sie ist schlichtweg überarbeitet. Sophie dreht sich zu ihm hin und küsst ihn verschlafen. Dann wandern seine Hände an ihrem Körper herab und für die nächste Stunde denken die beiden an nichts anderes mehr als an einander. Als sie sich schließlich voneinander lösen und Patrick zufrieden lächelnd ins Bad geht, ruft er ihr durch die offene Tür zu:

„Was hast du heute für Pläne?"

„Ach, bei mir beginnt endlich wieder eine kreative Phase", ruft Sophie freudig zurück. „Ich habe mich lange genug um den Verkauf der ersten Kollektion gekümmert, das läuft jetzt wie geschmiert. Jetzt wird es wieder Zeit, produktiv zu werden. Habe gestern schon begonnen und kann es kaum erwarten, heute weiterzumachen. Aber zunächst muss ich mir ein Yogaoutfit kaufen, ich fange nämlich mit Yoga an", fügt sie lachend hinzu. „Direkt beim königlichen Opernhaus. Da sind auch einige Tänzerinnen vom Nationalballett, das wird gut für meine Motivation sein."

Aus dem Bad kommt nichts zurück. Hat er sie schon wieder vergessen?

„Hallo, Patrick, huhu, hörst du mich?", ruft Sophie fröhlich, endlich von der Last befreit, dass mit ihrer Beziehung etwas nicht stimmen könnte.

„Doch, doch, ich habe dich gehört", kommt es von Patrick eher verhalten zurück. Dann steht er in der Tür und sieht sie stirnrunzelnd an. „Aber ich verstehe nicht ganz, wieso du mit Yoga anfängst, du gehst schließlich schon regelmäßig laufen. Reicht das nicht für den Moment?"

Sophie schaut erstaunt auf. Das passt so gar nicht zu Patrick. Sonst unterstützt er sie immer in allem, was sie macht, und dass sie ständig neue Dinge ausprobiert, liebt er eigentlich an ihr. Er nennt es ihre ‚niemals enden wollende Lebensfreude'. Wieso verhält er sich jetzt so merkwürdig?

„Patrick, was ist los?", fragt sie leicht irritiert. „Was kannst du denn schon für ein Problem damit haben, dass ich mit Yoga anfange? Solltest du dich nicht freuen, dass deine

Freundin etwas für ihren Körper tut? Ich kann auch dick und fett werden, wenn dir das lieber ist, und werde nicht mehr aus dem Bett aufstehen können und du wirst mich füttern müssen. Mit einer Schnabeltasse!"

„Sophie, deine Figur ist prima, so wie sie ist. Ich verstehe nur nicht, wieso du diesem Trend nachlaufen musst. Ich dachte, du seist eine, die Trends setzt, nicht eine, die ihnen folgt. Dieser ganze Yoga-Hype ist doch total bescheuert."

Sophie runzelt die Stirn – wiederum, die Worte passen nicht zu Patrick. Er ist sonst so entspannt und hat allem gegenüber eine gelassene Haltung. Ganz sicher würde er sich nicht über etwas so Unwesentliches aufregen wie darüber, dass Sophie jetzt mit Yoga beginnt. Sie merkt, wie sich Widerstand in ihr regt.

„Weißt du Patrick, du verhältst dich wirklich komisch in letzter Zeit. Um genau zu sein seit unserem Ballettabend. Was ist da nur passiert? Habe ich etwas falsch gemacht? Habe ich mich danebenbenommen? Zur falschen Zeit applaudiert? Zu laut applaudiert? Zu leise? War ich nicht dankbar genug für die Einladung? Nicht begeistert genug? Zu begeistert? Was war es? Such dir aus dem unbegrenzten Pool der Möglichkeiten eine heraus. Von mir aus auch mehrere. Aber bitte mach deinen Mund auf, sag mir endlich, was los ist, und benimm dich nicht so seltsam. Das bist doch nicht du. Es macht mich wahnsinnig!"

„Ach so, zum Yoga kommt jetzt also auch noch Hellsehen hinzu", antwortet Patrick genervt. „Was du nur so alles weißt, Sophie. Ich bin also plötzlich nicht mehr ich. Was kommt als Nächstes? Wirst du uns demnächst morgens die Tarotkarten legen? Vielleicht wäre mir eine dicke Freundin doch lieber als eine, die jetzt unter die Esoteriker geht. Und wenn du mich jetzt bitte in Ruhe lassen würdest, ich muss meine persönliche Geisterbeschwörung machen. Alleine!"

Und damit schlägt er resolut die Badezimmertür zu. Sophie seufzt. Zu früh gefreut. Sein eigenartiges Verhalten hält also an. Aber damit wird sie sich jetzt nicht beschäftigen. Wenn Patrick nicht mit der Sprache herausrücken will, so ist das seine Sache. Sie hat bei ihrem letzten Freund genug Zeit damit zugebracht, das Verhalten von Männern analysieren zu wollen und ihre eigenen Handlungen in Frage zu stellen. Nicht mehr. Davon hat sie jetzt genug. Wenn es etwas gibt, das Patrick ihr zu sagen hat, so kann er dies tun, ohne sie zu beleidigen oder sich wie ein Kleinkind zu benehmen. *Ist sein Problem, nicht meins,* denkt sie wütend. Blöd nur, dass sie gerade jetzt dabei sind zusammenzuziehen. *Ist das Timing vielleicht doch nicht so gut gewählt?*, fragt sie sich verunsichert. *Ist doch alles zu schnell gegangen?* Sie haben sich gleich so wohl zusammen gefühlt, da sind sie vielleicht doch ein bisschen schnell vorgeprescht. Vielleicht wäre es besser gewesen, noch ein paar Monate zu warten. Aber für diese Überlegungen ist es jetzt zu spät. In zwei Wochen sollen die Arbeiten in der Wohnung abgeschlossen sein und Sophie ist jetzt schon dabei, eine Einweihungsparty zu planen. Wenn Patrick also plötzlich Zweifel kommen, so hätte er sich das früher überlegen sollen. Er ist schließlich erwachsen. Damit steht sie entschlossen auf, wartet, bis Patrick aus dem Bad kommt, und stürmt dann an ihm vorbei ins Badezimmer. Sie würde sich nicht nur ein Yogaoutfit kaufen, sondern gleich drei! Mindestens! Jawohl, das hat er davon, so kann sie dann jeden Tag trainieren gehen! Sophie duscht und schminkt sich, zieht sich ein weit geschnittenes, luftiges Outfit von ba&sh an und macht sich dann auf den Weg in Richtung Atelier. Patrick war schon weg, als sie aus dem Bad kam. Ohne Verabschiedung. Sie scheinen also wirklich ein Problem zu haben. Sie haben sich vorher noch nie gestritten. Kleine Meinungsverschiedenheiten, das schon, aber einen richtigen Streit gab es zwischen ihnen noch nie. Sophie seufzt. Das Liebemachen von eben fühlt sich schon wieder so weit weg an, auch wenn sie meint, seine Finger noch auf ihrem Körper spüren zu können ...

. . .

Auf dem Weg beschließt Sophie, kurz bei Harrods vorbeizufahren und mit Rose den Status ihrer Kollektion zu besprechen. Außerdem können sie so noch ein bisschen quatschen. Rose war letztes Jahr noch die Assistentin der Chefeinkäuferin von Harrods, hat ihre Aufgaben aber dermaßen engagiert und vertrauensvoll ausgeführt, dass sie jetzt zur stellvertretenden Einkäuferin für den Bereich Fashion&Beauty befördert wurde. Sie macht ihren Job mit solch einem Einsatz, dass Sophie keine Zweifel hat, dass sie innerhalb der nächsten Jahre in die Fußstapfen von Jolanda Waters, der gegenwärtigen Chefeinkäuferin von Harrods, treten wird. Sophie und Rose haben letztes Jahr bei der Einführung von Sophies Kollektion so eng zusammengearbeitet, dass sie gute Freundinnen geworden sind. Zudem war Rose die Erste, die die Intrige von Melissa durchschaut hat, einer ehemaligen Kollegin von Sophie, die ihr nicht nur den Freund, sondern auch ihre Kollektion unter der Nase wegschnappen wollte. Während alle anderen sich von Melissas Charme anstecken ließen, hat Rose von Anfang an gespürt, dass etwas faul war. Ihre Freude, als die Wahrheit ans Licht kam, war so unverkennbar, dass Sophie es ihr nie vergessen wird. Und jetzt ist Rose in einen Mann nach dem anderen verliebt und keiner von denen tut ihr gut. Genau wie Sophies Ex ihr damals nicht gutgetan hat. Daher hofft sie, dass sie Rose ein wenig dabei helfen kann, wieder aus der Sache herauszukommen. Sophies eigenes Leben ist ein ganz neues geworden, seit sie nicht mehr mit einem Mann zusammen ist, der sie lediglich als Option ansieht und sonst gnadenlos seine eigenen Interessen verfolgt. Sie wünscht daher auch Rose, dass sie von diesen egoistischen Kerlen loskommt und sie und Aishley tun alles, damit Rose sich mal mit vernünftigen Männern trifft. Aber all ihre Bemühungen haben bislang nicht gefruchtet. Denn so gut ihre Intentionen auch sind, sie führen zu immer absurderen Geschichten und schon mehr als ein Mal haben die beiden bereut, dass sie Rose nicht ganz vom Daten abgehalten haben. Denn so gut Rose auch in ihrem Job ist, wenn es um Männer geht, ist sie hoffnungslos tollpatschig oder hat einfach kein Glück. Was ist Sophie da immer froh, dass sie Patrick an ihrer Seite hat, und Aishley schwebt, seit sie mit dem wunderschönen Nicolai liiert ist, sowieso konstant auf Wolke sieben.

Als Sophie bei Rose ins Büro kommt, umarmt diese sie herzlich.

„Sophie, wieso hast du denn vorher nicht angerufen, dann hätte ich mir doch mehr Zeit genommen. Jetzt muss ich gleich in ein Meeting. Aber einen Kaffee mit dir lasse ich mir nicht nehmen, so viel Zeit muss sein."

Sophie lässt sich in den ihr angebotenen Stuhl fallen.

„Also, was gibt es Neues? Irgendwelche Tinder-Dates?", fragt sie Rose.

Seit Rose auf der Dating-Plattform Tinder ist, gibt es ständig neue Geschichten zu erzählen. Sie trifft einen Mann nach dem anderen und die Geschichten werden von Woche zu Woche skurriler. Die Stadt scheint keine normalen Männer mehr hervorzubringen oder Rose zieht zielsicher jeden verfügbaren (und nicht verfügbaren) Neurotiker Londons an. Welches von beiden hier der Fall ist, da ist sich Sophie noch nicht sicher. So schneit sie regelmäßig in Roses Büro herein, um mit ihr vermeintlich die Kollektion zu besprechen, aber wenn die beiden ehrlich sind, so ist dies doch meistens ein Vorwand, um sich über Roses Männergeschichten auszutauschen. Danach ruft Sophie dann Aishley an, und die beiden besprechen kopfschüttelnd, wie sie Rose wieder auf den rechten Weg bringen können und wo man einen akzeptablen Typen für sie herbekommen könnte. Aber vielleicht muss Rose ja erst einmal diesen ganzen Zirkus über sich ergehen lassen, bevor der Richtige kommt.

„Also, erzähl schon“, fordert Sophie sie jetzt auf. „Es muss doch etwas Neues geben.“

„Ach, frag nicht“, stöhnt Rose. „Es wäre ja alles ganz amüsant, wenn es dabei nicht um meine Gefühle ginge. Das kann doch nicht sein, Sophie. Ich würde ja verstehen, wenn über fünfzig Prozent der Männer, die ich treffe, nichts sind. Und mit *nichts* meine ich *absolut nichts*. Okay, auch siebzig Prozent würde ich noch verstehen. Aber hundert Prozent? Hundert Prozent, Sophie? Das kann ja wohl nicht sein! Ach, was sage ich da - 120 Prozent! Nein 180 Prozent! 180 Prozent aller Männer, die ich treffe, sind Nieten, anders kann ich es nicht ausdrücken. Zum Beispiel letzte Woche: Der eine war mindestens zehn Jahre älter, als er angegeben hat. Und dabei war sein offiziell angegebenes Alter schon grenzwertig für mich. Aber was soll's. Meine Ansprüche sinken rapide und stetig. Daher hätte ich selbst akzeptiert, mich mit dem Klon meines Großvaters zu treffen – auch wenn ich bei dem Date die ganze Zeit gebetet habe, dass mich keiner sieht. Der Kellner fragte wirklich ‚Und ihre Tochter hätte gerne ...?'. Ich dachte, ich versinke vor Scham im Erdboden. Egal, auch das hätte ich noch hingenommen. Bettler können nicht wählerisch sein. Aber als mein ‚Date' mich dann empört anschaute und meinte, ich sähe ja viel älter aus als auf meinen Bildern, ob ich es gut fände, die Leute so zu täuschen, da ist mir doch die Hutschnur geplatzt. Ich habe mich wie im Film auf die Toilette geschlichen und bin durch die Hintertür abgehauen. Der Kellner hat mir dabei geholfen, er war sehr verständnisvoll und wunderte sich kein bisschen über meine Entscheidung. Das war also Nummer eins, ein guter Start in die Woche und ich kann voller Freude berichten, dass es nicht schlimmer wurde. Nur genauso schlimm. Zum Beispiel das Date mit dem Typen, der gar nicht so schlecht aussah, aber mich gleich nach den ersten zwei Sätzen fragte, ob ich auf Fesselspielchen und Swingerclubs stehe. Nach zwei Sätzen! Dann wollte er wissen, was ich für Unterwäsche trage und ob ich überhaupt welche trage. Das kann doch nicht gesund sein, Sophie?"

„Was, keine Unterwäsche zu tragen?", gibt Sophie gemurmelt zurück. „Nein, das ist bei dem Wetter wohl noch recht frisch. Da kann man sich eine Blasenentzündung holen."

„Nicht keine Unterwäsche tragen, Sophie. Ich pfeife auf Unterwäsche oder keine Unterwäsche! Aber hier eigenhändig die Unterwelt Londons zu Tage zu fördern und sich Abend für Abend mit ihnen abzugeben und sich auch noch für sie zurechtzumachen, das kann doch nicht gesund sein! Der dritte – und das war auch noch der Akzeptabelste von denen - sagte mir allen Ernstes, ich hätte doch eher kräftige Waden, das würde einer Frau nicht wirklich bekommen. Und für den habe ich mir extra ein sündhaft teures Kleid zugelegt, weil es schon unser zweites Date war und er zumindest nach dem ersten Date nicht wie *Jack the Ripper* wirkte. Das war schon ein klarer Aufstieg verglichen mit dem, was ich sonst gewohnt bin! Und dann so was! Wie kommt er dazu, meine Beine zu kritisieren? Seine eigenen sehen so aus wie die von den Zwergen, die sie im Zirkus auftreten lassen und da sagt er mir, ich hätte kräftige Waden und ob man da nicht etwas machen könnte! Ich kann einfach nicht mehr, Sophie, diese Kerle machen mich fertig. Patrick und Nicolai darf es eigentlich offiziell gar nicht geben, du und Aishley scheint die beiden einzigen auch nur einigermaßen respektablen Exemplare der Spezies Mann abbekommen zu haben. Ich wette, die sind nicht echt. Die haben Außerirdische erschaffen und zu Versuchszwecken hier auf die Erde geschickt. Männer mit Anstand und Charakter. Genau zwei an der Zahl. Und ihr habt sie euch geschnappt. Wie habt ihr das nur geschafft?", stöhnt Rose sichtlich verzweifelt. „Es ist so unfair uns anderen gegenüber!"

Sophie ist ein wenig verlegen. Sie fühlt sich etwas schuldig, haben sie und Aishley Rose doch überredet, sich auf Tinder anzumelden. „Aktiv zu werden", haben sie es genannt.

„Selbst ist die Frau“, so waren ihre Schlachtrufe, nicht ahnend, dass dies zu einer Horrorgeschichte nach der anderen führen würde.

„Statistisch gesehen muss es bald besser werden“, murmelt Sophie jetzt. „Mehr Horrortypen kann es in London nicht geben. Zumindest nicht mehr viele. Die Durststrecke ist bald zu Ende, das verspreche ich dir. Sie muss einfach bald zu Ende sein, sonst verliere ich auch noch den Glauben an die Menschheit.“

„Nein, nein, nicht die Menschheit“, gibt Rose zurück, „die ist schon ganz okay. Nur die Mannheit. Also lediglich die Hälfte der Bevölkerung, das gibt doch Hoffnung. So, ich muss jetzt los, mein Meeting hat offiziell schon begonnen.“

Damit packt sie ihre Sachen zusammen und rauscht Richtung Tür. „Wir sprechen später?“, ruft sie über ihre Schulter und ist damit auch schon verschwunden.

Noch in Roses Büro sitzend wählt Sophie Aishleys Nummer.

„SOS“, sagt sie, als Aishley ans Telefon geht.

„Geht es um Rose?“, fragt Aishley sofort zurück.

„Ja, es wird einfach nicht besser. Im Gegenteil. Immer schlimmer. Sie scheint jeden Freak in London anzuziehen. Langsam mache ich mir Sorgen, dass sie wirklich mal an einen richtig Verrückten gerät. Und dann sind wir beide schuld daran, weil wir sie überredet haben, sich in den Dating-Ring zu werfen. Bald werden wir den Clowns, die sie jetzt so an Land zieht, noch hinterherweinen, warte es nur ab. Aish, wir müssen da eine Lösung finden, so geht es nicht weiter.“

„Deine Party!“, antwortet Aishley.

„Was? Welche Party?“

„Na, die Einweihungsparty. Irgendwann wird euer trautes Heim doch mal fertig sein, da laden wir ein ganzes Bataillon von ehrenwerten Herren ein. Überlass das nur mir. Und selbst wenn ich wieder in den alten Adelsgefilden wühlen muss, irgendetwas finden wir schon."

Sophie seufzt. „Trautes Heim, schön wär's. Im Moment ist es mit Patrick eher wie auf einem Minenfeld. Aber damit will ich dich nicht langweilen. Was viel wichtiger ist: Wir haben heute Nachmittag unsere erste Yogastunde, reiß dich also von deiner Dunkelkammer los und triff mich in einer Stunde vor dem Laden mit den süßen Yogaklamotten, damit wir uns dort vernünftig ausstatten können."

„Oh Gott, es ist dir also wirklich ernst", erwidert Aishley. „Aber okay, wir sehen uns dann in einer Stunde." Und damit legt sie auf. Wie Aishley es immer tut. Ohne Verabschiedung.

EINE STUNDE später treffen sich die beiden Freundinnen vor dem Laden, der alle Arten von Yogaartikeln verkauft und den süßen Namen *It's a Yogi's World* trägt. Sophie und Aishley sind schon oft davor stehen geblieben, da all die niedlichen Sachen sie magisch anziehen, und Sophie überlegt, ob die Aussicht, diese Klamotten zu tragen, sie in ihrem Wunsch, zum Yoga zu gehen, eventuell unterstützt hat. Und ob dies nicht auch der ausschlaggebende Grund gewesen ist, dass Aishley so schnell zugesagt hat. Aber jetzt ist keine Zeit, darüber nachzudenken, und die beiden stürzen sich in das kleine Paradies und wühlen sich durch die Stangen voller Outfits für schlanke, gestählte Körper. Sophie stellt sich vor, wie sie sich bald darin wie eine Schlange winden wird. Dann wird Patrick bestimmt kein Problem mehr damit haben, dass sie unter die Yogis gegangen ist.

„Was für Schuhe brauchen wir?", fragt Aishley jetzt.

„Gar keine", antwortet Sophie augenverdrehend. „Yoga macht man barfuß."

„Das ist doch nicht dein Ernst?", fragt Aishley sie fassungslos. „Igitt! Sag mir nicht, dass ich mir freiwillig eine Horde nackter, schwitzender Füße angucken werde."

„Doch, wirst du", antwortet Sophie ungerührt. „Aber denk auch an die knackigen Hintern, die sich oberhalb dieser Füße befinden, da wirst du den Rest schnell vergessen. Vor allem bei den männlichen Tänzern, die aus dem Ballett kommen", grinst Sophie.

„Okay, überredet", gibt Aishley ungewohnt schnell nach. „Brauchen wir eine Yogamatte?"

„Nein, die werden gestellt. Das Einzige was wir brauchen ist ein Top und eine Hose."

„Oder viele Tops und viele Hosen", sagt Aishley mit glänzenden Augen, während sie wie in Trance ein Teil nach dem anderen vom Ständer reißt und mit einem riesigen Haufen Outfits in der Umkleidekabine verschwindet. Als sie herauskommt, lässt sie zwei Teile zurück, den Rest wirft sie der Kassiererin zum Bezahlen hin.

„Ich will doch noch eine Yogamatte", sagt sie nun herrisch. „Ich will keine, auf der andere schon mit ihren schwitzenden Füssen standen. Egal wie knackig der dazugehörige Hintern ist", erklärt sie der verblüfften Kassiererin. Auch Sophie schaut sie mit großen Augen an. „Aish, mit dieser Auswahl kannst du jeden Tag des Jahres zum Yoga gehen und jeden Tag ein neues Outfit anziehen. Meinst du nicht, dass du etwas übertreibst? Sollten wir nicht erst mal ausprobieren, ob es uns überhaupt Spaß macht?"

„Du von allen Menschen solltest dich doch am meisten freuen, wenn die Leute Mode kaufen", gibt Aishley schnippisch zurück. „Außerdem mache ich die Sachen, die ich mache, richtig und nicht nur halbherzig. Ich hätte auch gerne diese kleine, süße Glocke dort", befiehlt sie der Verkäuferin, „und außerdem diese hübsche Kette mit den bunten Kugeln. Für meine Freundin bitte auch eine. Ach was, wir nehmen beide zwei, man weiß nie, wozu man sie gebrauchen kann."

„Das sind sogenannte Malas, buddhistische Gebetsketten", erklärt die Verkäuferin schüchtern.

„Sehr gut", antwortet Aishley, „davon kann man nie genug haben. Werfen sie gleich noch ein paar dazu."

Nachdem auch Sophie ihre zwei Outfits bezahlt hat und die Eine bepackt wie ein Esel, die Andere mit einem kleinen Einkaufstäschchen aus dem Laden kommen, verabreden sie sich für drei Uhr zu ihrer ersten Yogastunde. Bis dahin muss Sophie aber wirklich noch ein bisschen arbeiten.

Sie ist vor ein paar Tagen bei ihrem Lieblingshändler für Textilien gewesen und hat sich dort Stoffe angeguckt, die sie für ihre neue Kollektion verwenden möchte. Eigentlich mag sie es schlicht, aber die jetzige Kollektion, von Versace und Italien inspiriert, wird pompöser ausfallen als anfangs geplant. Sie hat Ornamente in satten Grün-, Blau- und Orangetönen vor ihrem inneren Auge und natürlich Gold. Was wäre Versace ohne Gold, und Knöpfe passen natürlich auch bestens zu dem Stil. Diesmal werden auch die Knöpfe nicht so dezent sein wie bei der letzten Kollektion, sondern auffälliger, dominanter. Dazu passen auch die Ideen, zu denen sie ihre häufigen Besuche im Museum inspiriert haben. Gerade die von Aishley so gelobten Künstler wie Michelangelo und Da Vinci regen immer wieder Sophies Fantasie an und lassen ihr Herz höherschlagen. Ihre Kollektion wird diesmal auch Capes enthalten, eine Art Poncho, der je nach Knöpfart entweder kurze oder lange Ärmel haben kann und an dem man eine große Kapuze oder einen Fellkragen anbringen kann. Alles ganz edel gemacht. Und Blusen wird es natürlich geben. Die Stoffe eignen sich wunderbar für Blusen, vor allem für weich fallende Seidenblusen und auch hier kann man wie bei der letzten Kollektion wieder Manschetten und Krägen an- und abknöpfen. Schwarz mit Gold. Ornamente in Gold. Weiß mit Silber und Gold. Manchmal geht es mehr ins Griechische, aber das macht nichts. Erst einmal passt es zu Versace, der sich sehr vom Griechischen inspirieren ließ, und zudem muss sie sich an keine Vorgaben halten, das ist ja das Schöne an der Kreativität. Keiner sagt ihr, was sie zu tun hat, sie entscheidet ganz alleine.

„Na, da kennst du Gianni aber noch nicht", wird ihr Gedankenfluss prompt von Gott unterbrochen. „Wenn Signore Versace nicht gehört wird, kann er ganz schön knatschig werden. Wenigstens musst du im Gegensatz zu mir seine wild gestikulierenden Arme nicht ertragen. Das macht mich ganz fertig. Sie sind schlimmer als Windmühlen. Kann er nicht einfach mit Worten reden? Ich hätte den Italienern kürzere Arme geben sollen. Aber dann wären sie womöglich alle stumm. Oder würden stattdessen ihre Beine einsetzen. Die müsste ich dann auch noch kürzen. Und so wie ich die kenne, hätten sie keine Bedenken, dann zur Bekräftigung ihrer Argumente mit ihrem besten Stück zu wedeln. Und das kann ich ganz sicher nicht kürzen. Dann wüsste der Italiener nicht mehr, wer er ist. Es würde zu einer nationalen Identitätskrise führen."

„Und das würde Aishley dir niemals verzeihen", sagt Sophie lachend. „Ihren Nicolai mit kurzen Armen würde sie möglicherweise noch akzeptieren, eventuell sogar mit kurzen Beinen, aber alles andere würde das Maß doch überschreiten."

„Du hast recht", stöhnt Gott jetzt. „Ich habe das ja immerhin schon bei Berlusconi versucht und schau, was mir das gebracht hat. Nur daran zu denken lässt mich schon schaudern. Ich sollte wirklich nicht mehr so viel herumexperimentieren, das Risiko, dass etwas schief geht, ist einfach zu groß. Und irgendwie werden die misslungenen Exemplare alle Politiker, ich habe noch nicht herausgefunden, woran das liegt. Du siehst also, selbst Gott ist manchmal ratlos."

Sophie lacht. „Aber um auf Gianni Versace zurückzukommen: Ich kann ihn ja leider weder sehen noch hören. Diese Ehre gebührt alleine dir, und du darfst dich mit ihm und seinen Launen auseinandersetzen. Aber es ist schön, dass du für mich übersetzt."

„Herr im Himmel, was habe ich mir da nur angetan", sagt Gott und Sophie kann förmlich hören, wie er die Augen verdreht. Sie jedenfalls freut sich auf die weitere Zusammenarbeit mit Versace, knatschig oder nicht, gestikulierend oder nicht. Inspirierend ist er allemal. Und wer kann schon behaupten, mit Gianni Versace zusammengearbeitet zu haben? Und das im 21. Jahrhundert!

UM VIERTEL vor drei trifft sie Aishley vor dem Yogastudio.

„Sophie, wir sind alt. Bald sind wir nicht mehr relevant!", begrüßt diese sie aufgebracht.

„Wovon redest du? Wir sind alles andere als alt und ich fange gerade erst an, relevant zu werden. Also, was ist los?"

„Wir müssen auf Social Media sein."

„Ich bin auf Social Media! Ich bin auf Facebook! Also, erzähl mir nichts von alt!"

„Facebook ist für Omas, das zeigt, wie du der Zeit hinterherhinkst. Aber ich spreche auch nicht von uns persönlich, ich spreche von unserem Business. Wir müssen auf Instagram sein. Du musst deine Mode und ich meine Fotos dort posten. Ohne geht es einfach nicht mehr."

„Puh, meinst du?", antwortet Sophie. „Das habe ich mir ehrlich gesagt auch schon überlegt, aber ich habe einfach keine Zeit für so was. Und eigentlich auch keine Lust. Und ganz sicher habe ich kein Talent zur Selbstvermarktung. Tief im Herzen bin ich nämlich schüchtern."

„Das tut hier nichts zur Sache", antwortet Aishley brüsk. „Auf deine Kinkerlitzchen können wir keine Rücksicht nehmen. Sonst landen wir im Armenhaus. Ob du willst oder nicht, die Welt ist heute nun einmal digital und wenn wir nicht wie zwei alte Schachteln rüberkommen wollen, dann müssen wir auf Instagram sein. Keine Widerrede! Deine

Sachen werden mittlerweile von einer ganzen Reihe Berühmtheiten getragen und wer weiß davon? Keiner! Nur du freust dich immer in deinem stillen Kämmerlein allein vor dich hin. Kein anderer weiß davon. Diese Dinge gehören auf Instagram! Und ich? Mein Beruf und meine Leidenschaft sind die Fotografie und ich bin noch nicht einmal auf der beliebtesten Fotoapp der Welt vertreten. Das kann ja wohl nicht sein. Es ist regelrecht peinlich. Also habe ich mir überlegt, dass du und ich uns eine Social Media Managerin teilen werden, die das für uns macht. Eine Praktikantin. Jung und hipp. Wird auch nicht viel kosten. Sie wird froh über die Gelegenheit sein und es wird auf ihrem Lebenslauf super aussehen. Ich habe mir erlaubt, schon einmal eine Annonce zu posten."

„Einfach so?", fragt Sophie verblüfft. „Ohne mich überhaupt zu fragen?"

„Ja, ohne dich zu fragen. Ich wusste ja, dass das wieder zu einer Diskussion ausarten wird. Und wir können nicht noch mehr Zeit verlieren. Die Bewerbungsgespräche beginnen morgen, es wäre schön, wenn du dabei sein könntest. Ich habe schließlich die zündende Idee gehabt und alles eingeleitet. Ich kann nicht alles alleine machen."

„Und wo soll diese Person sitzen?", fragt Sophie überrumpelt." Ich kann zumindest bei mir im Atelier niemanden gebrauchen, der mir über die Schulter guckt. Ich brauche Ruhe."

„Da siehst du wieder, wie altmodisch du bist. Diese ‚Person' wird eine Frau sein. Und sie kann easy von zu Hause aus arbeiten oder aus einem Café. Bei mir ist außerdem auch noch Platz. Sorg dich da mal nicht drum. Es wäre nur hilfreich, wenn du ein paar existierende Fotos zur Verfügung stellen könntest und der jungen Dame ab und an Zugang zu deinem Atelier geben könntest, damit sie dich ein wenig bei deinem Schaffensprozess begleiten kann – natürlich ohne in deine geheiligte Privatsphäre einzudringen. Und natürlich ohne irgendwelche Geheimnisse im Voraus zu veröffentlichen, das ist selbstredend. Aber die Atmosphäre eines Modeateliers einzufangen, das wäre schon interessant, auch für zukünftige Designerinnen. Du musst auch an die nächste Generation denken und darfst nicht so egoistisch sein."

Bevor Sophie sich noch darüber brüskieren kann, in einem Atemzug als alt, irrelevant und egoistisch bezeichnet worden zu sein, brüllt Gott enthusiastisch in ihr Ohr:

„Ich habe da genau die richtige Person für euch! Ich werde sie auf jeden Fall bei euch vorbeischicken."

Hättest du sie dann nicht gleich schicken können, dann müssten wir jetzt nicht den ganzen Bewerbungsprozess über uns ergehen lassen!, fragt Sophie in ihrem Kopf. *Das hätte uns vielleicht etwas Zeit gespart.*

„Nein, das gehört dazu", antwortet Gott schulmeisterhaft. „Ihr Menschen habt euch eure unsinnigen Prozesse zusammengeschustert und das muss ich akzeptieren. Auch wenn ich mich immer wieder darüber wundere, wie ihr auf diese zum Teil abstrusen Ideen kommt. Aber es ist nicht meine Aufgabe, eure Entscheidungen in Frage zu stellen. Also werde ich meine Kandidatin so wie es sich gehört, zum Vorstellungsgespräch schicken."

Wie heißt sie denn?, fragt Sophie in ihrem Kopf.

„Das sag ich nicht, würde schließlich den ganzen Prozess noch unsinniger machen", antwortet Gott auf seine altkluge Art. „Ihr müsst zumindest das Gefühl haben, dass ihr euch aus freien Stücken für sie entscheidet."

Sophie verdreht die Augen. An Aishley gewandt fragt sie: „Und wieso bist du so davon überzeugt, dass es eine ‚sie' sein muss und nicht ein ‚er'? Und dass sie jung sein muss? Ist das nicht ein bisschen macho?"

„Im Gegenteil", antwortet Aishley selbstbewusst. „Durch die ganze Rose-Geschichte habe ich so genug von Machos, dass ich keinen weiteren in meinem Studio ertragen kann. Und es ist ja nicht immer auf den ersten Blick ersichtlich, mit wem man es zu tun hat. Stell dir mal vor, es ist ein Psycho! Zudem ist es irgendwie intim, jemanden so an seinem Leben teilhaben zu lassen. Da fühle ich mich mit einer Frau wohler. Außerdem unterstütze ich gerne Frauen. Frauenpower und so, du weißt schon. Spice Girls."

Und damit fängt sie an *Wannabe* von den Spice Girls zu singen, der beste Weg, um Sophie zur Kapitulation zu bewegen. Denn inmitten von Aishleys zahlreichen Talenten ist Singen ganz sicher keines davon und Sophie würde fast alles dafür tun, um ihre Freundin zum Schweigen zu bringen. Vor allem da jetzt auch Gott, ein ebenso passionierter wie untalentierter Sänger, lauthals mitschmettert. Eine entschlossene Aishley und ein leidenschaftlicher Gott, unter diesem Druck hätte Sophie so gut wie allem zugestimmt.

„Gut, gut, wir machen es", sagt sie schließlich. „Hör nur mit diesem Gejaule auf."

Ihr beiden, denkt sie jetzt, an Gott gewandt.

„Ich jaule nicht", sagt Gott beleidigt.

Sophie verdreht wieder die Augen. Dass der nur immer so dünnhäutig sein muss! Aishley hingegen grinst zufrieden. Sie weiß, sie hat gewonnen. Mal wieder. Da ist ihr jedes Mittel recht. Damit stolziert sie erhobenen Hauptes ins Yogastudio. In ihrer Vorstellung wartet die Yogamatte nur darauf, von ihr erobert zu werden. Aishley ist mal wieder auf einem Siegeszug.

Mittlerweile ist es fast drei Uhr und sie müssen sich sputen. Sophie ist ein wenig nervös wie immer, wenn sie etwas Neues beginnt. Sie hat sich vorher auf Youtube ein paar Yogaübungen angeschaut und so schwierig sieht es eigentlich nicht aus. Alles ist sehr fließend und wirkt eher weich und angenehm. Nicht wie diese verrückten Fitnessstunden, die sie so hasst, wo man herumspringen und seine Arme und Beine koordinieren muss, während man von einem lebenden

Drahtgestell angebrüllt wird, ständig über seine eigenen Füße stolpert, die Leute hinter sich aus dem Takt bringt und sich damit zu allem Überfluss genervte Blicke einfängt. Das ist so gar nicht ihr Ding. Da ist ihr das entspannte Yoga lieber, und einen schönen Körper scheint es auch zu machen. Sieht man ja an all den Stars. Damit schälen sie und Aishley sich aus ihren Anziehsachen und in die Yogaklamotten hinein. Eng sitzende, lange Hosen, ein Sport-BH und ein weiches Top darüber, mehr braucht man nicht. Dann marschieren sie barfuß in den Yogaraum, wo sich die anderen Teilnehmerinnen schon gekonnt auf ihren Yogamatten aufwärmen. Aishley hat ihre Yogamatte vergessen, aber das macht nichts. Es scheint ihr einfach ein gutes Gefühl zu geben zu wissen, dass sie eine hat. In dem Raum herrscht eine professionelle und ruhige Stimmung. Ein Mann ist auch dabei, aber leider nicht so eine Zuckerschnitte wie erwartet. *Egal. Was nicht ist, kann ja noch kommen*, denkt Sophie. Sie und Aishley fühlen sich in der fremden Umgebung etwas eingeschüchtert und trauen sich nicht, ihre vorher lauthals geführte Unterhaltung in derselben Lautstärke fortzusetzen. Weiter geht es also im Flüsterton. Zwei Matten sind noch frei, offenbar wurden sie vorher von der Yogalehrerin bereitgelegt. Sie sind jedoch ganz vorne und Sophie und Aishley schleichen unsicher um sie herum. Soll man sich wirklich gleich am ersten Tag ganz vorne hinstellen? Selbst Aishley ist jetzt unsicher, so erlebt man sie nicht oft. Aber andererseits ist sie auch nicht oft in einer ihr völlig unvertrauten Situation. Wenn es um Sport geht, so ist sie eine Läuferin. Nicht eine gemütliche Joggerin wie Sophie, sondern Aishley macht im Verein Leichtathletik und hält so ihre ranke und schlanke Figur. *Was hat mich nur dazu bewegt, jetzt plötzlich mit Yoga anzufangen*, denkt sie jetzt. Aber sie weiß es. Seit sie mit Nicolai zusammen ist, fühlt sie sich ständig so inspiriert, sie möchte einfach das Beste aus sich herausholen. Und dazu passt es nicht, sich steif wie eine alte Frau zu fühlen. Genau wie Sophie möchte sie in alle

Richtungen dehnbar werden und vielleicht sogar die Beine hinter ihrem Kopf verschränken können. *Das wird Nicolai sicher gefallen,* denkt sie grinsend. Und damit lässt sie sich auf einer der freien Matten nieder und Sophie tut es ihr nach. Jetzt kommt auch schon die Yogalehrerin herein, die zarte Grazie mit Tattoos an Knöcheln und Handgelenken, die Sophie schon bei der Anmeldung kennengelernt hat. *Vielleicht sollte ich mir solche auch mal zulegen,* denkt Sophie und versucht die Zeichen zu entziffern. Doch sie kann sie nicht lesen. *Sanskrit wahrscheinlich,* denkt sie beeindruckt und fühlt sich jetzt schon wie in einer anderen Welt.

„Ich heiße Lisa", beginnt Lisa mit den schönen Tattoos die Stunde. „Ist hier irgendjemand, der noch nie Yoga gemacht hat?"

Sophie und Aishley heben unsicher die Hand.

„Herzlich Willkommen, ihr beiden", sagt Lisa auf ihre weiche, liebevolle Art. Sophie fühlt sich gleich wohl bei ihr. „Macht mit, so gut ihr könnt, und wenn ihr eine Pause braucht, dann legt euch einfach hin. Keine Sorge, es wird immer leichter, umso länger man Yoga macht, und wir haben alle mal angefangen. Also, versucht einfach, es zu genießen und hört vor allem auf euren Körper."

Das hört sich doch schon ganz gut an, denkt Sophie. Aber das Ganze ist leichter gesagt als getan. Am Anfang geht es noch. Da machen sie ein paar Atemübungen und das ist genau so, wie Sophie sich Yoga immer vorgestellt hat. Sie sitzt im Schneidersitz auf ihrer Matte, bewundert die schöne Lisa in ihrer Anmut, atmet mal tief in den Bauch hinein und dann wieder aus dem Bauch heraus und dann immer abwechselnd von Nasenloch zu Nasenloch. Dabei hält man das jeweils andere Nasenloch zu und konzentriert sich auf den Punkt zwischen den Augenbrauen, das sogenannte dritte Auge in dem angeblich die Intuition sitzt. Sophie meint förmlich zu spüren, wie sich ihre Intuition weitet und weitet. Sie denkt kurz an Patrick. Vielleicht wird sie mit ihrer neugewonnenen

Intuition endlich sein eigenartiges Verhalten verstehen. Ganz von allein! Dann wird sie seinen Input gar nicht mehr brauchen. Wie praktisch das wäre! Doch dann wird ihr Gedankenfluss unterbrochen, denn Lisa fordert die Klasse auf, aufzustehen und sich zunächst vornüberzubeugen. Einfach den Oberkörper hängenzulassen. Das macht Sophie auch immer vor dem Laufen und bislang dachte sie, dass sie es eigentlich ganz gut macht. Aber als sie sich jetzt mit den anderen in der Klasse vergleicht, sieht sie, dass sie heillos steif ist. Während sie gerade mal mit Ach und Krach ihre Zehen berühren kann, haben alle anderen – von Aishley abgesehen – ihre Hände locker vor sich auf dem Boden liegen. Mit durchgestreckten Beinen und ohne sich vorher aufgewärmt zu haben! Sophie merkt, sie hat noch eine lange Yogareise vor sich! Und danach wird es noch unheimlicher. Sie müssen alle eine Liegestütze machen und zwar eine tiefe. Wenn Sophie etwas verabscheut, dann sind es Liegenstütze. Und diese schienen ein integraler Bestandteil von Yoga zu sein. Glücklicherweise lässt Lisa Gnade walten und erlaubt den beiden Neulingen, die Knie aufzustützen. Das macht es wesentlich einfacher. Ansonsten wäre Sophie jetzt schon zusammengebrochen. Jetzt geht es in die Position, die sie in ihren Yogavideos schon öfter gesehen hat und in der man auf allen vieren balancierend den Po in die Höhe streckt und die ‚der Hund, der nach unten blickt' heißt. Die Übungen habe alle eigenartige Namen, wie Sophie jetzt merkt. Aus dem nach unten guckenden Hund streckt man dann ein Bein nach vorne aus, stellt es auf, lässt das andere folgen und das Ganze geht von vorne los. Immer und immer wieder. Was so einfach aussieht, kann doch ziemlich ermüdend werden, aber bald merkt Sophie, dass sie im Flow ist und ihre Gedanken an alle anderen Sachen ausgeschaltet hat. Wie gut das tut! Zwischendurch kommt Abwechslung in den Sonnengruß, wie sich dieser Ablauf nennt, und sie machen Übungen, die erster Krieger, zweiter Krieger und dritter Krieger heißen. Letzterer bedeutet zu Sophies Schrecken mit vorgestrecktem Oberkörper auf einem Bein zu balancieren. Im Balancieren war Sophie schon immer schlecht und ferne Kindheitserinnerungen von vergeblichen Balanceversuchen auf dem Barren steigen in ihr auf. Und jetzt macht sie das freiwillig! Sie stöhnt. Aishley mit ihren durchtrainierten Beinen fällt die Übung hingegen leicht, sie sieht so zufrieden aus wie eine Katze, die gerade Milch geschleckt hat. Auf die Balanceübung folgen noch weitere Balanceakte, die Sophie eher an einen Zirkus statt an die Anmut des Balletts erinnern und bei denen sie wie ein Baum im Wind schaukelt und immer wieder umfällt. Dies scheint jedoch keine der anderen Teilnehmerinnen zu irritieren, sie sind dafür viel zu konzentriert. Außer ihr stehen alle auf ihrem einen Bein wie ein Fels in der Brandung und es sieht aus, als könnte selbst ein Bulldozer sie nicht zum Wanken bringen. Sophie kann sich nicht vorstellen, dass sie dies auch einmal können wird, aber die Hoffnung stirbt ja bekanntlich zuletzt. Dann kommen ein paar Übungen, bei denen man seine Wirbelsäule dreht, als würde man ein nasses Handtuch auswringen, während Arme, Beine und Kopf alle in unterschiedliche Richtungen zeigen, was Sophie heillos verwirrt. So eine elastische Wirbelsäule kann doch keiner haben! Ihre knackt zumindest schon und bricht wahrscheinlich gleich in der Mitte durch. Als sei das nicht genug, verwechselt sie außerdem ständig links mit rechts und muss von Lisa immer wieder korrigiert werden, was ihr extrem peinlich ist, besonders in Anbetracht von Aishleys schadenfrohem Grinsen. Dann geht es auf den Boden. Sophie ist erleichtert. Hier wird es bestimmt leichter! Weit gefehlt, wie sie bald merkt. Zunächst kommen diverse Bauchübungen, wobei es nicht gerade hilft, dass sie ihre Bauchmuskeln gefühlt hundert Jahre nicht mehr angespannt hat, während die anderen in der Klasse offensichtlich den ganzen Tag nichts anderes tun. Und dann geht es ans Strecken und Dehnen. In alle Richtungen. Dafür ist sie ja hier!

Doch während die anderen Teilnehmerinnen ihren Kopf scheinbar bequem auf ihre ausgestreckten Beine legen, hat Sophie das Gefühl, ihre Sehnen würden gleich durchreißen. Einfach so. Es wird einfach ‚Zack' machen, und dann sind sie durch. Im Akkord mit ihrer Wirbelsäule. Sie würden sie in einzelnen Stücken hier heraustragen müssen. Konnte sie wirklich so steif sein? Sie kommt sich vor wie eine Greisin und sieht sicherlich auch so aus. Von der Grazie, auf die sie hinarbeitet, ist sie zumindest noch weit entfernt. Aber sie versucht es immerhin!

„Keinen falschen Ehrgeiz entwickeln, vor allem die Neulinge", warnt Lisa jetzt und schaut die mittlerweile puterrote Sophie besorgt an. „Es darf ruhig etwas wehtun, aber auf einer Skala von eins bis zehn auf keinen Fall mehr als sieben. Wir wollen beim Yoga unsere Komfortzone verlassen, aber wir wollen uns auf gar keinen Fall verletzen. Also, besser, es langsam angehen lassen!"

Sophie wird noch röter und kommt sich vor wie eine ungelenke Streberin. Aber dann sieht sie, dass Aishley mindestens ebenso ungelenkig ist wie sie, und mit ebenso roher Gewalt versucht, ihren Kopf in Richtung Knie zu bewegen. Sophie muss grinsen. *Endlich mal etwas, das Aishley nicht kann,* denkt sie. Und dann ist die Stunde zu Ende und als letzte Übung dürfen sich alle auf ihren Matten ausruhen. Ach was, sie *müssen* ruhen. Lisa ist da beinhart und wird Sophie immer sympathischer. Shavasana nennt sich die Ruhestellung laut Lisa und wird von Sophie sogleich zu ihrer Lieblingsstellung erkoren. Es lebe Shavasana! Aber auch diese Entspannung ist irgendwann wieder vorbei, sie müssen sich wieder hinsetzen, chanten zusammen noch ein ‚Om', was Sophie sehr spirituell findet, und verneigen sich dann mit einem ‚Namaste' vor sich selber, vor den anderen und vor der Erde. Sophie hat das Wort vorher gegoogelt und gelernt, das Namaste übersetzt in etwa ‚ich verneige mich vor dem Göttlichen in dir' bedeutet, was sie sehr schön findet. Aber sie wird vielleicht noch ein wenig warten, bevor sie Patrick so begrüßt oder ihr Liebesspiel mit einem ehrerbietigen ‚Namaste' plus Verbeugung einleitet, denkt sie grinsend. Und während sie sich noch sein verblüfftes Gesicht vorzustellen versucht, ist ihre erste Yogastunde auch schon beendet. Alle desinfizieren ihre Matten mit einem dafür bereitgestellten Spray und legen diese dann zusammengerollt weg. Lisa kommt auf Sophie und Aishley zu.

„Gut gemacht, ihr zwei Yogis, ihr habt euch wacker geschlagen. Ich hoffe, ich sehe euch bald wieder."

Dann ruft sie zwei besonders schönen und gelenkigen Teilnehmerinnen zu:

„Ciao Tamara, ciao Roswitha, viel Spaß beim Tanzen heute Abend, nächste Woche komme ich mit Tim mal vorbei, euch zugucken."

An Sophie und Aishley gewandt sagt sie: „Die beiden tanzen im Ballett *Giselle* mit, es soll wohl eine traumhafte Aufführung sein, ihr solltet euch die unbedingt ansehen."

„Oh, ich war mit meinem Freund vorige Woche da", sagt Sophie aufgeregt, „und es ist tatsächlich traumhaft. Um ehrlich zu sein, war die Aufführung einer der Gründe, wieso ich Aishley überredet habe, mit mir zum Yoga zu gehen. Tanzen werde ich nicht mehr lernen, aber ein wenig Kraft und Beweglichkeit können mir sicherlich nicht schaden. Jetzt weiß ich auch, wieso die beiden mir so bekannt vorkamen", fügt sie hinzu. „Ich habe sie bei der Aufführung gesehen. Die eine hat die Hauptrolle getanzt, ich konnte das Opernglas kaum von den Augen nehmen, so verzaubert war ich von ihr. Selbst mein Freund, der sonst nicht viel für das Ballett übrighat, konnte seine Blicke kaum losreißen", sagt sie dann und denkt sich, wie eigenartig Patricks Verhalten schon an diesem Abend war. Von den Tagen darauf gar nicht zu reden ... Sophie und Aishley verabschieden sich von Lisa, bekunden ihr Vorhaben, am nächsten Tag wiederzukommen falls der

Muskelkater es erlaubt, und schweben förmlich aus dem Raum. Sie kommen sich sehr erhaben vor. Namaste!

Am Abend ist Patrick wieder mit Kunden essen, aber das wusste Sophie diesmal schon vorher. Er hat sie eingeladen mitzukommen, wie er es eigentlich fast immer tut, aber sie hat abgesagt. Erstens langweilt sie sich oft bei diesen Events und zweitens ist die Stimmung zwischen ihnen im Moment so angespannt, da braucht sie nicht noch den Druck, mit fremden Leuten kommunizieren und charmant sein zu müssen. Lieber trifft sie sich mit Aishley bei ihrem Lieblingsinder auf der Charlotte Street, gleich um die Ecke der Oxford Street. Dort lassen sie es sich auch heute bei diversen Köstlichkeiten gut gehen und widmen sich neben ihrer Yogaerfahrung ihrem momentanen Lieblingsthema – Rose und ihrem Liebesleben. Als sie sich schließlich verabschieden, erinnert Aishley sie noch daran, dass sie am nächsten Tag um elf Uhr die ersten Bewerbungsgespräche für ihre Social Media Managerin haben. Damit macht sie sich mit *Wannabe* auf den Lippen auf den Weg nach Hause und Sophie ist froh, in die andere Richtung verschwinden zu können. Zu Hause angekommen liegt Patrick schon im Bett und schläft fest, als sie hereinkommt. Als sie zu ihm ins Bett krabbelt, wird er jedoch wach, nimmt sie in den Arm und flüstert ihr zu: „Sorry für mein Benehmen heute Morgen, mein Yogi. Hat es Spaß gemacht?"

Sophie ist erleichtert. Aber das war sie heute Morgen auch schon kurz. Wie lange wird es diesmal anhalten?

„Ja, es war super, aber viel anstrengender, als ich dachte", antwortet sie. „Und es sind tatsächlich Tänzerinnen vom Ballett da. Ich sage dir, so etwas wie die hast du noch nie gesehen, da würden dir die Augen rausfallen!"

Und als hätte sie etwas Unpassendes gesagt, merkt sie, wie Patricks Körper sich versteift, er ihr noch einen Kuss gibt und sich dann wegdreht. *Was hat es nur mit diesem verdammten Ballett auf sich?*, überlegt Sophie. Dann schläft auch sie ein und träumt von wild schwankenden Bäumen im Sturm.

Am nächsten Morgen klingelt schon früh ihr Telefon. Es ist Rose.

„Es ist etwas passiert", flüstert diese in den Hörer.

„Was ist los?", fragt Sophie alarmiert und sofort hellwach. Horrorvorstellungen gehen ihr durch den Kopf, eine schlimmer als die andere.

„Sophie, ich glaube, ich habe einen netten Mann getroffen", sagt Rose und hört sich dabei fast ungläubig an. „Einen echt netten Mann. Gibt es das wirklich? Kann das wahr sein? Kann mir das wirklich passieren? Das passiert doch sonst nur anderen. Ich kann mein Glück kaum fassen. Er hat noch alle Haare, alle Zähne, keine Wampe, die über den Hosenbund schwappt und als ob das allein nicht schon Grund genug wäre, in Jubelschreie auszubrechen, scheint er wirklich ein Gentleman zu sein. Das heißt, er hat mich nicht beleidigt, hat nicht mit den Fingern gegessen, am Tisch nicht gerülpst, keine anzüglichen Bemerkungen gemacht, das Essen bezahlt – ja, das ganze Essen, nicht nur seine Hälfte – und mich nach Hause gefahren. Bis vor die Haustür gebracht. Nicht an der nächsten U-Bahnhaltestelle abgesetzt. Beim Auto hat er mir sogar die Tür aufgehalten. Sophie, sag mir, träume ich das oder ist es wahr? Warte, ich kneife mich mal kurz. Aua", schreit sie daraufhin. „Nein, ich scheine tatsächlich nicht zu träumen, auch wenn ich gerade auf Wolke sieben schwebe."

„Da schwebt schon Versace, da ist kein Platz mehr", grummelt Gott, aber Sophie hört nicht auf ihn. Ihr fällt ein Stein vom Herzen.

„Rose, ich freue mich ja so", jubelt sie. „Ich habe dir doch gesagt, dass deine Unglückssträhne bald enden wird. Sie sind ja schließlich nicht alle schlimm. Sag schon, wann seht ihr euch wieder?"

„Oh, Sophie, das ist ja das Allerbeste! Heute Abend schon! Er bringt mich wohl zu einem netten schnuckeligen Italiener und wer weiß, was dann passiert. Ich bin jedenfalls offen für alles", kichert Rose.

„Hat der Prinz auch einen Namen?", fragt Sophie.

Jetzt lacht Rose laut auf. „Du hast den Nagel auf den Kopf getroffen, beziehungsweise auf die königliche Krone. Er heißt tatsächlich Harry. Wie der echte Prinz. Ist zwar leider nicht ganz so sexy, aber dafür ist er mein eigener, ganz persönlicher Prinz Harry. Und ich bin seine Meghan Markle!"

Mittlerweile kichert Rose wie ein verliebtes Schulmädchen und Sophie lässt dies gerne durchgehen. Mit dem Wissen um die bisherigen Datingerfahrungen, die Rose durchstehen musste, ist ein bisschen Schulmädchengetue völlig in Ordnung.

„Ruf mich morgen früh sofort an und berichte mir jedes Detail", sagt Sophie jetzt also und legt erleichtert lachend auf. Sie freut sich für Rose, wirklich, aber gleichzeitig nagt ein leichter Zweifel an ihr und eine gewisse Unruhe steigt in ihr auf. Muss sich Rose denn immer gleich so in diese Sachen reinsteigern? Kann sie es nicht etwas langsam angehen lassen? Sobald der Typ nicht absolut inakzeptabel ist, hört Rose immer gleich die Hochzeitsglocken läuten und verschwindet in ihrer Märchenwelt. Nur leider sind dies dann oft die Männer, die ihr am meisten wehtun. So wie Sam, der Lieferant von Harrods, der ihr nur einmal schöne Augen machen musste und schon war Rose hin und weg und hat ihren fiktiven Kindern in Gedanken schon Namen gegeben. Dass er nebenbei noch mindestens eine, wenn nicht zwei andere Geliebte hat, hat sie dabei großzügig übersehen und geht auch heute noch willig mit ihm ins Bett, wenn er nur lange genug süße Worte säuselt ... und lange bedeutet in diesem Zusammenhang ein paar Minuten. Sophie hofft nur, dass dieser Prinz Harry wirklich das ist, was er vorgibt zu sein, denn sie weiß nicht, wie oft Roses Herz noch gebrochen werden kann, bevor diese endgültig aufgibt.

Patrick ist schon wieder früh unterwegs, er hat in letzter Zeit wirklich wahnsinnig viel zu tun. Aber Sophie freut sich schon auf heute Abend, denn sie sind bei Patricks Schwester Claire und ihrer Partnerin Lydia zum Essen eingeladen. Sophie liebt diese Abende. Davon mal abgesehen, dass sie so wieder Zeit mit Patrick verbringen kann, hat sie seine Schwester, eine smarte Meeresbiologin und deren Freundin, eine erfolgreiche Galeristin, ebenfalls ins Herz geschlossen. Und an den Abenden bei ihnen wird immer feinstes Essen und bester Wein serviert. Und natürlich gibt es gute Gespräche! Oft bis lange nach Mitternacht. Sophie wollte sich von den beiden auch noch Rat bezüglich der neuen Möbel einholen, die sie für die Wohnung kaufen will, da sowohl Claire als auch Lydia ein Faible und ein gutes Auge für Inneneinrichtung haben. Viele der von Lydia ausgestellten Kunstwerke drehen sich um das Thema Möbel und die stilvoll eingerichtete Wohnung der beiden spiegelt diese Leidenschaft perfekt wider. Außer ihr und Patrick sind ihre engen Freunde Danny und Rob eingeladen. Danny besitzt ebenso wie Lydia eine Galerie in Mayfair und Rob ist Banker in der City von London, ein Thema, das Sophie immer wieder einschlafen lässt und daher bei jeglichen Abendveranstaltungen tunlichst gemieden wird. Eigentlich wären auch Aishley und Nicolai eingeladen gewesen, aber sie haben schon lange einem Kollegen von Nicolai, der genau wie Nicolai für das Männermagazin GQ schreibt, ihre Hilfe bei seinem Umzug zugesagt. Aber auch ohne die beiden verspricht es, ein netter Abend zu werden. Sophie verbringt den Vormittag wieder mit der Arbeit an ihrer neuen Kollektion und genießt den Witz und Charme von Versace. Bisher versteht sie sich bestens mit ihm, egal was Gott sagt und wie oft Gott sich auch über dessen blumige Sprache empören mag. Sophie hingegen findet es erfrischend! Mittags geht sie dann eine Flasche Champagner, Blumen und ein schönes Badesalz für ihre Gastgeberinnen heute Abend kaufen. Sie isst nur wenig, denn später am Nachmittag ist sie mit Aishley wieder zum Yoga verabredet und sie hat schon gestern gemerkt, dass der Hund, der nach unten schaut auch ganz gerne mal nach unten spucken möchte, wenn er zu viel im Magen hat. Daher begnügt sie sich mit etwas Obst. *Aishley*, schießt es ihr siedend heiß durch den Kopf und sie schlägt sich vor die Stirn. Die Bewerbungsgespräche mit den Kandidatinnen für die Social-Media-Position hat sie völlig vergessen! Das ist sonst so gar nicht ihre Art. Aishley wird begeistert sein! Schnell wählt sie ihre Nummer und wie erwartet ist Aishley stinksauer. Aber dann lässt sie sich relativ schnell erweichen, nachdem sie merkt, dass Sophie den Termin nicht absichtlich verpasst, sondern lediglich versäumt hat. Es war wohl sowieso keine passende Kandidatin dabei, wie Sophie jetzt erfährt. An jeder hatte Aishley etwas auszusetzen und so ist eine weitere Bewerbungsrunde mit neuen Kandidatinnen für nächste Woche geplant. Diese darf Sophie dann auf keinen Fall verpassen! Dann treffen sich die beiden wieder zum Yoga und während sie sich umziehen, kommen auch die beiden Tänzerinnen Tamara und Roswitha in die Garderobe. Nachdem sie jetzt zum zweiten Mal da ist, fühlt Sophie sich fast schon wie ein alter Yoga-Fuchs und ihr Selbstbewusstsein ist erheblich gestiegen. Daher traut sie sich auch, die beiden anzusprechen, und schwärmt ihnen vor, wie begeistert sie von ihrer Performance letzte Woche war.

„Ich war mit meinem Freund Patrick da", erzählt sie ihnen enthusiastisch. „Er hat mir die Karten geschenkt. Und ich schwöre euch, ich konnte meine Blicke gar nicht von euch losreißen. Es war so anmutig anzuschauen und es sieht alles so einfach aus", schwärmt sie, um dann schnell hinzuzufügen

„dabei ist es wohl alles andere als das, es muss ja ungeheuer anstrengend sein."

Nicht dass die beiden noch denken, sie würde ihre Arbeit unterschätzen!

Aus den Augenwinkeln sieht sie, wie Aishley leicht die Augen verdreht. Sie kann Sophies manchmal kriecherische Art, wie sie es nennt, nicht leiden, aber Sophie ist das egal. Aishley hat ja schließlich die wundervolle Performance nicht gesehen, da würde sie genauso ins Schwärmen geraten! Die beiden Tänzerinnen fühlen sich offensichtlich geschmeichelt und nehmen das Lob gnädig lächelnd entgegen. Dann wenden sie sich wieder ihrem Gesprächsthema zu, wo es um einen Mann geht, in den die eine von ihnen offensichtlich verliebt ist und den sie gestern zum Kaffee getroffen hat. Ob die Geschichte jedoch so ausging, wie von ihr erhofft, kriegt Sophie nicht mehr mit, da Aishley sie aus der Garderobe herauszieht und in den Yogaraum bugsiert.

„Siehst du nicht, wie arrogant die sind?", fragt Aishley sie. „Egal, wie gut die tanzen, das ist kein Grund, ihnen so Honig ums Maul zu schmieren. Irgendwie gefallen die beiden mir nicht. Wie die von dem armen Typen gesprochen haben, in den diese Tamara verliebt ist – da kann man nur Mitleid mit ihm bekommen."

Sophie muss lachen.

„Ach, du übertreibst, aber du hast recht, warmherzig ist anders."

Heute sind sie nicht so spät dran wie gestern und es sind noch mehrere Matten frei, doch Sophie geht wieder selbstbewusst zu ihrem gestrigen Platz ganz vorne. Aishley folgt ihr mit erstauntem Blick und Sophie muss heimlich grinsen. *Tja, die unsichere Sophie hat ein ganz neues Selbstbewusstsein entwickelt,* denkt sie und beschließt, dass sie ihrem Ex Oliver auch dankbar sein muss. Durch den Schmerz, den sie durch ihn erlebt hat, hat sie sehr viel dazugelernt. Vor allem über sich selbst.

Die Stunde läuft ähnlich ab wie gestern und Sophie freut sich jedes Mal, wenn ihr etwas bekannt vorkommt. Trotzdem ist auch diesmal wieder Shavasana ihre Lieblingsstellung und ihr ganzer Körper atmet auf, als die Stunde vorbei ist. Da soll noch mal jemand sagen, dass Yoga leicht sei! Sie dreht und dehnt Körperstellen, von denen sie noch nicht einmal wusste, dass es sie gibt. Sie wundert sich nicht, dass dieser Sport auch einen spirituellen Aspekt hat. Man lernt sich dadurch wirklich besser kennen, wird an seine Grenzen gebracht und verschiebt diese immer weiter. Sophie hat keinen Zweifel, dass es ihr guttun wird. Und auch ihre Beweglichkeit wird besser werden, sie muss nur dranbleiben. Und das hat sie vor. Schon allein, um es Patrick zu zeigen!

Nach dem Yoga arbeitet sie noch ein bisschen, aber so richtige Lust hat sie nicht mehr und daher macht sie sich bald auf den Weg ins Hotel. Das Gute ist, dass das Hotel auch ein Spa hat und nach ihren zwei Yogatagen ist ihr nicht nur nach Sauna und Dampfbad zumute, sondern auch danach, ein paar Bahnen im Hotelpool zu schwimmen. Danach möchte sie sich schön zurechtmachen. Es ist ihr wichtig, dass mit Patrick alles wieder ins Lot kommt und ein Abend, an dem sie sich durch und durch wohlfühlt ist dafür besser geeignet als einer, an dem sie gehetzt vom Atelier kommt und sich notdürftig zurechtmacht. Nach zwei Stunden Sauna, Schwimmen und in Zeitschriften blättern geht sie aufs Zimmer, duscht nochmals, wäscht sich die Haare und schmeißt sich dann in ein sexy Kleid von Balenciaga, das sie mit halbhohen Pumps von Prada kombiniert. Patrick wird direkt aus seiner Firma, dem führenden Medienunternehmen Woods&Woods, kommen und Sophie spürt die Vorfreude in ihrem Bauch, dass sie heute so viele geliebte Menschen um sich haben wird. Beim Zurechtmachen trinkt sie eine kleine Flasche Champagner aus der Minibar und dann ist es auch schon Zeit loszugehen.

Sie nimmt sich vor dem Hoteleingang ein Taxi und ist in zwanzig Minuten vor dem Haus ihrer Gastgeberinnen. Vor der Tür trifft sie auf Patrick und ihr Herz setzt wie immer für einen Schlag aus, als sie diesen schönen Mann sieht. Wird jemals eine Zeit kommen, wo sie ihn als selbstverständlich hinnehmen wird, wo sie seine Lachfältchen nicht mehr sehen und sein Lächeln ihr keine weichen Knie mehr bereiten wird? Sie hofft nicht. Es ist so schön, in seinen Partner verliebt wie am ersten Tag zu sein. *Oder noch mehr als am ersten Tag,* denkt sie jetzt. Ihm scheint es genauso zu gehen, denn bei ihrem Anblick legt sich ein Strahlen über sein ganzes Gesicht und er nimmt sie fest in den Arm. Er scheint sie gar nicht mehr loslassen zu wollen.

„Ich liebe dich so sehr, Sophie, so, so sehr, bitte vergiss das nie, was auch kommen möge", flüstert er ihr ins Ohr. Sophies Gefühle befinden sich wieder in einer Zwickmühle. Einerseits ist sie glücklich, seine Nähe zu spüren, andererseits verunsichern seine Worte sie. Was soll das heißen „was auch kommen möge?"; er macht in den letzten Tagen öfter so komische Andeutungen, fast so, als könnte ihre Beziehung bald zu Ende sein. Sophie spürt ein leichtes Panikgefühl in sich aufsteigen, aber unterdrückt es gleich wieder. Sie würde sich nicht verunsichern lassen, nicht heute. Heute will sie den Abend genießen! Außerdem entsinnt sie sich ihrer zahlreichen Gespräche mit Gott letztes Jahr, wo dieser sie daran erinnert hat, dass sie alles, was sie jemals braucht, in sich trägt. Ihren echten Anker wird sie also nie verlieren und somit wird sie sich jetzt von Patricks Worten auch nicht irritieren lassen. Sie lächelt ihn zuversichtlich an, nimmt ihn an der Hand und dann klingeln die beiden.

Oben warten Claire, Lydia, Danny und Rob auf sie und eine freudige Begrüßungszeremonie beginnt, unterstützt von prickelndem Champagner und köstlichen Hors d'oeuvres, natürlich von Claire handgemacht. Sophie fühlt sich wie im Paradies und alle Verunsicherung ist wie weggeblasen. Dann setzen sie sich an den Tisch und Claire serviert den ersten Gang, eine kalte Gurkensuppe mit Garnelen. Das Gespräch fließt locker dahin und sie verbringen die erste halbe Stunde damit, sich über alles auf den neusten Stand zu bringen. Beim Hauptgang, einer köstlich saftigen Hühnerbrust in Rotweinsoße mit Reis und Salat sind die dringendsten Neuigkeiten schon ausgetauscht und es kehrt etwas Ruhe ein.

„Lydia ist im Moment wahnsinnig beschäftigt in der Galerie“, erläutert nun Claire. „Suzanne ist ausgefallen und das gerade jetzt in dieser super geschäftigen Zeit.“

Suzanne ist, wie Sophie weiß, Lydias rechte Hand und diese wird nicht müde zu betonen, wie aufgeschmissen sie ohne Suzanne wäre.

„Oh, was ist passiert?“, fragt Sophie erschrocken. „Ist sie krank geworden?“

„Ach, frag nicht“, sagt Lydia mit einem Augenverdrehen. „Was die Ärmste in letzter Zeit durchgemacht hat, mag ich mir gar nicht vorstellen. Und natürlich wegen eines Mannes“, blinzelt sie böse Patrick an, den einzigen heterosexuellen Mann in der Runde. „Ich habe euch doch erzählt“, fährt sie fort, „dass Suzanne sich sicher war, dass Jeremy fremdgeht. Das hat er ja schon in Manchester getan, sie hat damals Verständnis gezeigt und die beiden haben alles geklärt. So dachte sie zumindest. Bis sich letztes Jahr die Anzeichen häuften, dass er es wieder tut. Jedenfalls hat sie ihm Vorwürfe gemacht, Jeremy hat sich mit Händen und Füßen verteidigt, schwor auf das Leben seiner eh schon toten Oma, dass dies nicht wahr sei und überzeugte schließlich Suzanne, dass diese eine Therapie brauche, da sie mit ihrer Paranoia langsam verrückt würde. Diese war jedoch nur bereit, sich mit Jeremy gemeinsam auf eine Paartherapie einzulassen, wo unter den wachsamen Augen der hübschen Therapeutin unser guter Jeremy schließlich zusammenbrach und unter Tränen zugab, schon seit Monaten fremdzugehen. Dies alles mit der Begründung, dass es ja beim ersten Mal so einfach gewesen sei. Suzanne hätte damals so viel Verständnis gezeigt und damit habe sie ihm die Hemmschwelle genommen, es wieder zu tun. Könnt ihr das glauben? Er schwor jedoch, diesmal auf das Leben seiner bislang noch sehr lebendigen Mutter, dass es mit der Affäre vorbei sei und sicher nie wieder vorkommen würde. Suzanne brach ebenfalls zusammen, bestand auf vorübergehend getrennten Wohnungen, aber erklärte sich auch bereit, die Therapie fortzusetzen und an einem Neuanfang zu arbeiten. Schließlich sind die beiden nicht nur verheiratet, sondern haben auch ein gemeinsames Kind, das gibt man nicht so einfach auf. Suzanne zieht also mit Kind und Kegel um, ist psychisch am Ende, aber macht tapfer alles weiter, was von ihr erwartet wird, unter anderem von mir. Eines Tages in der Therapie wundert sie sich ein wenig. Denn die Therapeutin scheint langsam wegzunicken, als Suzanne erwähnt, dass Jeremy offensichtlich seine Ex-Affäre wiedergetroffen hat. Da schießt der Kopf der Therapeutin hoch und sie fängt an, Jeremy bissig danach zu befragen. Etwas zu bissig nach Suzannes Ansicht. Jeremy beteuert also weiter, dass dies alles nicht stimme, ich weiß nicht, auf wessen Leben er diesmal geschworen hat, hoffentlich nicht auf meins, aber jetzt ist Suzanne endgültig skeptisch und kommt sich tatsächlich paranoid vor, als sie in seinem Navigationsgerät im Auto eine Adresse eingeben will und sieht, dass Jeremy kurz zuvor in der Gegend war, in der die Therapeutin lebt. Ein Ort außerhalb von London, von dem ich noch nie gehört habe und der auch vorher in Suzannes und Jeremys Leben keine Rolle gespielt hat. Bis zu diesem Tag. Aber damit konfrontiert fand Jeremy einen guten Grund, wieso er in dieses Kaff musste und wie gesagt, Suzanne fühlte sich langsam wirklich paranoid und traute ihren eigenen Gefühlen nicht mehr. Bis vor einem Monat. Es war Jeremys Geburtstag und Suzanne lud ihn zum Essen ein. Als sie ihn zu Hause absetzen wollte, stand die Therapeutin mit einem riesigen Geschenk vor der Haustür und drei Augenpaare schauten sich erschrocken an, zwei davon schuldbewusst und eines fassungslos. Und wie wir dann erfuhren, war Suzannes ‚Paranoia' durchaus berechtigt. Der gute, alte Jeremy, ein Bild englischer Prüderie hat nicht nur halb London gevögelt, sondern auch noch die Paartherapeutin. Suzanne ist seelisch am Ende. Wie eine gebrochene Frau. Zwei Menschen, denen sie vertraute, haben sie dermaßen betrogen und dass die Therapeutin jetzt wahrscheinlich ihre Lizenz verliert, gibt ihr auch keine Genugtuung. Die Scheidung mit Jeremy läuft gerade und ich sage euch, es ist ein Chaos. Jedenfalls ist die Moral von der Geschicht, dass eine Frau immer ihrer Intuition trauen sollte. Denn diese täuscht sie nie. Im Gegensatz zu Männern", schließt sie, wieder mit einem wütenden Funkeln in den Augen in Patricks Richtung, der heute offensichtlich für alles steht, was an Männern nicht stimmt.

„Hey, hey", hebt dieser abwehrend die Hände. „Vergiss nicht, ich bin nicht dieser Jeremy. Wir sind nicht alle so. Und ich habe zumindest bislang immer versucht, alles richtig zu machen."

Wieder spürt Sophie einen Stich in der Brust. „Zumindest bislang"? Was hatte das nur wieder zu bedeuten? Und sagte ihre Intuition ihr in den letzten Tagen nicht, dass etwas mit ihm nicht stimmte? Ging er etwa fremd? Der Gedanke ist ihr bislang noch gar nicht gekommen und er erschreckt sie. Sie haben immer noch Sex, aber sie weiß, dass fremdgehende Männer sich meist nicht gehindert fühlen, weiterhin mit ihrer Partnerin Sex zu haben. Ganz im Gegenteil. Oft sind sie durch die ganze Situation sogar noch mehr angetörnt. Bevor sie den Gedanken zu Ende spinnen kann, wird sie jedoch von einem lachenden Danny unterbrochen.

„Was für eine Geschichte", gluckst dieser. „Die Heteros stehen uns Schwulen wirklich in nichts nach, ich habe fast Respekt vor diesem Jeremy und seiner Libido." Und damit kichert er fröhlich vor sich hin, während sein Partner Rob ihn kopfschüttelnd ansieht und Lydias Blicke zeigen, dass sie ihn am liebsten in der Luft zerreißen würde.

„Lasst uns über etwas Angenehmeres reden", sagt jetzt Claire betont fröhlich. „Sophie, wie geht es dir? Lydia und ich sind beide die größten Fans deiner Kollektion, uns kriegst du kaum aus den Sachen raus. Was gibt es für Neuigkeiten? Können wir bald wieder etwas Neues von dir erwarten?"

„Allerdings, denn ich bin wieder voll drin in der Schaffensphase", grinst Sophie. „Natürlich ist wieder alles ‚à la Knopf', aber diesmal etwas opulenter, mit Gold und Silber, Ornamenten, aber auch schwarz und weiß. Ein bisschen Versace-inspiriert", sagt sie mit kurzem Blick nach oben. „Dir werden vor allem die schwarz-goldenen Teile gut stehen", sagt sie an Lydia gewandt, die mit ihrem akkuraten Pagenkopf, den stets perfekt geschminkten roten Lippen und der schmalen, hochgewachsenen Silhouette fast nur schwarz trägt. Claire hingegen ist viel weiblicher, weicher, ihr würden die fließenden Stoffe gefallen. „Außerdem suche ich noch einige Möbelstücke für unser neues Zuhause. Ich möchte nicht, dass es wie von Patrick und mir zusammengewürfelt aussieht, es sollte schon eine durchgehende Linie drin sein", fügt sie hinzu.

„Aber bitte nicht von Versace inspiriert", stöhnt Patrick in gespielter Verzweiflung. „Ich will mich nicht wie ein Scheich in seinem Palast fühlen. Obwohl – ein Harem wäre gar nicht schlecht", fügt er breit grinsend hinzu.

Lydia muss lachen. „Wir helfen dir natürlich, Sophie. Liebend gerne sogar. Lass uns doch nächste Woche mal losziehen, ich kenne da ein paar wirklich nette Möbelläden mit exquisiten Stücken."

„Darauf hatte ich gehofft", freut sich Sophie.

„Meine Kreditkarte", stöhnt Patrick, aber alle ignorieren ihn.

„Und meine auch", brummelt Sophie, bevor sie stolz

verkündet: „Und dann gibt es noch mehr Neuigkeiten. Ich habe mit Yoga angefangen."

Danny springt fast von seinem Stuhl auf und Rob hält sich vor Lachen die Hand vor den Mund.

„Was gibt es da zu lachen?", fragt Sophie sichtlich irritiert.

„Ach, Sophie, wir kennen dich ja nun schon so einige Jährchen", sagt Rob auf seine bedachte Art, „und als wir dich kennenlernten haben du und mein lieber Danny zwar jede Sportart auf dem Planeten ausprobieren wollen und natürlich auch immer schon gleich das passende Outfit gekauft", fügt er augenverdrehend hinzu, „aber letztlich war es ja für euch schon Leistungssport, wenn ihr euch von eurem Sofa zu Pret-a-Manger geschleppt habt. Und jetzt joggst du nicht nur und das auch noch diszipliniert, sondern fängst kein ganzes Jahr später auch noch mit Yoga an. Was ist nur in dich gefahren?", fragt Rob ernsthaft interessiert.

Gott, denkt Sophie, sagt es aber nicht laut. Gott hat sie wirklich dazu gebracht, sich mehr um sich selbst und um ihr Wohlergehen zu kümmern und die positiven Auswirkungen davon kann sie in ihrem ganzen Leben sehen. Es hat sich seitdem einfach alles zum Besseren gewendet. Sie beschließt jedoch, das nicht laut zu sagen, sondern lacht mit und antwortet:

„Die Inspiration kam über mich, Rob, in allen Bereichen. Und ich muss sagen, es macht mir einen Riesenspaß, immer wieder mal neue Sachen auszuprobieren. Es fühlt sich einfach frisch an und man bleibt agil. Zum Yoga allerdings hat mich Patrick inspiriert, wenn auch unabsichtlich. Er hat mich letzte Woche zu einer Ballettvorstellung eingeladen und da wollte ich dann prompt grazil und beweglich werden. Die Tänzerinnen dort hättet ihr sehen sollen! Einige von denen sind sogar bei mir im Yogakurs, ich habe sie wiedererkannt", schließt Sophie begeistert.

„Ballett, was?", Claires Kopf schießt hoch. „Darf ich fragen welches Ballett?", fragt sie ungewohnt scharf.

„Klar, es war das Nationalballett und sie haben *Giselle* getanzt. Es war ein Traum."

„So, so", sagt Claire und dann an Patrick gewandt: „Und du hast also eingeladen, ja? Ich wusste gar nicht, dass du so ein großer Ballettfan bist."

Patrick wird knallrot. Bildet Sophie es sich ein oder hat diese Familie so etwas wie ein Balletttrauma? Warum reagieren die alle nur so komisch, sobald das Thema aufkommt?

„Ich habe Karten bekommen", weicht Patrick aus, „und ich wusste, es würde Sophie gefallen. Also sind wir hingegangen. Ich wusste ja nicht, dass sie gleich eine Besessenheit entwickeln würde – sowohl was das Ballett betrifft als auch die Tänzerinnen", fügt er bissig hinzu. Sophie stöhnt auf. Dieses Thema hat es in sich. Und dabei war der Abend doch bislang so schön. Aber da steht Claire auch schon auf und bittet Patrick betont fröhlich, mit ihr den Tisch abzuräumen und das Dessert aufzutischen, während Danny sehnsüchtig fragt, ob in dem Yogakurs auch heiße Männer sind und sich dafür von Rob einen Knuff in die Seite einfängt.

Auf dem Rückweg muss Sophie das Thema einfach ansprechen, sie hält es nicht länger aus.

„Patrick, es tut mir leid, aber ihr verhaltet euch doch alle schräg. Was hat es nur mit diesem Ballett auf sich? Willst du mich nicht endlich mal aufklären?"

„Da gibt es nichts aufzuklären, Sophie", sagt Patrick mit Resignation in der Stimme. „Es war so ein schöner Abend, können wir es nicht einfach dabei belassen?"

„Doch können wir schon, aber immer wenn es um das Ballett oder mein Yoga geht, geht deine Stimmung in den Keller. Was ist nur los?"

„Nichts ist los, das sagte ich doch jetzt schon hundert Mal. Ich habe nur gesehen, wie viel du letztes Jahr gearbeitet hast, jetzt hast du das neue Studio und beginnst eine neue Kollektion und da mutest du dir schon wieder etwas Neues zu. Ich mache mir einfach nur Sorgen um dich, das ist alles."

„Hm, komische Art, das zu zeigen", murmelt Sophie, aber lässt das Thema dann fallen. Mehr würde sie heute nicht aus ihm herausbekommen. Aber innerlich lässt die Sache sie nicht los und obwohl beide sich Mühe geben, bleibt die Stimmung angespannt und sie schlafen nach einem flüchtigen Küsschen Rücken an Rücken ein.

Sophie fühlt sich alleine. Und sie hasst es, sich alleine zu fühlen, wenn sie im Bett neben dem Mann liegt, den sie liebt. Dann schläft sie aber doch ein und wacht am nächsten Tag überraschend erholt auf. Kaum schlägt sie die Augen auf klingelt wieder ihr Telefon. Rose!

„Wie war es gestern mit deinem Prinz Harry?", geht Sophie kichernd ans Telefon. Glücklicherweise ist Patrick schon unterwegs. Sie hat mal wieder nicht mitbekommen, wie er aufgestanden ist, aber die Liebesgeschichten um Rose zermürben diesen sonst so widerstandsfähigen Mann. Da ist es besser, dass er weg ist. Er mag Rose, aber er kann die Geschichten einfach nicht mehr hören. Und Sophie hat da auch ein gewisses Verständnis für. Es wird einfach mal Zeit für positive Neuigkeiten. Aber vielleicht kommen diese ja jetzt.

„Ach Sophie, es war einfach so wunderschön, ich kann es gar nicht in Worte fassen! Ich habe mich die ganze Nacht nicht getraut zu schlafen, da ich jeden Moment auskosten wollte. Er wohnt mitten im Finanzviertel von London und hat mich mit zu sich nach Hause genommen und wir haben dort die ganze Nacht verbracht, mit Einschlafen und allem. Das heißt, er ist eingeschlafen, ich habe ihn angestarrt. Erst in den Morgenstunden bin ich dann eingeschlafen und jetzt kommt das Beste: Er hat mich weiterschlafen lassen, einfach so. Hat mir einen Kuss gegeben, mir gesagt, dass ich einfach die Tür zuziehen soll und dass er sich die Tage meldet. Sophie

– er hat mich bei sich einfach weiterschlafen lassen, das heißt doch etwas, oder? Das macht man doch nicht einfach so, da muss ich ihm doch etwas bedeuten, nicht wahr? Bitte, bitte sag, dass ein Mann das nicht einfach so macht."

„Das macht ein Mann tatsächlich nicht bei jeder", antwortet Sophie und ist selbst erstaunt. Sollte Rose etwa mal wirklich an ein vernünftiges Exemplar geraten sein? Es wäre fast zu schön, um wahr zu sein.

„Also, er ist Banker und daher auch die Wohnung im Finanzviertel. Er scheint sehr in seiner Arbeit aufzugehen. Die Wohnung an sich ist zwar etwas leer und spröde, aber was willst du machen, er ist halt ein Mann", lacht Rose verständnisvoll. „Das können wir jedoch im Handumdrehen ändern, warte nur mal bis ich mein weibliches Händchen dort walten lasse, das wird in Null Komma nichts zum trauten Heim."

Sophie verdreht die Augen. Da ist er wieder – Roses Überschwang, mit dem sie einfach jeden vergrault. Sie ist so ein süßes Mädchen, aber das Wort Geduld kommt ihr einfach nicht in den Sinn, wenn es um Männer geht, und diese bekommen dann Angst und suchen fluchtartig das Weite. Wenn Sophie ehrlich ist, kann sie es ihnen noch nicht einmal verübeln. Roses Enthusiasmus in allen Ehren, aber er kann manchmal etwas erdrückend sein. Sophie möchte jetzt jedoch die gute Stimmung nicht verderben und sich stattdessen mit Rose freuen. Also sagt sie fröhlich:

„Das hört sich doch wirklich gut an, Süße, das muss gefeiert werden. Aishley, du und ich heute Abend bei unserem Libanesen in Covent Garden, was meinst du? Wir waren schon ewig nicht mehr zu dritt weg. Und da ich jetzt wie eine Verrückte Yoga mache, das hat es mir wirklich angetan, habe ich das Gefühl, dass ich auch wie eine Verrückte essen kann ohne zuzunehmen. Also, was ist? Bist du dabei?"

„Aber so was von", flötet Rose. „Und der Champagner geht auf mich."

Sophie muss mit einem Grinsen kurz die Augen verdrehen. Rose, wie sie leibt und lebt. Sophie hat keine Zweifel, dass Rose in ihrem Inneren schon die Hochzeitsglocken läuten hört und den Tag damit verbringen wird, Hochzeitskleider zu googeln. So ist sie nun einmal ...

Abends treffen sich die drei Freundinnen bei dem Libanesen bei dem sie viele Kleinigkeiten zum Teilen bestellen. Das mögen alle drei lieber als ein ganzes Menü, einfach viel gutes Essen, das in der Mitte des Tisches steht und von allen genossen werden kann. Wie angekündigt bestellt Rose zunächst eine Flasche Champagner, um den verheißungsvollen Beginn ihrer Affäre oder Beziehung oder was immer es werden wird mit ihrem eigenen Prinzen Harry zu feiern. Sie stoßen an und Sophie und Aishley lehnen sich genüsslich zurück.

„Also, erzähl schon", kommt es von Aishley. „Wir sind ganz Ohr."

„Aber zeig uns erst einmal ein Foto", unterbricht Sophie.

„Wo soll ich denn ein Foto von ihm herhaben?", fragt Rose mit großen Augen.

„Na, auf Tinder hat doch jeder ein Foto", antwortet Sophie. „Da wirst du doch wohl auch eins von ihm haben."

Rose lächelt feierlich. „Ach, das habe ich euch ja noch gar nicht erzählt, Harry habe ich natürlich nicht über Tinder kennengelernt, er ist noch nicht einmal auf Facebook. Im Gegenteil, er ist ein sehr privater Mensch und außerdem viel zu elegant, um sich auf Plattformen wie Tinder anzubieten."

Rose sitzt da wie die Queen persönlich. Aishley und Sophie fällt die Kinnlade herunter. Ein Typ, den Rose nicht auf Tinder kennengelernt hat und der sich tatsächlich wie ein guter Mann anhört! Es scheint doch noch Zeichen und Wunder zu geben.

„Wo hast du ihn dann kennengelernt?“, bricht es aus Aishley heraus.

„Na, in einer Hotelbar natürlich“, sagt Rose, als sei sie die personifizierte Marlene Dietrich.

„In einer Hotelbar?“, kommt es unisono aus Aishleys und Sophies Mündern. Sophies Fantasie spielt mal wieder verrückt. Sie stellt sich vor, wie ihre Freundin, die liebe und leicht naive Rose, Abend für Abend im kurzen Rock, Netzstrümpfen, Spitzentop und Stilettos auf Barhockern in Hotels sitzt und mit den Damen der Nacht um die Gunst der verfügbaren Herren buhlt. Aber da klärt Rose sie schon auf.

„Ich habe doch diesen Deppen Trevor, den, der meine Beine kritisiert hat, vor ein paar Abenden getroffen. Das war in dieser Hotelbar. Und während Trevor eine halbe Stunde zu spät kam, kam Harry herein, sprach mich an und lud mich auf einen Drink ein. Er musste dann weg, aber wir haben zuvor noch Nummern ausgetauscht. Hat sich das Kleid also doch gelohnt“, lacht sie. „Jedenfalls hat er mich gestern zu diesem kleinen Italiener eingeladen, wo ihn jeder kannte und der gleich um die Ecke von seiner Wohnung ist.“

Hierbei muss Aishley die Augen verdrehen und murmelt ein leises ‚wie praktisch für Harry‘, aber sie tut es so leise, dass Rose es nicht hören kann. Denn selbst Aishley mit ihrer brüsken Art will ihr jetzt nicht die Freude verderben.

„Wie ihr wisst, steppt im Finanzviertel abends nicht gerade der Bär und würde er dort nicht wohnen, so wäre es sicherlich nicht seine erste Wahl gewesen, aber für gestern war es perfekt. Ich konnte kaum etwas essen, so nervös war ich, er hingegen hat reingehauen wie ein Wolf“, kichert sie. „Und mich ziemlich abgefüllt, um ehrlich zu sein. Mit fabelhaftem Wein. Endlich kam ich mir mal nicht vor, als sei ich mit einem Studenten zusammen, mit dem ich Pizza auf dem Boden seiner WG essen muss. Nun ja, ziemlich schnell führte dann eines zum anderen und wir landeten also in seiner Wohnung. Ich hatte mir extra neue Unterwäsche gekauft und er wusste sie offensichtlich zu schätzen. Wollte, dass ich damit vor ihm hin- und herstolziere während er auf dem Bett lag."

„Zu viel Info", stöhnt Aishley, „viel zu viel. Lass bitte seine kleinen perversen Fantasien aus, ich möchte schließlich noch essen. Zeit, dass du zum Punkt kommst. Ist er gut ausgestattet?"

„Ziemlich gut", errötet Rose. „Wirklich, gar nicht schlecht. Nur denke ich, dass er eventuell schon länger keinen Sex mehr hatte, denn er kam ziemlich schnell. Und danach ist er eingeschlafen. Wie gesagt, am nächsten Morgen ist er dann gegangen und sagte, er würde sich bald wieder melden", sagt sie, mittlerweile zum hundertsten Mal auf ihr Handy blickend.

„Kannst du endlich dieses verdammte Handy weglegen", sagt Aishley nun genervt. „Auch wenn Mister Schnellschuss sich meldet, so wirst du nicht innerhalb der ersten zwei Minuten antworten müssen, entspann dich also."

„Leichter gesagt als getan", murmelt Rose und streichelt an etwas in ihrer Tasche entlang.

„Was ist das?", fragt Sophie und versucht, einen Blick darauf zu erhaschen.

„Ach, nichts", wiegelt Rose ab und wird rot. Dann gibt sie den bohrenden Blicken ihrer Freundinnen nach und zeigt ihnen das grüne Blatt eines Gummibaumes. „Habe ich aus seinem Apartment mitgenommen", sagt sie noch weiter errötend. „Als Erinnerung."

„Oh Gott, du bist erbärmlich", sagt Aishley fassungslos und an Sophie gewandt: „Und da dachte ich, du seist letztes Jahr schlimm gewesen. Aber dagegen warst du ja gar nichts, fast wünsche ich mir jetzt die alten Zeiten zurück." Und zu Rose: „Er hat wirklich einen scheußlichen Geschmack. Wer hat schon einen Gummibaum bei sich stehen? Ich hoffe, er ist sonst ein bisschen stilvoller."

„Wie gesagt, es braucht nur die liebevolle Hand einer

Frau", sagt Rose nun mit freudig geröteten Wangen, „dann wird das alles schon."

Jetzt schlägt Aishley sich offen die Hand vor die Stirn und die drei beschließen, das Thema zu wechseln.

In der nächsten Woche hält Lydia ihr Versprechen und geht mit Sophie Möbel kaufen. Die leidgeprüfte Suzanne hat sich bereit erklärt, die Galerie für einen Tag allein zu leiten und auch Sophie hat sich freigenommen, um sich an diesem Tag ganz und gar Lydia widmen zu können. Sie freut sich drauf und hat auch das Gefühl, dass die neue Wohnung zwischen ihr und Patrick etwas verändern wird – hoffentlich zum Positiven. Jedenfalls hat sie sich fest vorgenommen, nur die schönsten aber gleichzeitig auch gemütlichsten Möbel auszusuchen, um ihr gemeinsames Domizil besonders wohnlich zu gestalten. Sie möchte sich in ihrem Zuhause wohlfühlen und nicht wie in einem Museum leben. Da würde Patrick sowieso auf die Barrikaden gehen. Er kann alles, was gekünstelt ist, nicht ausstehen, und außerdem müssen ja auch noch seine beiden Hunde Platz finden, wenn sie diese mal von Somerset mit nach London bringen. Das kommt zwar nicht allzu oft vor, aber doch gelegentlich – vor allem wenn sie den Enkeln ihrer Nachbarin Mrs Larrson eine Freude machen wollen. Die beiden sind ebenso wie Sophie völlig vernarrt in Leo und Rex. Jedenfalls hat Sophie Lydia vorher schon mitgeteilt, was für Anforderungen die Möbel erfüllen müssen und Lydia hat in ihrer gewohnt effizienten Art den ganzen Tag über Termine bei diversen kleinen Möbelboutiquen in London vereinbart, damit man auf sie vorbereitet ist und sie den besten Service bekommen. Glücklicherweise liegen alle Läden in und rund um Mayfair, sodass sie sich ohne großen Zeitverlust eine lange Lunchpause mit einem ausgezeichneten Sauvignon Blanc sowie diverse kleine Champagnerpausen gönnen können. Nach jedem Glas scheint das

Einkaufen noch mehr Spaß zu machen und die Kreditkarten rutschen noch leichter und mit einem scheinbar immer erfreulicheren Summen durch die Maschine. Bis Sophies Karte schließlich den Geist aufgibt und streikt. *Genug ist genug,* scheint sie sagen zu wollen und Sophie fühlt sich wieder wie in ihren 20ern, als sie regelmäßig vor der peinlichen Situation stand, dass ihre Karte vom Automaten wegen mangelhafter Deckung verschlungen wurde. *Aber Gott sei Dank hat Patricks Kreditkarte kein Limit,* denkt sie sich jetzt mit einem Grinsen und zieht diese mit einer fast zärtlichen Bewegung durch die Maschine, um eine wunderschöne hellgraue Couch mit dazu passenden Sesseln zu bezahlen. Die Frage wird jetzt nur sein, wie man Leo und Rex von der Garnitur fernhalten kann - denn letztlich hat Ästhetik doch über Funktionalität gesiegt, wie hätte es auch anders sein können! Sophie wird also aufpassen müssen, dass die Hunde entweder sauber sind, wenn sie ins Haus kommen oder sie müssen in einem anderen Zimmer bleiben. Aber sie hat sich in die Möbel verliebt und musste sie einfach haben! Alles, was sie und Lydia heute gekauft haben, passt hervorragend zusammen und erinnert sie an den Stil, den sie von New Yorker Apartments auf der Park Avenue kennt und liebt. Der Tag ist ein voller Erfolg und nach dem Shoppen fahren sie zu Lydia nach Hause, wo sie die Schuhe von den Füßen treten und Claire sie schon mit einer guten Flasche Rotwein und einem leichten, aber sehr leckeren Dinner erwartet. Sophie fühlt sich wie immer bei den beiden wie zu Hause. Ihr fallen schon beim Essen fast die Augen zu und sie lässt sich von ihren beiden Gastgeberinnen überreden, die Nacht bei ihnen im Gästezimmer zu verbringen. *Besser als das Hotel ist es allemal,* denkt sie, schickt Patrick noch schnell eine Nachricht und schläft ein.

Am Wochenende fährt Patrick zu seiner Familie nach

Somerset, für ihn der beste Platz, um sich den Kopf freipusten zu lassen. Wenn er auf dem Land ist, ist er ein anderer Mensch, er tobt mit den Hunden, geht viel reiten und hilft bei der Landwirtschaft mit. Nach diesen Wochenenden kommt er immer mit gesunder Gesichtsfarbe, nach Landluft riechend und mit neuer Energie zurück. Sophie fährt gerne mit ihm zusammen dorthin. Sie hat seine Eltern ins Herz geschlossen, mittlerweile auch ein wenig reiten gelernt und die Hunde hat sie schon geliebt, bevor sie überhaupt Patrick geliebt hat. Diese Ausflüge sind für beide immer wie Kurzurlaube und sie kommen völlig erfrischt zurück. Aber an diesem Wochenende hat Sophie sich entschieden, in London zu bleiben. Die Arbeiten an der Wohnung gehen dem Ende zu und sie möchte alles überwachen und dafür sorgen, dass es bis zum nächsten Wochenende fertig ist und sie pünktlich Anfang Mai umziehen können. Sophie muss lächeln. Letztes Jahr im Mai ist sie nach Brighton gefahren und hat ihr Leben von Grund auf geändert. Dazu gehörte eine heiße Nacht mit einem Iren am Meer. Patrick hat es damals in ihrem Leben natürlich noch nicht gegeben. Das heißt, es hat ihn gegeben, aber nur als ihren – wie sie damals fand – unfreundlichen Vermieter. Seine echte, warme, witzige und intelligente Art hat sie erst viel später kennengelernt. Dies, gepaart mit seinem unkomplizierten, jungenhaften Wesen und den unwiderstehlichen Lachfältchen haben dazu geführt, dass sie sich Hals über Kopf in ihn verliebt hat. Glücklicherweise erging es ihm genauso und die beiden waren, wie Sophie bislang immer fand, unvorstellbar glücklich miteinander. Bis zu dem Ballettabend jedenfalls. In den letzten Tagen ist es zwar okay gewesen, aber vor allem deshalb, weil sie sich nur wenig gesehen haben. Beide haben im Moment viel zu tun und sind mit ihren eigenen Leben beschäftigt. Sophie vermisst die Zweisamkeit mit ihm, die sich für sie so wohlig und vertraut anfühlt, aber sie sieht nicht, was sie noch tun kann, um eine Klärung herbeizuführen. Sie hat Patrick mittlerweile mehrfach angeboten, offen mit ihr zu sprechen, aber er hat immer dicht gemacht und so getan, als sei alles okay. Zwingen kann und will sie ihn nicht und daher muss sie sein Verhalten akzeptieren. Zumindest für den Moment. Sollte es so weitergehen, so wird sie entscheiden müssen, wie sie damit umgeht. Sie denkt an ihr gestriges Telefonat mit Rose zurück, wo es schien, als würde es Rose fast noch mehr irritieren, was mit ihr und Patrick los ist, als sie selbst. Kein Wunder. Rose ist ein absoluter Harmoniemensch und es macht sie regelrecht fertig, wenn irgendwo im zwischenmenschlichen Bereich Dissonanz herrscht. Gestern erst hat Sophie Rose mitgeteilt, dass sie irgendwann ihre Konsequenzen aus Patricks Verhalten ziehen wird, wenn es sich nicht ändert und er ihr auch nicht mitteilt, was los ist. Rose hat einen Schrecken bekommen und damit zu argumentieren versucht, dass man im Namen der Liebe solche Dinge ertragen sollte und dass Sophie sich mehr anstrengen sollte, dem Grund für Patricks Verhalten auf den Grund zu gehen.

„Nein, Rose, Dinge mitzumachen, die einem nicht guttun, hat nichts mit Liebe zu tun", hat Sophie gekontert. „Im Gegenteil, wir müssen uns zunächst selbst lieben. Und zuzulassen, dass uns wehgetan wird, hat nichts mit Liebe zu tun, sondern mit dem Gegenteil davon. Patrick hatte wochenlang die Chance, mir zu sagen, was los ist, und er hat sie nicht genutzt. Das ist seine Sache, nicht meine und ich werde sie nicht zu meiner machen. Diesen Fehler habe ich mit Oliver lange genug gemacht."

„Aber Sophie, du warst doch immer ganz anders. Du hast stets die Liebe und die Gefühle so hochgehalten. Und jetzt hörst du dich so abgeklärt an, fast kalt und zynisch. Dabei dachte ich, du würdest Patrick so sehr lieben. Ihr beide seid doch perfekt füreinander!"

„Ich liebe Patrick mehr als ich in Worte fasse kann, Rose, und ich bin auch nicht kalt. Aber du hast recht. Ich bin sicherlich abgeklärter, als ich es letztes Jahr noch war. Das hat jedoch nichts mit Zynismus zu tun, sondern lediglich mit Selbstliebe. Und ich werde mich sicherlich nicht in der Sache mit Patrick verlieren. Ich habe keinen Einfluss auf sein Verhalten, aber ich habe durchaus Einfluss auf mein eigenes. Das ist das Einzige, worauf wir Einfluss haben, Rose - unser eigenes Verhalten, unsere Gedanken und unsere Gefühlswelt. Und ich werde meinen inneren Frieden sicherlich nicht wegen eines Mannes aufgeben. Das ist kein Mann wert, noch nicht einmal Patrick."

„Aber Sophie, möchtest du denn nicht herausfinden, was mit ihm los ist? Ist es dir denn gar nicht wichtig? Möchtest du nicht, dass er der Mann an deiner Seite ist, auch in Zukunft?"

SOPHIE ERINNERT SICH DARAN, dass sie letztes Jahr genauso wie Rose empfunden hat, wie sie bereit gewesen ist, für einen Mann ihren eigenen inneren Frieden aufzugeben und wie sie Unmengen von Zeit vergeudet hat, das Verhalten ihres Ex-Freundes Oliver zu analysieren und sich zu überlegen, wie sie ihn wohl am besten an sich binden könnte. Alle Taktiken hat sie ausprobiert. Von cool über sexy oder zickig bis hin zu besitzergreifend und schließlich gar-nicht-besitzergreifend und über-den-Dingen stehend, bis hin zu verständnisvoll und was hast du nicht gesehen. Doch sie hat gelernt, dass dies alles nichts nützt. Man verliert nur seine Würde und seine Selbstständigkeit und befindet sich in permanenter Wartehaltung. Das Einzige, was man tun kann und was sich befreiend anfühlt, ist, ganz bei sich selbst zu sein und sich selbst jegliche Liebe zu schenken. Der Mann ist dann nur das Sahnehäubchen auf einem sowieso schon erfüllten Leben. So wie ein schönes Glas Champagner am Abend. Etwas Wundervolles, aber keine Notwendigkeit. Sophie hat gemerkt, dass diese Erkenntnis ihre gesamte Einstellung und ihre Energie grundlegend verändert hat. Seitdem fällt ihr alles viel leichter. Worum sie früher kämpfen musste, fällt ihr jetzt fast von selbst in den Schoß. *Es fängt doch alles im Inneren an*, denkt sie nun.

Zu Rose sagte sie:

„Ich weiß, wie du denkst und fühlst, Rose, vor gar nicht allzu langer Zeit habe ich genauso gedacht, und auch wenn du es damals nicht wirklich mitbekommen hast, kann ich dir versichern, dass ich ein Häufchen Elend war. Nichts hat mich mehr wirklich interessiert, außer Oliver. Meine Talente hätte ich verkümmern lassen, mein Potenzial hätte ich weiterhin auf Sparflamme gehalten, wenn nicht eine innere Stimme mich resolut da herausgerissen hätte. Heute sehe ich, wie chaotisch und selbstzerstörerisch meine Gefühlswelt damals war, nur damals habe ich es nicht erkannt. Eigentlich muss ich Oliver dankbar dafür sein, dass er mich verlassen hat", erkennt Sophie jetzt mit einer durchdringenden Klarheit, „denn ohne die Situation mit ihm wäre ich nie auf mich selbst geworfen gewesen, hätte nicht wie der Phoenix aus der Asche steigen dürfen. Und sieh mich jetzt an. Ein Jahr später und ich habe meine eigene erfolgreiche Kollektion auf dem Markt, habe wundervolle Freunde und grundsätzlich einen tollen Mann an meiner Seite. Aber wenn dieser nicht dort sein möchte, so bin ich die Letzte, die ihn mit Gewalt festhalten wird. Ich werde aus jedem Schmerz immer wieder herauskommen, das habe ich gelernt. Niemand ist es wert, sich selbst aufzugeben, Rose. Du musst deine eigenen Erfahrungen machen, aber ich hoffe, du wirst auch zu dem Punkt kommen. Da fällt mir ein: Aishley und ich haben uns überlegt, im Juli nach Ibiza zu einem Yoga-Retreat zu fliegen. Mit Patrick möchte ich zumindest im Moment keinen Urlaub planen, es würde sich komisch anfühlen, ihn die ganze Zeit um mich herum zu haben. Aber komm du doch mit uns nach Ibiza, das würde dir nicht nur gefallen, sondern auch guttun. Wir wollten gleich morgen buchen."

Die eher pummelige Rose war regelrecht schockiert. „Was soll ich denn bei einem Yoga-Retreat? Ich habe in meinem ganzen Leben noch keinen Sport gemacht. Ich bin stolz darauf, keinen Sport zu machen, es ist sozusagen mein Markenzeichen, mein Aushängeschild. Kannst du dir vorstellen, wie ich plötzlich auf dem Kopf stehe?", fragte sie fassungslos.

Sophie lachte. „Auf dem Kopf wirst du nicht gleich stehen, aber es wird dir trotzdem guttun. Ein wenig Sport hat noch niemandem geschadet", fügte sie hinzu. „Es ist auch für Anfänger geeignet. Geh doch in den nächsten Wochen mal ein paar Mal zum Yoga, schau, ob es dir liegt und falls du es magst, dann komm einfach mit. Dann bist du auch keine blutige Anfängerin mehr, sondern kennst zumindest die Grundstellungen. Aishley und ich sind ja auch noch ganz am Anfang. Aber wir würden uns freuen, wenn du mitkommst."

„Na gut, wir schauen mal", hatte Rose zweifelnd geantwortet und damit verabschiedeten sich die beiden.

AN DAS GESPRÄCH von gestern denkt Sophie jetzt zurück und auch daran, wer sie selbst vor einem Jahr gewesen ist. Sie hofft von ganzem Herzen, dass die neue Wohnung ihr und Patrick guttun wird und dass sie wieder ganz zueinander finden. Aber dafür muss die Wohnung erst einmal fertig werden und daher geht sie jetzt rüber und schaut sich den Fortschritt an. Wenn sie ehrlich ist, so sieht es für sie alles noch sehr chaotisch aus, aber der Bauleiter versichert ihr, dass die Arbeiter – nach mittlerweile mehreren Verzögerungen – nun wirklich am Wochenende fertig sein werden und der Umzug beginnen kann. Sophie ist heilfroh und stellt sich vor ihrem inneren Auge vor, wie alles aussehen und wie sie die Wohnung möblieren wird. Sie kann es kaum erwarten. Wie letztes Jahr steht ihr bald wieder ein neuer Anfang bevor!

Dann zieht sie sich ihre Laufsachen an und macht eine Runde durch die Kensington Gardens. Nach dem Lauf ruft sie Patrick an und freut sich, dass er sich gut und entspannt anhört. Was hat sie diese positive Stimmung in letzter Zeit an ihm vermisst! Den Rest des Tages verbringt sie im Spa des Hotels und lässt es sich dort gut gehen. Zudem macht sie in dem zugehörigen Gym etwas Yoga und freut sich, wie viel gelenkiger sie schon geworden ist. Muskeln und Sehnen dehnen sich sehr schnell, wenn man dranbleibt, und es ist unglaublich, wie viel besser man sich fühlt, wenn man beweglicher ist. Sie hat auch das Gefühl, dass das Yoga sich positiv beim Laufen bemerkbar macht. Sie fühlt sich seitdem geschmeidiger, leichter. Nach ihren Übungen auf der Matte gönnt sie sich noch eine Massage, geht in ihr Zimmer, zieht sich einen bequemen Pyjama an und bestellt etwas beim Zimmerservice. Dann legt sie sich ins Bett und genießt ihr Essen bei einem ihrer Lieblingsfilme – *Holiday* mit Cameron Diaz, Kate Winslet und Jude Law, in den sie schon immer heimlich verliebt gewesen ist. Sie und Danny streiten sich immer wer sexyer ist – Hugh Grant oder Jude Law. Für sie ist Jude Law ganz klar der Gewinner, für Danny hingegen Hugh Grant. Wobei für ihn natürlich nichts an Brad Pitt herankommt, von dem er immer noch hofft, dass er mal in seiner Galerie auftauchen wird – bislang ohne Erfolg. Morgen ist sie mit Rob und Danny, sowie mit Aishley und Rose verabredet. Nicolai befindet sich auf einer Reise für eine Reportage, die er gerade schreibt, und sie freut sich, ihre Freunde wiederzusehen. Patrick plant auch vorbeizukommen, falls er pünktlich aus Somerset loskommt.

Am nächsten Morgen geht Sophie laufen, macht dann ein paar Yogaübungen im Hotelgym und gönnt sich schließlich ein ausgiebiges Frühstück. Sie sind jetzt schon seit so vielen Wochen in diesem Hotel, sie möchte sich gar nicht vorstellen, wie hoch die Rechnung sein wird. Aber es bringt nichts, jetzt daran zu denken. Lieber zieht sie sich eine weite Jeans und ein Sweatshirt an, bindet sich die Haare locker zum Pferdeschwanz zusammen und macht sich auf den Weg in ihr Atelier. Sie arbeitet gerne für einige Stunden an den Wochenenden, wenn alles still und ruhig ist und sie ganz in ihren Entwürfen versinken kann. Nichts anderes zu hören als ihren eigenen Atem und den Bleistift auf dem Papier oder das Surren der Nähmaschine kommt für sie der Vorstellung vom Paradies nah. Heute ist ein eher kühler, windiger Tag und zudem Sonntag, weshalb die meisten Londoner es sich zu Hause gemütlich machen. Natürlich ist Covent Garden wie immer voller Touristen, aber selbst diese scheinen sich heute entschieden zu haben, sich in diversen Cafés niederzulassen, anstatt die Straßen zu bevölkern und ein Durchkommen zu behindern. Sophie hat jetzt die Prototypen der schwarzen Kollektion schon fast fertiggenäht. Dann kommt noch eine weiße und schließlich eine bunte. Wie beim letzten Mal wird es an die fünfzehn Grundteile geben, die alle mit anknöpfbaren Accessoires umgestaltet werden können. Heute wird sie noch am letzten Schliff für die schwarze Kollektion arbeiten und dann bald mit den nächsten beginnen. Sie freut sich darauf.

Nach ein paar Stunden konzentrierten Arbeitens fährt sie wieder ins Hotel zurück, schwimmt noch ein paar Runden im Pool – sie ist wirklich zu einer Sportmaus geworden –, geht dann noch in die Sauna, macht sich eine Packung in die Haare, die sie im Dampfbad einwirken lässt, und fährt schließlich mit dem Aufzug wieder hinauf ins Zimmer, wo sie duscht und sich für den Abend fertig macht. Es wird eine entspannte Runde, daher entscheidet sie sich für eine Jeans von Acne, Wildlederstiefeletten von Isabel Marant und eine weich fließende Bluse von Zara. Dazu ein paar Ohrringe, die sie mal in Dublin gekauft hat. Wie immer ‚Mademoiselle' von Chanel hinter die Ohren, dezentes Make-up, die Haare zu einem lockeren Dutt gebunden und fertig ist sie, um ihre Freunde beim Inder um die Ecke zu treffen. Außer Rose sind alle schon da und sie begrüßen sich herzlich. Sie lieben es,

Sonntag abends auszugehen, um das Wochenende mit guten Freunden ausklingen zu lassen und positiv in die neue Woche zu starten. Sie bestellen wie immer viele kleine Leckereien, dazu Naan und eine Flasche Wein. Dann kommt auch schon Rose, die leicht gehetzt aussieht.

„Alles klar, Schätzchen?", fragt Danny sie und sieht besorgt auf ihre fast fiebrig wirkende Haut.

„Ja, ja, alles gut, danke", antwortet Rose, schaut nervös auf ihr Handy und platzt dann heraus: „Nur Harry meldet sich nicht so viel, wie ich erwartet hätte. Es war doch alles so perfekt und irgendwie höre ich seit dem Abend nicht mehr wirklich etwas von ihm. Er meldet sich zwar manchmal mit einer kurzen SMS zurück, aber ich hätte eigentlich gehofft, dass wir uns mittlerweile mal wiedergesehen hätten."

„Ah, Mr Schnellschuss", grinst Aishley und fügt lachend hinzu: „Ist offensichtlich schnell im Kommen und auch schnell im Gehen."

Auch Sophie muss lachen, obwohl es ihr leidtut, Rose – mal wieder – so zu sehen.

„Harry? Mr Schnellschuss?", fragt Danny und sieht ratlos Rob an.

Doch auch der zuckt nur mit den Schultern

„Ich weiß genauso viel wie du, aber ohne ein Genie sein zu müssen, denke ich, dass es um eine von Roses neuen Eroberungen geht." Und an sie gewandt fügt er hinzu: „Dein Liebesleben in allen Ehren, Rose, aber möchtest du dich nicht erst einmal setzen oder uns vielleicht sogar begrüßen, bevor du wieder dieses unglückliche Gesicht aufsetzt? Hier, ein Glas Wein kann nicht schaden", fügt er hinzu und gießt Roses Glas extra voll.

„Sorry, Leute", sagt Rose jetzt leicht beschämt. „Natürlich sollte ich euch zunächst begrüßen", und damit verteilt sie um den Tisch herum Küsschen und nimmt einen großzügigen Schluck Wein, was ihr Gesicht nicht weniger rot macht, sondern es im Gegenteil in der Farbe einer Tomate anlaufen lässt. Aber so ist Rose nun einmal. Trägt ihr Gefühle offen zur Schau und scheint ihnen auch voll und ganz ausgeliefert zu sein. Da die Freunde wissen, dass Rose nicht wirklich geistig anwesend sein wird, solange sie ihre Geschichte nicht losgeworden ist, erzählt sie nun also Rob und Danny von der Sache mit Harry. Sophie und Aishley tauschen dabei wissende Blicke aus. Dieser Harry war also doch zu gut, um wahr zu sein. Roses Pechsträhne scheint weiterzugehen. Sophie ist froh, dass sie das jetzt besprechen, bevor Patrick zu ihnen stößt. Sie befürchtet, dass er zum Killer wird, wenn er sich noch eine einzige von Roses Liebesgeschichten anhören muss. Da hat sie mehr Geduld. Und Danny und Rob sowieso. Danny schwelgt selbst gerne immer in jeglichen Details. Und dass Aishley hier und da ihre zynischen Kommentare einwirft, scheint Rose nicht weiter zu stören. Im Gegenteil, es scheint sie zu erfreuen, dass sie überhaupt eine Reaktion bekommt. So kommt jetzt stöhnend von Aishley:

„Kann mich jemand hier wegbeamen? Letztes Jahr Sophies Drama mit dem Knochenhintern und kaum hat diese den Verstand wiedergewonnen, kommt Rose mit einer ganzen Armee von Psychos. Selbst wenn man es drauf anlegen würde, würde man es doch nicht schaffen, so viele Kotzbrocken hintereinander anzuziehen. Wie machst du das nur Rose? Du solltest einen Reiseführer darüber schreiben: ‚Hier findet man die größten Idioten Londons – persönlich erprobt und getestet!' Es wäre ein Bestseller, denn so wüssten alle anderen, welche Orte sie zu meiden haben. Obwohl, nach dem, was ich in den letzten Monaten gehört habe, hast du ja schon so ziemlich jeder Location eine Chance gegeben, das heißt die einzige Möglichkeit scheint zu sein, dass man sich zu Hause einschließt. Und jetzt fühlt es sich wie ein Déjà-vu von Sophie im letzten Jahr an. Aber ich habe ja die Geduld einer Heiligen, daher frage ich jetzt: Was heißt, er schreibt manchmal zurück? Du willst doch damit nicht andeuten, dass du ihn von dir aus kontaktierst? Hast du denn gar nichts gelernt? So absolut nichts?“

„Ich weiß, was du denkst, Aishley, ich weiß, wie hart du bist, wenn es um diese Sachen geht, und ich weiß auch, dass es bei dir funktioniert. Aber ich mag diese Spielchen nicht. Ich will sie einfach nicht spielen. Man muss doch ehrlich sein und seine Gefühle mitteilen können. Vor allem haben wir uns jetzt schon zwei Mal gesehen und eine schöne Zeit und vor allem eine ganze Nacht miteinander verbracht. Da wird man doch mal mit den Spielchen aufhören dürfen. Das wirkt alles so unehrlich auf mich.“

Aishley und Danny schauen sich über den Tisch hinweg an und prusten beide los. Speicheltröpfchen verteilen sich fröhlich über das Essen.

„Schon zwei Mal gesehen!“ Danny laufen Tränen über die Wangen. „Und sogar schon eine Nacht miteinander verbracht. Ich schmeiß mich weg.“ Er kann vor lauter Lachen kaum mehr sprechen, fährt dann aber doch fort: „Schätzchen, wann wirst du endlich anfangen, Männer zu verstehen? Ob schwul oder hetero, wir würden alles, absolut alles tun, um Sex zu bekommen, verstehst du mich? Das hat null, aber auch wirklich null mit Gefühlen zu tun. Wenn ein Mann Sex kriegen kann, nimmt er ihn sich, außer natürlich, er fühlt sich jemand anderem gegenüber so loyal, dass er darauf verzichtet, wenn auch manchmal schweren Herzens“, sagt er mit einem flüchtigen, schuldbewussten Blick zu Rob, der jedoch nur ungläubig den Kopf schüttelt.

Rose sieht Danny schockiert an und wendet sich dann Rob zu: „Aber du, Rob, du bist doch nicht so, oder?“

„Was ist Rob nicht?“, ertönt da eine Stimme hinter Sophie, während sie zeitgleich vertraute Hände auf ihren Schultern spürt. Patrick! Er ist schon da! Freudestrahlend springt Sophie auf und wirft sich Patrick in die Arme. Seine Anwesenheit hat immer noch die gleiche Wirkung auf sie wie am Anfang. Oder ist es gar inzwischen noch schlimmer?

„Rose meint, dass Rob nicht sexuell ist. Nicht so ein Tier wie wir anderen Männer“, gluckst Danny nun, und noch immer laufen Tränen über sein Gesicht. „Was glaubst du, Rose, dass Rob nur mit mir zusammen ist, weil ich so schöne Augen habe? Dass wir uns im Bett ein Küsschen geben und dann Rücken an Rücken einschlafen? Nur weil Rob nicht wie ich ständig davon spricht, heißt das noch lange nicht, dass er nicht genauso ein Ungeheuer ist wie wir anderen.“ Mittlerweile kann Danny sich kaum mehr einkriegen und auch die anderen lachen.

Rose ist mittlerweile knallrot im Gesicht und wendet sich nun Patrick zu. „Patrick, die beiden sind schwul, das ist etwas anderes, die gehen auch in komische Clubs und so“, hierbei werfen sich Danny und Rob einen entsetzten Blick zu, aber Rose lässt sich nicht aus dem Konzept bringen. „Aber du, du bist doch anders. Bei dir bedeutet es doch etwas, wenn du mit einer Frau schläfst, oder? Du könntest das doch nicht einfach so?“

Alle sehen Patrick erwartungsvoll an, besonders Sophie, die zwar so tut, als sei sie an seiner Antwort nicht besonders interessiert und Krümel vom Tisch in ihre offene Hand fegt, aber ihre Ohren sind gespitzt und ihr ganzer Körper auf ‚Aufnahme' geschaltet.

Patrick lacht. „Du hast schon recht, Rose, es ist sehr viel schöner, mit einer Frau zu schlafen, wenn man Gefühle für sie hat“, damit streichelt er Sophie kurz über das Bein. „Aber leider muss ich Danny auch recht geben. Für uns ist Sex in gewisser Weise auch eine Notwendigkeit und sehr eng an unser Ego und unser Mannesbild geknüpft. Das heißt, dass es sicherlich einfacher ist, uns zum Sex zu bewegen als zum Beispiel eine Frau. Sex ist uns einfach wichtiger als euch, aber auch gleichzeitig nicht so wichtig. Damit meine ich, dass wir Sex haben können, ohne dem die gleiche Bedeutung beizumessen, wie ihr es tut. Für uns kann es einfach nur ein Bedürfnis erfüllen oder lediglich einen gewissen Reiz haben und das geht auch, ohne dass Gefühle dabei sind. Es tut mir leid, wenn ich mich damit selbst von dem Sockel gestoßen habe, den du für mich aufgebaut hast", sagt er lachend und auch die anderen außer Rose lachen. Und außer Sophie. Denn obwohl diese zwar Lachgeräusche macht, so zieht sich in ihr drin doch alles zusammen. Wo kommen in letzter Zeit nur die ganzen Gespräche und Andeutungen über das Fremdgehen und unverbindlichen Sex her? Will Gott ihr damit vielleicht etwas sagen?

„Halt mich da raus", antwortet dieser prompt und Sophie weiß, dass sie sich von ihm keine bessere Antwort erhoffen kann. Manchmal ist Gott erstaunlich diskret. Aber wie dem auch sei, die Stimmung mit Patrick war in letzter Zeit so angespannt, sie sollte froh sein, dass sie jetzt so entspannt zusammensitzen, und sie nimmt sich vor, das nicht kaputt zu machen. Diese Diskussionen, die sie in letzter Zeit haben, und auch ihre eigene Nörgelei scheinen wie Gift in ihrer Beziehung zu wirken. Gift, das zunächst unbemerkt bleibt, sich aber langsam ausbreitet. Trotz der großen Rede, die sie vor Rose geschwungen hat, wird sie nicht zulassen, dass dieses Gift allmählich ihre Beziehung zerstört. Vielmehr wird sie bewusst dagegenwirken. Daher fängt sie jetzt an, über unverbindliche Themen wie die Einrichtung der Wohnung zu sprechen, sowie über die morgen anstehenden Bewerbungsgespräche mit den Kandidaten für die Position als Social Media Manager. Es wird noch ein netter Abend und auch wenn Rose etwas stiller als sonst ist, so unterhalten sich doch alle gut und lachen viel, was vor allem Danny zu verdanken ist. Und Sophie hat die ganze Zeit Patricks Hand auf ihrem Bein liegen, was ihr mit jeder Faser ihres Körpers bewusst ist und was sie in vollen Zügen genießt. Als sie nach Hause kommen, machen sie noch Liebe, und es fühlt sich alles fast wie normal an. Aber eben nur fast. Sophie liegt noch lange wach. Sie spürt, dass sie sich verändert. Es fühlt sich so an, als würde sie auf rohen Eiern gehen. Patrick mag das

Thema Yoga nicht, also erwähnt sie es kaum mehr. Patrick will nicht über Roses Liebschaften reden, also versucht sie auch dieses Thema zu vermeiden. Patrick will nicht über die komische Stimmung zwischen ihnen sprechen, also spielt sie mit und tut so, als sei alles normal. Sie ist so stolz darauf gewesen, sich selbst und ihre Stärke gefunden zu haben und jetzt spürt sie, wie sie in Patricks Gegenwart immer vorsichtiger wird, um ihn nicht zu verärgern. Schon allein das Wort ‚verärgern'. Wie eine misshandelte Hausfrau, die Angst vor ihrem Mann hat. Soweit sie weiß, heißt dieses Verhalten Co-Abhängigkeit, wenn man sich vom Verhalten seines Partners abhängig macht. Sie wird mehr darüber nachlesen müssen, aber eines weiß sie: Sie will nicht co-abhängig sein. Sophie ist eine selbstbewusste, kluge Frau, die die Freiheit hat zu gehen, wann immer sie möchte. Und der Patrick, den sie kennengelernt hat, war nie verärgert. Er hat immer alles mit leichtem und sympathischem Humor gesehen und war glücklich, wenn er sie glücklich sah. Sie konnte vor ihm daherplappern, so viel sie wollte, und er hat es immer genossen und ihre Lebensfreude zu schätzen gewusst. Selbst Stress mit seiner riesigen Firma konnte er immer aus ihrer Beziehung heraushalten. Und jetzt ist er plötzlich so anders. Manchmal kommt er ihr fast wie ein Fremder vor. Dann hat sie das Gefühl, ihn gar nicht mehr zu kennen. Wo ist der souveräne Mann geblieben, in den sie sich so verliebt hat? Und vor allem: Wo ist die souveräne Frau geblieben, zu der Sophie sich im letzten Jahr entwickelt hat? Sie muss dieser Spirale ein Ende bereiten. Gleich morgen würde sie das Yoga-Retreat auf Ibiza buchen. Sie braucht Abstand, um das Ganze zu verstehen. Sie will wieder zu sich zurückfinden. Und das geht nun einmal nicht mit Patrick hier auf dem begrenzten Raum des Hotelzimmers. Nächste Woche fängt der Mai an und dann können sie endlich umziehen. Im Mai würde sie sich ganz auf den Umzug konzentrieren, die Einweihungsparty machen und ihre Kollektion so weit in Form bringen, dass sie ohne schlechtes Gewissen für eine Woche wegfahren könnte. Vor Patrick hat sie das Retreat noch gar nicht erwähnt, das müsste sie auch bald machen. Aber sie wird ihn vor vollendete Tatsachen stellen. Es ist schließlich schon erstaunlich, dass er sie noch nicht einmal gefragt hat, was sie ihm Sommer machen wollen, obwohl dieser doch bald vor der Tür steht. Da muss er sich nicht wundern, wenn sie etwas ohne ihn plant. Und mit diesen Gedanken schläft sie ein.

Am nächsten Morgen trifft sie sich mit Aishley in deren Fotostudio, um zusammen die Lebensläufe der Bewerber durchzugehen, bevor diese im Studio auftauchen. Aber als Sophie ankommt, besteht sie zunächst darauf, dass sie das Yoga-Retreat buchen. Sie möchte es fest reserviert wissen und sich darauf freuen können. Sie gehen am PC zusammen die Bilder durch, geben dann ihre Kreditkartendetails ein und klicken auf ‚buchen'. Jetzt gibt es kein Zurück mehr. Anfang Juli eine Woche Ibiza mit sage und schreibe fünf Stunden Yoga und Meditation am Tag, nur vegetarisches Essen und – für beide völlig ungewohnt – kein Alkohol. Aber das ist ja der Sinn der Sache, dass sie mal etwas für sich tun, was sie sonst nicht tun, und die beiden haben keinen Zweifel daran, dass sie danach erholt und mit klarem Geist zurückkommen. Aber jetzt müssen sie erst einmal wach und munter für die Bewerber sein. Aishley hat sich schließlich doch überreden lassen, auch Männer einzuladen und der erste kommt in einer halben Stunde. Ein Grafikdesigner asiatischen Ursprungs. Ihrem Ästhetikgefühl entsprechend hat Aishley Mann, Frau, Mann, Frau eingeladen. Sie mag es symmetrisch. Pünktlich um zehn betritt Ken das Studio und sieht aus wie aus dem Ei gepellt. Toller schwarzer Anzug, offensichtlich maßgeschneidert, ein gestärktes weißes Hemd, schmale Krawatte und auf Hochglanz polierte Schuhe. Und wie bei Asiaten so oft der Fall sieht er viel jünger aus als auf seinem

Lebenslauf angegeben. Sophie beneidet ihn sogleich um seine glatte, faltenfreie Haut, die ebenfalls auf Hochglanz poliert zu sein scheint, und kommt sich neben ihm fast ein bisschen gewöhnlich vor. Manche Menschen haben diese Wirkung auf sie. Lydia hatte sie anfangs auch, bevor Sophie ihre herzliche Art kennenlernen durfte. Mit Ken stimmt einfach alles – er ist diskret, höflich, hat ein Portfolio dabei, das seine Talente in ansprechender Weise aufzeigt, stellt die richtigen Fragen und gibt die richtigen Antworten. Und genau das ist das Problem. Sobald er raus ist, schauen Sophie und Aishley sich an und schütteln beide gleichzeitig den Kopf.

„Viel zu perfekt", stöhnt Aishley, „allein seine Anwesenheit würde mir alle Kreativität rauben."

„Puh, bin ich froh, dass du das sagst", atmet Sophie auf. „Ich hatte schon Angst, diese Parfumwolke die ganze Zeit hinter mir riechen zu müssen, wenn er mir über die Schulter schaut. Und mich jeden Tag eine Stunde länger stylen zu müssen, damit ich neben unserem Social Media Manager nicht wie eine Schlampe aussehe."

„Und diese weißen Zähne", gibt Aishley zurück, „wir würden einmal im Monat zum bleachen gehen und bald wie Pamela Anderson aussehen!"

„Und wahrscheinlich sind seine Beine glatter und zarter als unsere und Haare wachsen ihm auch unter den Armen nicht und wir würden neben dem Bleachen unsere ganze Zeit im Waxing-Studio verbringen."

„Natürlich nur, wenn wir nicht gerade auf dem Laufband sind, um einen ebenso kleinen Hintern und schmale Hüften wie er zu bekommen."

„Nicht zu vergessen der Friseursalon – solch einen Glanz kriegt bei Europäern nur der Friseur hin, während Asiaten jeden Morgen so aufwachen."

„Und hast du seine Wimpern gesehen?! So lang und gebogen, da bleiben wahrscheinlich allen Ernstes die Regentropfen dran hängen."

„Nein, du hast recht, ich kann nicht die ganze Zeit damit verbringen, meinen Social Media Manager für seine Schönheit und Eleganz zu bewundern“, schließt Aishley das Thema. „Leider disqualifiziert.“

„Ja, aber lass uns noch ein wenig warten, bis wir ihn anrufen und es ihm mitteilen, es soll ja zumindest so aussehen, als hätten wir darüber nachgedacht.“

„Da stimme ich dir zu“, sagt Aishley aus dem Fenster schauend, „und sieh, da kommt die Nächste. Das genaue Gegenstück zu unserem Adonis, da können wir beide wieder etwas Selbstbewusstsein tanken.“

Und tatsächlich kommt jetzt Heather hereingeschneit, ein Mädchen wie frisch vom Land mit Cordhose, Rucksack, krausen Haaren und lehmigen Stiefeln, die sehr an Gummistiefel erinnern. So genau kann man das unter dem Schlamm nicht erkennen. *Vielleicht ist sie nach einem Wochenende auf dem Land gleich hier zu uns gekommen*, denkt Sophie während sie Heather freundlich die Hand hinstreckt. Nein, Heather ist nicht direkt vom Wochenende auf dem Land zu ihnen gekommen, wie sich bald herausstellt, sondern sie läuft immer so herum. Auch scheint sie von Mode nicht so wahnsinnig viel zu halten und von der Oberflächlichkeit der Großstadt und ihrer Einwohner auch nicht. Sie sagt dies alles mit einem süßen Lächeln, aber je mehr sie spricht, umso mehr erinnert sie Sophie an ein Mitglied irgendeiner schrägen Sekte, die alles Weltliche ablehnt. Mit Schrecken stellt sie sich vor, wie Heather reagieren würde, wenn sie mitbekäme, dass Sophie und Aishley sich an Freitagen zum Mittagessen schon einmal gerne eine Flasche Wein teilen. Ohne jeglichen Grund. Nur weil Freitag ist und sie sich selbst und ihre Freundschaft zelebrieren. Das Gespräch mit Heather geht eher schnell zu Ende und Sophie schaut ihre Freundin danach erstaunt an.

„Aish, da lobe ich immer deine schier unerschöpflichen Talente und habe auch ansonsten vollstes Vertrauen in dich und jetzt DAS? Wie hat sie es nur in die Auswahl für's Vorstellungsgespräch geschafft? Hast du ihr Telefon gesehen? Sie hat allen Ernstes noch ein Nokia! Nokia! Ich wusste gar nicht, dass es die noch gibt. Du glaubst doch nicht im Ernst, dass man da Apps runterladen kann, geschweige denn dass Frau ‚ich bin ein Naturmensch und halte nichts von der Zivilisation' jemals auch nur im Entferntesten daran denken würde, Insta runterzuladen oder Modefotos zu schießen. Jetzt, da ich es sage, ich bin erstaunt, dass sie überhaupt ein Mobiltelefon hat. Wie hat sie denn ihre Bewerbung geschrieben? Mit Tinte auf Papier und sie dann per Brieftaube geschickt?"

Aishley steht knallrot vor Sophie. Knallrot – das passiert Aishley nicht oft.

„Du hast ja recht", stottert sie unsicher. „Ich bin wohl nicht so gut darin, Leute einzustellen. Die Bewerbung kam tatsächlich mit normaler Post und ja, war handgeschrieben." Mittlerweile ist Aishley noch röter, falls das überhaupt geht. „Ich dachte, das sei cool, sehr retro. Eine, die sich nicht anpasst, sondern der Zeit schon wieder voraus ist und sich nicht vorschreiben lässt, was man macht. Die so ultracool ist, dass sie es sich leisten kann, anders zu sein. Das hat mir gereicht, um sie einzuladen. Ich konnte ja nicht wissen, dass sie nicht der Zeit voraus, sondern direkt ‚meiner kleinen Farm' entsprungen ist".

Darauf prusten die beiden los.

„Hast du den Kragen gesehen? Wie einer dieser Topfuntersetzer, die man in der Schule häkeln musste!"

„Die so absolut natürlichen Haare, die niemals falsche Farbe sehen dürfen?"

„Kein High Heel hat jemals diesen Fuß berührt!"

„Kein Rasierer diese Beine!"

„Stallduft ist Parfum genug."

„Mode ist nur etwas für Oberflächliche."

„Wieso hat sie sich überhaupt beworben?"

„Ich habe keine Ahnung - aber wirklich so *überhaupt* keine Ahnung! Vielleicht wollte sie uns konvertieren?“

„Na, viel Erfolg damit“, damit brechen die beiden vor Lachen fast zusammen und müssen sich die Tränen abwischen, als es erneut klingelt und Brian vor ihnen steht. Netter Typ, beide sind erleichtert. Weder so schön, dass man geblendet ist, noch so eine Naturperson, dass es die Nase beleidigt. Einfach ein netter, freundlicher, okay angezogener Typ mit einem breiten Grinsen und Sommersprossen in einem runden Gesicht, das auf einem breiten Nacken sitzt. *Bestimmt ein Rugbyspieler,* denkt Sophie *und ganz klar ein Ire.* Dabei denkt sie kurz an ihren One-Night-Stand mit Kevin, dem Iren am Strand von Brighton, und wird leicht rot, während sie Brian begrüßt. Wofür sie sich einen erstaunten Blick von Aishley einfängt und auch Gott ist wieder nicht weit und meldet sich zu Wort: „Falsch, kein Ire, ein Schotte. Eltern kommen aus Edinburgh und er ist erst seit Kurzem hier. Ein netter Kerl. Sicherlich eines meiner eher bodenständigen Exemplare. Nicht so wie dieser fürchterlich Gianni Versace, der übrigens gerade in goldenen Socken – in goldenen Socken, kannst du das glauben! - an mir vorbeigerauscht ist, mit meiner Engelsschar im Schlepptau, alle ebenfalls in goldenen Socken und mit Goldpuder im Gesicht. Er nennt es Feenstaub! Das verkommt hier oben langsam zu einem Zirkus!“

Sophie muss grinsen und wendet sich wieder Brian zu – ein Schotte, natürlich, wie konnte sie das nur nicht erkannt haben! Und hier fängt das Problem an: Sie kann sich das Lachen kaum verkneifen, wenn sie seinen schottischen Akzent hört, und sie merkt, Aishley geht es genauso. Durch ihre Hysterie zuvor sind sie jetzt wie zwei kichernde Mädchen, die kaum zu bändigen sind. Brian gibt sich Mühe und ist auch wirklich sehr nett, aber Sophie weiß schon jetzt, dass sie mit dem Schottischen nur schwer klarkommen wird. Abgesehen davon, wie lustig es sich in ihren

Ohren anhört, versteht sie es kaum. Sie erinnert sich, dass sie einmal aus Versehen in eine Lesung von *Trainspotting* gestolpert ist und nach ein paar Minuten wieder raus musste, da sie tatsächlich überhaupt nichts verstanden hat. Der Autor machte einen Witz über sie, als sie ging, was sie auch nur daran merkte, dass alle anderen lachten und sie ansahen.

„Sophie, du benimmst dich unmöglich, hör dem armen Jungen doch einfach mal zu, er gibt sich solche Mühe und versucht, deine Aufmerksamkeit zu bekommen und du denkst nur an Iren am Strand und irgendwelche Schotten in Buchhandlungen. Jetzt reiß dich zusammen und schenk ihm die Aufmerksamkeit, die er verdient."

Gott hat recht, denkt Sophie. Sie muss sich wirklich am Riemen reißen. Der arme Brian schaut verwirrt von einer zur anderen und versucht, sich im besten Licht darzustellen. Aber Sophie weiß, es ist zu spät. Der Zug für eine Zusammenarbeit zwischen ihnen dreien ist abgefahren. Sie hat kaum mitbekommen, was er überhaupt gesagt hat, so sehr hat sie versucht, ihr Kichern zu unterdrücken. Damit verabschieden sie sich nach einigen mehr oder weniger höflichen Floskeln von ihm, machen die Tür zu und brechen nun endgültig vor Lachen auf dem Boden zusammen.

„Aish, wo hast du die nur alle her? Das ist ja ein netter Kerl, aber machst du das, um mich auf den Arm zu nehmen? Die können ja wohl alle nicht dein Ernst sein!"

Aishley liegt auf dem Rücken und hält sich den Bauch. „Nur für das Lachen war es das schon wert", sagt sie mit tränenüberströmtem Gesicht. „Der arme Brian, so ein netter Typ, der kann ja wirklich nichts dafür!"

„Das will ich allerdings auch meinen", murmelt Gott mit hörbarer Empörung in der Stimme. „Undankbare, engstirnige Hühner. Wollen als kosmopolitisch durchgehen und kommen noch nicht einmal mit einem Dialekt klar, der nicht direkt bei ihnen vor der Haustür gesprochen wird. Und lachen über die arme Heather. Die versteht wenigstens Schottisch."

Aishley hört Gottes Stimme ja leider nicht, aber bei dem Namen Heather fängt Sophie gleich noch mehr zu lachen an und beide überhören beinahe die Klingel, die ihre letzte Kandidatin an diesem Tag ankündigt. Sie machen sich noch nicht einmal mehr die Mühe, ihren Lachkrampf zu verbergen, sondern machen kichernd auf und vor ihnen steht Blair. Cool, jung, hip und mit einem unwiderstehlichen Lächeln im Gesicht. Mit ihren weniger als 160cm, dem Gesicht voller Sommersprossen und den wilden Haaren sieht sie aus wie ein frecher, liebenswerter Kobold.

„Hier will ich arbeiten", sagt sie sogleich, „einen Moment."

Und damit zückt sie das neuste iPhone und macht ein, zwei Bilder von Sophie und Aishley, die sie ihnen sofort zeigt. „Na, wie findet ihr das? Fängt doch die Atmosphäre perfekt ein. Könnten wir gleich als erstes Foto auf eure Instagram-Accounts nehmen, als Auftakt sozusagen."

Und damit schiebt sie sich grinsend an den beiden vorbei und verbringt die nächste Stunde damit, den beiden ihre eigenen Social Media Accounts zu zeigen, Accounts, die sie betreut, und auch ein paar Modedesigns, an denen sie momentan arbeitet. Ein cooler Street-Style-Look, größtenteils aus Sweatshirt-Stoff. Wie Sophie und Aishley jetzt erfahren, hat Blair drei Leidenschaften, und das sind Clubbing, Modedesign und Fotografie. Sie ist schon lange ein Fan von Aishley und seit Sophies Kollektion erhältlich ist auch ein Fan von ihr. Daher würde sie sich ganz besonders freuen und geehrt fühlen, für die beiden Freundinnen tätig werden zu können. Sie würde eine Art Mädchen für alles sein, auch gerne einfache Assistentenjobs machen, wenn sie im Gegenzug von den beiden lernen darf und wenn möglich auch mal bei Sophie im Atelier weiter ihre eigene Kollektion entwerfen, Prototypen nähen und Aishleys Dunkelkammer mitbenutzen darf. Die Atmosphäre zwischen den dreien fühlt sich fantastisch an und sowohl Sophie als auch Aishley freuen sich über die Vorstellung, diesen Wirbelwind als Teil ihres Teams willkommen heißen zu dürfen. Sie verabreden noch ein bescheidenes Gehalt, das Blair eigentlich gar nicht will, aber auf das Sophie und Aishley bestehen, und dann schütteln sie sich alle gegenseitig die Hand und Blair fängt sofort damit an, sich in Aishleys Studio umzusehen und die ersten Fotos zu machen. Morgen ist dann Sophies Atelier dran. Glücklicherweise liegen die beiden Locations so nah beieinander, dass ein Hin-und Herlaufen zwischen beiden problemlos möglich ist. Sophie spürt, dass Blair neuen Wind in ihre Arbeit bringen wird und freut sich nun, dass Aishley auf diese Idee gekommen ist. Sie machen aus, am Abend mit Blair essen zu gehen, um sich besser kennenzulernen. Eigentlich waren sie schon mit Rose verabredet, aber die kann ja dazukommen, das ist gar kein Problem. Glücklicherweise sind Sophie und Aishley ihre eigenen Chefs und können ihre eigenen Regeln machen.

Als sie sich am Abend bei einem Thailänder in Soho wieder treffen, wartet Rose schon auf sie und sie stellen Blair und Rose einander vor, bevor sie Cocktails für alle vier bestellen. Die drei Freundinnen müssen gar nicht mehr in die Karte schauen, um ihr Essen auszuwählen, sie nehmen beim Thailänder immer das Gleiche. Rose ein grünes Hühnercurry, Aishley ein rotes und Sophie eine große Schale Tom-Yum-Suppe. Auch Blair weiß sofort, was sie will, und wird den anderen damit immer sympathischer. Sie sind alle Fans von schnellen Entscheidungen im Restaurant, nur Rose ist durch das vor allem von Aishley vorgelegte Tempo manchmal etwas gestresst. Jetzt wendet sie sich noch leicht schüchtern an Blair und kommt gleich auf ihr Lieblingsthema zu sprechen.

„Hast du einen Freund, Blair? Oder sogar einen Ehemann?“

Das schafft auch nur Rose, denkt Sophie. *Wozu auch Zeit mit*

Small Talk verschwenden, wenn man gleich zur Sache kommen kann.

Blair lacht laut auf.

„Ich und einen Mann? Du machst wohl Witze. Eher würde ich mich mittlerweile an Hunde halten. Oder Hamster. Oder Kaninchen. Ist mir egal was. Nur keinen Mann."

„Oh Mann, oh Mann, da hat aber jemand schlechte Erfahrungen gemacht", flüstert Aishley und glaubt, dass Blair sie nicht gehört hat. Doch diese scheint Ohren wie ein Luchs zu haben und dreht sich mit funkelnden Augen zu Aishley hin.

„Schlechte Erfahrungen, sagst du? Ja, so könnte man das wohl nennen, Liebelein", sagt sie und fährt fort: „Ich erzähle dir einfach mal von meiner letzten Erfahrung: Da nehme ich mir schon einen Schweizer, keinen Italiener, keinen Franzosen, bloß keinen Gigolo, sondern einen ausgesprochen langweiligen Jungen aus dem heimeligen Luzern und was passiert? Nach über einem Jahr Beziehung finde ich heraus, dass er nicht nur auf allen erdenklichen Datingplattformen ist, sondern zudem nicht ein, nicht zwei, nein – ganze drei Beziehungen neben mir laufen hat. Parallel. Und wir alle vier dachten, wir seien exklusiv. Mit mir war es ja einfach. Ich war fast nur am Wochenende unten und das auch nicht immer und meistens verließen wir die Stadt und fuhren hinaus in die Natur, um je nach Jahreszeit wandern, klettern oder skifahren zu gehen. Hat mich ein Vermögen gekostet! Aber da bestand dann natürlich kein Risiko, dass die anderen drei uns sehen könnten. Was er ihnen genau erzählte, was er an den Wochenenden immer macht, weiß ich bis heute nicht, aber es scheint, dass sie glauben wollten, was auch immer er ihnen erzählte. Und ich wollte glauben, dass er so unglaublich beschäftigt war, wenn er unter der Woche abends kaum sprechen konnte. Er war IT-Berater in einer großen Firma und ich nahm ihm seine verrückten Arbeitsstunden ab. Mit seiner Paranoia bezüglich Sicherheit und Privatsphäre hat er dann auch begründet, dass er nicht nur keine Konten auf Facebook und so weiter hat, sondern auch seine Bilder nicht auf den Plattformen haben will. Er wollte kein gläserner Mensch sein, so sein Credo. Dass er dafür sogar Bilder von seinem Schwanz auf diversen Singleplattformen postete, fiel für ihn wohl nicht unter die Kategorie ‚Privatsphäre'." Blair lacht laut auf und wirft den Kopf zurück. „Gott sei Dank bin ich über ihn hinweg, aber Männer sind mir zurzeit immer noch suspekt."

Die anderen drei starren sie mit offenem Mund an und Blair muss lachen. „Ja, das muss man sich mal vorstellen. Dass er sich zudem noch auf Pornoseiten tummelte, kann man im Vergleich zu den Chats, die er hatte, fast schon vergessen. Ich bin ja wirklich nicht prüde, aber da haben selbst meine Wangen geglüht, als mein lieber Urs den diversen, grosslippigen, großbrüstigen, spatzenhirnigen Frauen mitteilte, was er am liebsten mit ihnen anstellen würde."

Aishley prustet los: „Urs? Was ist das denn für ein Name?"

„Urs ist ein guter, bodenständiger, verlässlicher, schweizerischer Name, genau wie Urs nach außen hin ein guter, bodenständiger, verlässlicher Schweizer war. Wie dem auch sei, als ich das alles gesehen habe, ist mir bewusst geworden, dass er sexsüchtig sein muss. Aber wer hätte das gedacht? So kam er null, wirklich absolut null rüber. Einmal wollte ich mal etwas ein wenig Gewagteres mit ihm im Bett machen und er hat vor lauter Schreck eine ganze Woche lang nicht mit mir geredet."

Jetzt prustet Aishley vollends los, während Rose nur mit schockiert aufgerissenen Augen dasitzt und Sophie sich vorstellt, wie Patrick sich möglicherweise gerade auf irgendwelchen Plattformen rumtreibt und fremden Frauen sein bestes Stück anbietet. Immer die, von denen man es nicht erwartet, oder? Da reißt Blair sie aber auch schon wieder aus ihren Gedanken:

„Ernsthaft, dann lieber jemanden, dem man schon von Weitem ansieht, dass er ein Playboy ist, da hat man es sich dann zumindest so ausgesucht. Mein Vater war so einer und ich konnte meiner Mutter wenigstens immer sagen, dass sie selber schuld sei, wenn sie sich so einen Partylöwen angelt. Daher wollte ich in meinem Partner immer genau das Gegenteil, auch wenn ich manchmal selbst ein ganz schönes Partytier bin", sagt sie grinsend. „Und da nehme ich mir extra einen zurückhaltenden Brillenträger aus der verschlafenen Schweiz, bei dem man nicht mal auf den zweiten und dritten Blick den Sex-Appeal erkennt und dann stellt sich heraus, dass selbst Casanova bei ihm in die Lehre hätte gehen können. Das Gute ist, dass ich seitdem meinen Vater in ganz neuem Licht sehe", seufzt Blair. „Ihn halte ich seitdem für einen grundsoliden, vertrauenswürdigen Mann. Immerhin hatte er neben meiner Mutter immer nur *eine* andere Frau, das ist ja fast schon spießig. So hat der gute Urs mir also geholfen, meine Vaterprobleme zu lösen. Ist doch auch was", lacht sie und hebt ihr Glas, um darauf anzustoßen. Die anderen machen fröhlich mit. Auch Sophie schafft es, die Vorstellung von einem schwanzwedelnden Patrick zur Seite zu schieben. Nur Rose ist weiterhin etwas blass um ihr hübsches Näschen.

„Was ist eigentlich mit deinem Prinz Harry, hat der sich noch mal gemeldet?", fragt Aishley sie jetzt.

„Nein, bislang noch nicht, aber es ist ja erst ein paar Tage her", wiegelt Rose ab und wird leicht rot.

Aber Aishley gibt nicht auf.

„Das heißt, nach der Nacht, als er mit seinem Schnellschuss auf seine Kosten kam und du dich zumindest an der Pasta in deinem Magen erfreuen konntest, hat er sich nicht mehr für die Nacht bedankt, sich erkundigt, wie es dir geht, nichts in dieser Art? Sich nur ein paar Mal kurz ‚zurückgemeldet', wie du das so nennst?"

„Ja, das war es bislang, von ihm kam noch nicht wirklich etwas", antwortet Rose betont abwehrend. „Aber das ist auch nicht unsere Art der Kommunikation und ich hätte auch nicht erwartet, mehr von ihm zu hören", behauptet sie dann bockig. „Irgendwann wird er sich schon melden und zwar wenn es sich für ihn richtig anfühlt. Ich will ihn da nicht drängen. Er ist sicher gerade sehr beschäftigt."

„Und das ist genau dein Problem", verdreht Aishley die Augen. „Dass du nichts erwartest und immer wie ein verschrecktes Kaninchen in der Ecke hockst und darauf wartest, was sich für den Mann richtig anfühlt. Scheiß drauf, was sich für ihn richtig anfühlt. Was fühlt sich für dich richtig an? Und ich sage dir eins – wenn ich mit einem Mann bumse, dann erwarte ich, etwas von ihm zu hören, bevor ich bei mir zu Hause auch nur den Schlüssel ins Schlüsselloch gesteckt habe. Alles andere ist nicht akzeptabel und sollte auch von dir nicht akzeptiert werden."

„Aishley, deine Sprache", sagt Rose entsetzt.

„Ach, bei meiner Sprache bist du jetzt plötzlich anspruchsvoll, ja? Ich wünschte, du würdest auch nur die Hälfte deiner Ansprüche an die Männer stellen, mit denen du ins Bett hüpfst, denn da gehören sie hin. Und nur zu deiner Info – ich sage Scheiße und bumsen, so viel es mir passt. Wenn dies deine zarten Öhrchen stört, dann hör halt weg."

„Genug jetzt", mischt sich nun Sophie ein. „Lasst uns einen schönen Abend haben. Und Prinz Harry wird sich schon irgendwann einmal wieder melden. Wer möchte noch einen Drink?"

Alle Hände schießen in die Höhe und der Rest des Abends verläuft vergleichsweise harmonisch und vor allem fröhlich.

AM NÄCHSTEN MORGEN wacht Sophie mit einem leichten Kater, aber durchaus zufrieden auf. Sie freut sich sehr darauf, mit Blair zusammenzuarbeiten und kann sich gut vorstellen, dass diese auch zu einer Freundin werden wird. Ihre Energie tut einfach gut. Patrick ist wie meistens in den letzten Tagen schon weg und sie vermisst ihr bis vor Kurzem übliches

Morgenritual, nicht nur oft noch Liebe zu machen, sondern dann noch einen Kaffee zusammen zu trinken, bevor jeder von ihnen seinen eigenen Dingen nachgeht. Diese kleinen Dinge sind es, an denen Sophie hängt, und diese Dinge sind ihr wichtig. Patrick weiß das eigentlich, aber es scheint ihm nicht mehr so wichtig zu sein, worauf Sophie Wert legt. Sie seufzt. Es könnte alles so schön sein. Sie beide sind vom Leben so reich beschenkt worden, mussten sie sich da wirklich das Leben selbst so schwer machen? Sie weigert sich zumindest, sich davon in ein Loch ziehen zu lassen. Viel zu dankbar ist sie weiterhin dafür, was ihr im letzten Jahr geschenkt wurde - vor allem der Erfolg mit ihrer Kollektion - , und sie würde nicht zulassen, dass die Laune eines anderen Menschen, selbst wenn es der ihr am nächsten stehende Mensch ist, ihr die Stimmung verdirbt.

„Sehr schön, wir freuen uns hier über jedes bisschen Dankbarkeit", hört sie Gottes heitere Stimme und lächelt. *Wenigstens einer, der wirklich immer da ist,* denkt Sophie.

„Kannst du gut Liebe machen, Gott?", fragt sie ihn jetzt.

„Ich bin der Beste", antwortet dieser. „Ist ja wohl klar."

„Okay, okay, ich will es gar nicht wissen", sagt Sophie und hält sich schnell die Ohren zu, was aber nichts bringt, da die Stimme ja in ihr drin ist. Und so hört sie jetzt trotz zugehaltener Ohren das beleidigte:

„Dann frag halt nicht. Und ich habe schon gedacht, du willst mich anmachen."

Sophie sprintet unter die Dusche und murmelt dabei: „So verzweifelt bin ich nun auch wieder nicht." Dann macht sie sich auf den Weg zum Atelier, wo Blair vor der Tür schon auf sie wartet. Sophie muss daran denken, ihr noch heute einen Schlüssel zu geben.

„Guten Morgen", ruft Blair ihr fröhlich entgegen, „was für ein traumhafter Tag!"

Das ist es wirklich, stellt Sophie fest und strahlt Blair an. Wie schön, am Morgen so freudig begrüßt zu werden!

„Guten Morgen, Blair", gibt sie zurück. „Gut geschlafen? Du bist aber schon früh auf den Beinen."

Sie sieht auf die Uhr. Es ist noch nicht einmal neun Uhr.

„Ich stehe immer gerne früh auf", gibt Blair zurück. „Die Tage sind einfach viel zu spannend, um sie zu verschlafen. Und außerdem freue ich mich schon darauf, dein Atelier zu sehen. Ich bin ein Riesenfan deiner Sachen. Und meine Kamera freut sich auch schon", sagt sie und schwenkt fröhlich ihre Nikon.

„Ach, du machst also nicht einfach alles mit dem iPhone?", fragt Sophie. „Du benutzt noch eine echte Kamera?"

Sie ist beeindruckt. Sie dachte, dass nur noch Aishley mit einer richtigen Kamera durch die Gegend läuft.

„Klar, benutze ich noch eine echte Kamera", lacht Blair. „Zugegeben, nicht für alles, vor allem nicht, wenn ich dich auch mal unterwegs begleiten und spontan Bilder machen will, aber grundsätzlich arbeite ich lieber mit der Kamera. So, dann lass uns mal eintreten in die heiligen Hallen", sagt sie enthusiastisch und folgt Sophie in ihr Atelier.

„Wow", entfährt es ihr. „Was für eine schöne, kreative Atmosphäre."

Sophie schaut sich um. Sie versucht, ihr Atelier mit den Augen einer anderen Person zu sehen, und sie muss sagen, was sie sieht, gefällt ihr. Das Atelier ist sehr hell gehalten, alles in Weiß und hellen Grautönen mit hohen Decken, einem schönen dunklen Holzboden und riesigen Fenstern, durch die so viel natürliches Tageslicht fällt, dass sie selbst bei Kleinstarbeit oft kein künstliches Licht einschalten muss. Trotzdem hat sie mehrere anthrazitfarbene Leuchten in dem Raum verteilt. Dann sind da die riesigen, nach oben hin gewölbten Fenster, die wie Torbögen aussehen und deren Rahmen weiß gestrichen sind. Vor einem der Fenster steht ihr überdimensionaler Schreibtisch, auf dem sie ihre Entwürfe anfertigt. Daneben das kleinere Tischchen mit ihrer geliebten *Singer* Nähmaschine, umringt von unzähligen

Schächtelchen mit Nadeln, Ösen, Fäden und anderem Zubehör. Und natürlich Knöpfe, unendlich viele Knöpfe, sozusagen ihr Steckenpferd. Von Knöpfen kann sie einfach nicht genug bekommen. Sophie versucht jedoch trotz des ganzen Kleinkrams, der beim Nähen erforderlich ist, alles so ordentlich wie möglich zu halten. Und dann stehen Schaufensterpuppen im gesamten Atelier herum, ihre persönlichen Mannequins. Mittlerweile ist sie nicht mehr auf die Leihgaben von einem Freund von Danny angewiesen, der beim Theater arbeitet und ihr die Puppen früher ausgeborgt hat, sondern sie hat sich ihre eigenen Puppen gekauft, an denen sie misst, ansteckt und anprobiert. So sind diese jetzt auch schon in ihre ersten von Versace inspirierten Entwürfe gekleidet und dies ist genau das, worauf sich Blair jetzt stürzt.

„Oh Sophie, was für ein Traum", jauchzt sie verzückt und fängt sogleich an, Fotos zu machen. „Keine Sorge, natürlich wird nichts, was im Kreationsprozess ist, veröffentlicht, wir wollen ja die Einführung der Kollektion nicht vorwegnehmen. Aber es ist doch gut, den Schaffensprozess zu dokumentieren. Sobald die Kollektion auf dem Markt ist, können wir dann etwas daraus machen, vielleicht sogar einen kleinen Film."

Sophie lacht. „Tob dich nur aus", erwidert sie. „Ich vertraue dir da voll und ganz. Ich nehme an, du weißt, was du zu tun hast, mit den Social Media Konten und so weiter? Da brauchst du meine Hilfe nicht?"

„Nein, nein, dabei brauche ich keine Hilfe", bestätigt Blair. „Das Einzige, was ich brauche, ist Zugang zu dir und deiner Arbeit. Und übrigens – sieh mich als deine Assistentin, dein Mädchen für alles. Ich gehe auch gerne deinen Lunch für dich abholen, mache Besorgungen für dich oder erledige, was sonst noch erledigt werden muss. Ich mache das gerne, wirklich, also bitte keine falschen Hemmungen."

„Ach was, Blair, diese Dinge kann ich durchaus selber

machen, ich will ja nicht, dass du dir ausgenutzt vorkommst", gibt Sophie zurück.

„Das tue ich nicht, Sophie, wirklich nicht. Ich finde es wichtiger, dass du deine wunderschönen Entwürfe fertigstellst anstatt dich mit Banalitäten zu beschäftigen. Du hast so viel Talent und ich bin dankbar dafür, von dir lernen zu dürfen. Aber ich habe genug Kapazität, um dir allgemein unter die Arme zu greifen."

„Das ist lieb von dir, Blair, wirklich, ich weiß das zu schätzen. Und vielleicht werde ich dein Angebot doch annehmen, denn im Moment ist bei uns tatsächlich ein wenig Land unter. Patrick und ich leben im Hotel, aber Ende der Woche sind die Bauarbeiten an unserem Haus wohl abgeschlossen und dann können wir endlich einziehen und wieder vernünftig leben. Dieses Leben im Hotel engt doch sehr ein. Da wird dann noch relativ viel Arbeit auf mich zukommen und vielleicht werde ich deine Hilfe wirklich hier und da in Anspruch nehmen. Außerdem habe ich großkotzig eine große Einweihungsparty angekündigt, das kannst du nicht zufällig auch – Partys organisieren, oder?"

Blair grinst. „Ich bin sozusagen eine freiberufliche Partyorganisatorin. Partys zu organisieren ist meine Leidenschaft, ich liebe nichts mehr als ein gutes Fest. Dabei helfe ich dir gerne, Sophie", sagt sie mit einem schelmischen Funkeln in den Augen.

Sophie muss lachen. Sie hat keinen Zweifel, dass Blair eine ausgezeichnete Partyorganisatorin ist. Dieses Mädchen hat wirklich Gott geschickt.

„Du hast es erkannt", erwidert dieser prompt. „Ich sage ja, ihr könnt euch all die Vorstellungsgespräche und diesen ganzen Quatsch sparen, aber ihr besteht ja darauf."

Sophie grinst, beschließt aber, sich jetzt von Gott nicht ablenken zu lassen. Lieber zeigt sie Blair ihre bislang entworfenen Stücke und die Dinge, die sie für die Zukunft plant. Blairs Enthusiasmus ist ansteckend und Sophie merkt, dass es guttut, sich auch mal mit einem leibhaftigen Menschen auszutauschen und nicht nur mit Gott und Versace in ihrem Kopf.

„NUR?", meldet dieser da auch schon Protest an. „Undankbares Ding."

Blair ist voller Bewunderung und sprüht nur so vor Ideen und die beiden verbringen die nächsten Stunden damit, zu brainstormen, während Blair immer wieder Fotos macht. Dies macht sie so unauffällig und unaufdringlich, dass Sophie es kaum bemerkt. Zwischendurch holen sie sich Lunch und essen, während sie weiterarbeiten. Sophie macht die Arbeit mit Blair riesigen Spaß und am Nachmittag sind beide glücklich erschöpft und Sophie entlässt Blair, damit diese ihre eigenen Sachen machen kann. Gerne kann sie sich an den freien Tisch in ihrem Atelier setzen, ihre Anwesenheit tut Sophie gut. Wer hätte das vor ein paar Tagen noch gedacht, dass sie so bereitwillig eine andere Person bei sich im Atelier mitarbeiten lassen würde?

Dann klingelt Sophies Telefon und sie sieht, dass es Rose ist. Diese Ablenkung kann sie jetzt gut gebrauchen, mal schauen, was Rose ihr wieder zu erzählen hat. Kaum geht sie ran, hört sie Rose schon schluchzen:

„Oh Sophie, ich habe alles vermasselt, ich bin ja so eine Idiotin, wie kann man nur so unglaublich blöd sein?"

Durch das Schluchzen klingen Roses Worte verzerrt.

„Rose, beruhig dich doch. Was ist denn passiert? Ich kann dich kaum verstehen."

Aber das Schluchzen geht weiter.

„Sophie, ich bin schuld, dass seine Frau es erfahren hat. Jetzt ist da die Hölle los. Und er ist so sauer auf mich, er will gar nicht mehr mit mir sprechen. Sagt, dass ich mich aus seinem Leben raushalten soll."

„Um Gottes Willen, wer denn Rose? Wessen Frau? Welche Hölle? Ich verstehe gar nichts mehr."

„Na, Harry natürlich. Harrys Frau. Wer denn sonst?", fragt Rose unter weiteren Schluchzern.

„Harry? Harrys Frau? Wovon sprichst du? Ich wusste gar nicht, dass Harry eine Frau hat."

„Na, ich doch auch nicht", antwortet Rose nun etwas ruhiger, aber immer noch mit Verzweiflung in der Stimme. „Woher sollte ich es denn wissen? Er hat ja nichts gesagt. Aber jetzt sagt er, ich hätte es mir denken können."

„Dir denken können?", wiederholt Sophie und kommt sich mittlerweile wie Roses Echo vor. „Wie hättest du es dir denn denken können? Du bist doch keine Hellseherin und der Arsch sollte auch nicht mit einer anderen Frau ins Bett gehen, wenn er verheiratet ist. Aber jetzt beruhig dich erst mal und erzähl mir in Ruhe, was passiert ist. Chronologisch, okay? Eines nach dem anderen."

„Okay, ich versuch's", antwortet Rose und schnäuzt sich so heftig die Nase, dass Sophie vor Schreck einen Hüpfer macht.

„Also, wir hatten doch diesen wunderschönen Abend zusammen, wo ich bei ihm übernachtet habe."

„Ich erinnere mich", sagt Sophie, denkt aber, dass der Abend sich für sie gar nicht so wunderschön angehört hat, aber wenn Rose es so sehen will, so soll sie es so sehen. Realitätssinn ist nun mal nicht ihre Stärke.

„Nun ja, am nächsten Morgen musste er raus und hat mich ausschlafen lassen. Das war doch für mich das ultimative Zeichen, dass er es ernst meint. Das ist doch so was von intim! Ich war eigentlich gar nicht müde, bin aber liegengeblieben, nur um es voll auszukosten und ihn noch etwas riechen zu können. Nun ja, dann bin ich irgendwann aufgestanden und habe geduscht. Bei einem Mann geduscht, Sophie! Wann habe ich das zum letzten Mal gemacht? Meistens werde ich gar nicht aufgefordert, so lange zu bleiben. Na ja, und dann wollte ich halt ein wenig romantisch sein und habe ihm mit Lippenstift ein ‚Danke' und ein Herz auf den

Badezimmerspiegel geschrieben. Ich habe das mal in einem Film gesehen und fand das romantisch."

Sophie verschluckt sich fast an ihrem Tee.

„Du hast was? Dem Typen, der zu schnell kam und sich dann zum Schlafen umgedreht hat, ein ‚Danke' auf den Spiegel geschrieben? Oh mein Gott, Rose, auf so eine Idee kommst auch nur du. Aber egal, erzähl weiter."

„Ja, ich weiß, heute wirkt das auch etwas eigenartig auf mich, aber da fühlte es sich einfach gut und richtig und irgendwie süß an. Nun ja, jedenfalls ist das wohl nicht seine eigentliche Wohnung, er wohnt mit seiner Frau in einem Haus außerhalb von London. Die Wohnung nutzt er nur, wenn er lange arbeitet oder Geschäftsessen hat oder na ja, so einen Abend wie wir ihn halt hatten. Scheint sein kleines Liebesnest zu sein, so naiv bin ich jetzt doch nicht mehr. Womit er jedoch nicht gerechnet hat, war, dass seine Frau in die Wohnung gehen würde. Sie war wohl zum Einkaufen in London und ist – jetzt halt dich fest – schwanger und daher ging es ihr plötzlich nicht gut und sie entschied sich, in der Wohnung ein Nickerchen zu machen."

Sophie muss schlucken, aber bevor sie etwas sagen kann, erzählt Rose unter Tränen weiter:

„Sie ging also dorthin, bevor er oder die Putzfrau die Wohnung nach mir noch mal betreten haben und so hat sie dann meine kleine verliebte Nachricht auf dem Spiegel gefunden und ist wohl ausgeflippt. Verständlich. Und er ist dann postwendend mir gegenüber ausgeflippt. Hat mich gerade am Telefon so angebrüllt, das kannst du dir gar nicht vorstellen. Ich hätte versucht, sein Leben zu zerstören, sei eine blöde Gans und sollte ihm den Gefallen tun, aus seinem Leben zu verschwinden. Beim Nächsten sollte ich mir gut überlegen, ob ich so einen Mist wieder bauen will. Sophie, es war so unvorstellbar erniedrigend, wie konnte ich nur so blöd sein? Wie konnte ich nur? Ich schäme mich ja so!"

„Rose, jetzt atme einmal tief durch und beruhige dich",

sagt Sophie ungewohnt streng, obwohl sie selbst von dem eben Gehörten schockiert ist. „Ich will dir nicht zu nahe treten, aber du scheinst die Strategie zu fahren, nett, lieb und angepasst zu sein. Die liebe Rose, die niemandem etwas tut und sich aufopfernd um den Mann an ihrer Seite kümmern wird. Damit ziehst du dann natürlich auch Männer an, die das in dir regelrecht riechen und dich – um es drastisch auszudrücken – heillos ausnutzen. Und nachdem sie dich ausgenutzt haben, fühlst du dich nicht nur schlecht, sondern absurderweise auch noch schuldig. Wie zum Beispiel mit diesem Megaarschloch Harry jetzt. Er betrügt seine schwangere Frau, er belügt dich, denkt nur an sein eigenes Vergnügen ohne Rücksicht auf andere, du hinterlässt ihm eine süße Geste, und was macht er – macht dich nicht nur blöd an, sondern schafft es auch noch, dass du dich schuldig fühlst. Das ist doch absurd! Das ist eine verdrehte Welt. Du solltest kochen vor Zorn, ja, dir vorstellen, wie du ihm die Eier gehörig polierst, aber doch nicht ein Häufchen Elend sein, weil DU schon wieder versagt hast! Wo bleibt denn dein Stolz? Deine Würde? Und vor allem – deine Selbstliebe? Du musst dir doch selbst die wichtigste Person sein. Wie kommt es, dass wir uns für Männer so erniedrigen? So wie ich es mit Oliver getan habe. Aishley hat recht, es ist kriecherisch und ich für meinen Teil weiß zumindest, dass ich es nicht mehr tun werde. Ich weiß jetzt, dass Oliver zu lieben bedeutete, dass ich mich nicht selbst geliebt habe. Eine Frau, die sich selbst liebt, zieht nur einen Mann an, der sie verehrt, der sie auf Händen trägt und der sich geehrt fühlt, der Mann an ihrer Seite sein zu dürfen. Sie ist eine Königin und keine Bettlerin. Und daher zieht sie auch nur einen Mann an, der genug echtes Selbstvertrauen hat, mit einer Königin umgehen zu können. Glaubst du wirklich, dass Männer wie Harry oder Oliver irgendein echtes Selbstvertrauen haben? Selbstvertrauen bedeutet Charakterstärke. Ein Mann wie Oliver, der nur an sich selber denkt und sich mit Statussymbolen umgeben muss, um seinen Selbstwert zu beweisen hat diese ganz sicher nicht. Genauso wenig ein Mann wie Harry – falls man ihn überhaupt Mann nennen kann – der auf billigste Art und Weise seine Frau betrügt und noch nicht einmal die Eier hat, sie zu verlassen, wenn es nicht mehr stimmt oder zumindest seiner Geliebten, in dem Fall dir, von Anfang an zu sagen, dass er verheiratet ist und dass du lediglich sein Betthupferl für eine Nacht bist. Dann wüsstest du zumindest, woran du bist und könntest eine bessere Entscheidung treffen. Aber dieses Belügen und Betrügen – das ist so unglaublich armselig und unwürdig. Es kotzt mich ehrlich gesagt an. Aber wir müssen uns gar nicht über die Männer beschweren. Wir machen es ja mit. Wir erwarten kaum etwas anderes von ihnen. Wir sind dankbar für ihre Aufmerksamkeit und für jede Brotkrumme, die sie uns hinwerfen. Dabei sollten wir mal genau hinschauen, bevor wir uns auf sie einlassen und vor allem sollten wir nur das Beste erwarten. Ja, es stimmt schon, Patrick verhält sich im Moment komisch. Aber ich hoffe, es ist nur eine Phase. Grundsätzlich ist es ihm jedoch ein echtes Anliegen, dass es mir gut geht und dass ich glücklich bin. Ein Mann, der nur das Beste für mich will, ohne mich klein zu halten. Das kannte ich vorher gar nicht, Rose. Ich kannte es nicht, einfach ich selbst sein zu dürfen, mit all meinen Facetten, und keine Angst haben zu müssen, dass der Mann mich nicht mehr will, wenn er mich wirklich kennenlernt, mit meinen Schattenseiten und meinen Dämonen. Oliver war so schwach, er musste mich kleinhalten, um sich selber groß zu fühlen. Mich in meiner wahren Größe und auch in echtem Erfolg zu erleben, das hätte er nicht ausgehalten. Und daher bin ich Idiotin klein geblieben für ihn, um ihn bloß in seiner vermeintlichen Männlichkeit nicht zu verletzen. Was bin ich froh, dass er gegangen ist, und ich durch den Schmerz gezwungen war, mich selber kennenzulernen und dadurch auch meine Größe und Kraft vielleicht zum ersten Mal zu erfahren. Jetzt jedoch, meine liebe Rose, tue ich genau das, was mein Herz zum Singen bringt und bin mit einem Mann zusammen, der wahrhaftig lieben kann. Und ich ruhe endlich in mir, das heißt egal in welchem Maße Erfolg und romantische Liebe kommen oder gehen, ich werde mich davon zwar sicherlich noch berühren, aber nicht mehr aus meiner Mitte reißen lassen. Es war ein Prozess, so weit zu kommen, ein schmerzhafter Prozess, aber er war es wert. Und dieses Ergebnis, Rose, wünsche ich auch dir! Bitte liebe dich selbst genug, um keine Arschlöcher mehr anzuziehen. Überlass die Arschlöcher den Frauen, die meinen, es nötig zu haben. Du hast es zumindest nicht nötig. So, das war jetzt ein langer Monolog, aber es musste mal gesagt werden", schließt Sophie leicht verlegen und atmet tief durch.

Sophie hört ein Klatschen in ihrem Kopf. Gott! *Danke,* sagt sie in Gedanken und ist ein wenig stolz auf ihre Weisheit. Wenn Gott ihr schon applaudiert! Aber dieser lacht:

„Schöne Worte, Sophie. Sehr schön sogar und auch sehr wahr, aber hätte ich dir diese Worte letztes Jahr gesagt, so hättest du es wahrscheinlich geschafft, mir durch den Äther hindurch eine zu kleben. Du warst so überzeugt von deiner einzigartigen Liebe und von deiner Fähigkeit, für die Liebe Opfer zu bringen und zu leiden. Wie eine kleine Märtyrerin kamst du dir vor. Wolltest wohl mit meinem Sohn konkurrieren. Dass diese Art von Aufopferung völlig lächerlich und unnötig ist, siehst du jetzt, aber als du mitten drinstecktest, sahst du es fast als nobel an. Ich bin froh, dass du die Königin – wie du es nennst – in dir gefunden hast, aber Rose ist noch nicht so weit und du kannst ihr ihre eigene Entwicklung nicht abnehmen. Für sie ist das alles theoretisches Gequatsche und es wird erst mit Leben gefüllt werden, wenn sie selbst diesen Weg gegangen ist. Aber es ist schön, dass du an ihrer Seite bist. Dafür applaudiere ich dir wirklich."

Da sagt Rose auch schon seufzend: „Das hört sich ja alles schön an, Sophie, und aus deinem Mund auch schlüssig und irgendwie einfach. Aber ich weiß, dass es für dich auch nicht leicht war. Ich kannte dich ja damals noch kaum, aber Aishley, Rob und Danny nach zu urteilen warst du ein ganz schönes Wrack, als du Oliver nachgetrauert hast. Und ja, ich spüre deine Kraft jetzt, manchmal macht sie mir sogar fast Angst. Ich bin da aber leider noch nicht, Sophie. Und du hast recht, ich mache mich kleiner als die Männer. Ich habe es schon immer geliebt, meinem Vater zu gefallen. Ich wäre nie auf die Idee gekommen, dass ein Mann versuchen könnte, mir zu gefallen. Das ist irgendwie verdreht, selbst ich sehe das. Aber es wird wahrscheinlich noch ein wenig dauern, bis ich diese Denkweise korrigieren kann. Wurde mir quasi mit der Muttermilch eingeflößt. Auch meine Mutter wollte immer meinem Vater gefallen und erwartete von mir, dass ich mich so verhalte, dass ich niemals negativ auffalle. Ich sollte mir das Wohlwollen von allen verdienen. Und das war ja nicht schwer. Lächeln und lieb sein und die Wünsche von allen erfüllen. Anders kenne ich es nicht. Deshalb bin ich auch so gut in meinem Job. Ich tue immer noch mehr, als von mir erwartet wird. Will mir das Wohlwollen quasi schon präventiv sichern. Eine gerunzelte Stirn wirkt schon wie eine Strafe auf mich und ein enttäuschter Blick ist fast nicht auszuhalten. Und wenn es dann auch noch unverhohlene Wut wie bei Harry ist, dann ist das einfach zu viel für mein System und ich fühle mich wie das Schlechteste, das Niedrigste, was man sich nur vorstellen kann. Wie die Einzige, die das Spiel nicht verstanden hat und nicht ebenso cool wie alle anderen sein kann. Was für ein Dilemma! Aber zumindest habe ich jetzt eines entschieden: Nur weil es sich für mich fremd anfühlt, Sport zu machen, heißt das ja nicht, dass Sport für mich schlecht sein muss. Ich dachte nur immer, dass vertraut gleich gut ist und unvertraut gleich schlecht. Du und die schlechten Erfahrungen, die ich ständig mache, öffnen mir jedoch langsam die Augen: Vertraut muss beim besten Willen nicht gut bedeuten. Nur weil ich etwas kenne, kann es trotzdem falsch oder nicht gesund für mich sein. Das habe ich bislang nicht so erkannt, aber jetzt merke ich, auch wenn es mich etwas ängstigt, dass ich aus meiner Komfortzone raus muss. So wie es bisher gelaufen ist, so soll es nicht mein Leben lang weitergehen. Daher werde ich – und jetzt spitze deine Ohren – mit Yoga anfangen! Jawohl, die runde, weiche, etwas pummelige Rose wird Sport machen", verkündet sie voller Stolz und Sophie muss am anderen Ende der Leitung lächeln. „Ich werde mir gleich ein Studio in der Nähe suchen und – jetzt halt dich fest – mit dir und Aishley zu dem Retreat auf Ibiza fliegen. Was sagst du dazu? Wann geht es los?"

„Rose, das ist ja fantastisch", jubelt Sophie. „Wir fliegen Anfang Juli, haben gerade gestern erst gebucht, ich werde dich sofort hinzufügen, wir werden ein Dreierzimmer nehmen, das wird ein Spaß."

„Hoffen wir's", stöhnt Rose, „mir tut jetzt schon alles weh, nur bei der Vorstellung von Yoga, aber ich werde es versuchen. Und vielleicht ein bisschen mehr zu mir finden."

„Super, ich freu mich riesig", antwortet Sophie und dann legen die beiden Freundinnen auf. Sophie mit einem Seufzer auf den Lippen. Denn obwohl sie vor Rose so selbstbewusst tut, so nagt die Sache mit Patrick doch sehr an ihr. Wenn sie bloß wüsste, was da los ist ... Aber im Moment will er offensichtlich nicht reden und sie hat genug anderes, worauf sie sich konzentrieren muss. Die Arbeiten an der Wohnung gehen ihrem Ende zu und sie kann bald mit der Einrichtung beginnen. Und dann kommt natürlich die allen versprochene Einweihungsparty. Auch wenn Sophie im Moment nicht so sehr nach Party zumute ist. Aber das kann sich ja wieder ändern. Und dann ist da natürlich ihre Kollektion – ihr ganz eigenes Ding, das sie immer wieder in eine andere Welt abtauchen lässt. *Danke, dass du mir das geschenkt hast, lieber Gott,* denkt sie. *Ohne mein Modedesign wäre ich möglicherweise verrückt geworden."*

„Ich will nicht bestreiten, dass du kurz davorstandst", gibt

Gott lachend zurück. „Aber deine Yogastunde fängt bald an, du solltest langsam los.“

Und damit schwingt Sophie ihre Tasche über die Schulter und macht sich auf den Weg.

Ein paar Tage später ist es dann endlich so weit: Die Baustelle ist keine Baustelle mehr, sondern sieht tatsächlich nach etwas aus, das zu einem Zuhause werden könnte. Was vor ein paar Tagen noch unvorstellbar schien, ist Realität geworden. Die Bauarbeiter haben es tatsächlich geschafft, alles so aufzuräumen, dass nichts mehr von ihrer Anwesenheit zu spüren ist. Alles ist tipptopp sauber, der Parkettboden frisch gewienert, die Wände in warmen Cremetönen gestrichen, alles riecht neu und vereint wunderschön die alte Struktur des Gebäudes mit den neuen, frischen Elementen.

Sophie steht mit Patrick Arm in Arm in der Tür zu ihrem neuen Wohnzimmer und beide halten sich so fest, als wollten sie sich gar nicht mehr loslassen. Dies hier ist ihr Zuhause. Sophie ist zuversichtlich, dass sie hier wieder glücklich werden, dass der Stich, der seit Wochen ihr Herz plagt, jetzt wieder verschwinden wird. Bestimmt waren es lediglich die Umstände. Selbst das glücklichste Pärchen könnte nicht auf Dauer in einem Hotelzimmer wohnen. Vor allem niemand, der so freiheitsliebend ist wie Patrick und seinen eigenen Raum wie die Luft zum Atmen braucht. Jetzt sieht er ebenso verzückt aus wie sie und schaut sie so glücklich an wie schon lange nicht mehr. Dann holt er von irgendwo eine gekühlte Flasche Champagner und zwei Gläser hervor, schenkt ihnen ein und sieht Sophie tief in die Augen:

„Auf unser neues Heim, du Liebe meines Lebens. Du machst mich so unendlich glücklich. Es tut mir leid, wenn ich in letzter Zeit etwas unausstehlich war, es war beruflich eine nicht ganz einfache Zeit und auch das Hotelzimmer war nicht ideal, aber jetzt möchte ich das Ganze hinter uns lassen und mit dir in eine wunderschöne gemeinsame Zukunft schauen. Bist du dazu bereit, Sophie Vanderbilt?"

Sophie hat Tränen in den Augen.

„Das bin ich, Patrick Woods. Und wie ich das bin." Dann fällt sie ihm um den Hals und flüstert ihm mit tränenerstickter Stimme ins Ohr: „Ich habe dich so vermisst, Patrick. Du warst mir plötzlich so fremd. Ich habe versucht, zuversichtlich zu bleiben, aber ich hatte solch eine Angst, dass wir uns verlieren könnten. Und ich will dich nicht verlieren. Wir sind so gut füreinander und ich liebe dich so sehr."

„Und ich liebe dich", antwortet Patrick und damit zieht er sie langsam auf den Boden und die beiden probieren aus, wie sich ihr neuer Boden als Bett macht …

NOCH KÖNNEN sie nicht ganz einziehen, da die Möbel erst nach und nach geliefert werden, aber innerhalb von einer Woche ist so viel da, dass sie in ihrem umgestalteten Domizil nun leben und dem Hotelzimmer endgültig den Rücken kehren können. Ihre neue großzügige Küche ist voll eingerichtet, das Bad mit der riesigen Badewanne und den großen Fenstern wurde schon mehrfach eingeweiht, mittlerweile ist auch ein Bett da, worüber Patrick in Anbetracht seiner wunden Knie nach der Begegnung mit dem Parkettboden besonders glücklich ist, und heute wird ein Esszimmertisch mit zehn Stühlen geliefert, der auf viele Abende bei gutem Essen und vorzüglichem Wein im Freundeskreis hoffen lässt. Sie haben wunderschöne neue Gläser von Riedel gekauft und auch ihr Weinsortiment aufgestockt. Die Wohnzimmermöbel lassen noch ein bisschen auf sich warten, da sie eigens in Italien angefertigt werden, aber das macht nichts. Man kann vorübergehend auch gut ohne Couch leben. Was Sophie das größte Lächeln aufs Gesicht zaubert, ist ihr begehbarer Kleiderschrank, der dem von Carrie aus ‚Sex in the City' kaum nachsteht. Jetzt dreht sie sich zu Patrick um:

„Patrick, ich bin so happy und würde so gerne unsere Freunde daran teilhaben lassen. Können wir sie nicht heute Abend zum Essen einladen? Nichts Wildes, einfach nur Pizza, Salat und ein wenig Wein."

Patrick lächelt.

„Eine schöne Idee, meine Liebe. Sag mir, wenn du von mir etwas brauchst. Ich kann mir heute gerne freinehmen und dir bei allem helfen. Ich liebe dich und bin so glücklich, jetzt mit dir hier zu sein."

Sophie strahlt. So ist doch alles noch gut gegangen. Sie kann kaum glauben, wie erleichtert sie ist. Das ist wieder ihr alter Patrick, vielleicht sogar noch ein bisschen lieber als vorher. Sie lächelt ihn an:

„Du geh nur arbeiten. Blair kommt gleich vorbei, wir hängen Bilder auf, bringen meine Klamotten aus dem Hotel rüber und versuchen, es hier im halb eingerichteten Zustand so gemütlich wie möglich zu machen. Ich lade sie für heute Abend auch ein, dann lernst du sie endlich mal kennen. Sie ist für mich wirklich unersetzlich geworden. Ich muss dir auch mal mein Instagram-Konto zeigen. Es ist unglaublich, wie viele Instagram-Follower ich schon habe und das alles nur dank Blair. Rose hat mir bestätigt, dass sich dies auch schon in den Verkaufszahlen niederschlägt. Es hören jetzt einfach viel mehr Menschen von meiner Mode und bestellen sie auch vermehrt ins Ausland. Das ist alles so spannend, Patrick, mein Leben fühlt sich wundervoll an. Und das Wundervollste ist, dass du ein Teil davon bist. Und jetzt geh endlich arbeiten, Blair sollte jeden Moment da sein. Ich lade die anderen für heute Abend sieben Uhr ein, wäre toll, wenn du dann auch wieder da wärst."

Sie verabschieden sich mit einem innigen Kuss und Sophie hat das Gefühl, dass eine große helle Sonne über ihrer Welt aufgegangen ist. Könnte ihr Leben schöner sein?

Da kommt auch schon Blair und begrüßt sie herzlich.

Dann schaut sie sich voller Neugierde in der Wohnung um und gibt Begeisterungslaute von sich.

„Was für eine stilvolle und doch gemütliche Wohnung, Sophie. Wow, so möchte wirklich jeder gerne leben. Eine Toplocation, super Aufteilung, hell, mit schönen Böden und Decken, tolle Fenster und Türen und wunderschöne Möbel. Echt, super gemacht!"

„Die Möbel habe ich mit Lydia zusammen gekauft, sie ist die Partnerin von Patricks Schwester und hat einen wundervollen Geschmack. Mit dir würde ich mir jetzt gerne überlegen, wo wir die Bilder aufhängen. Ich habe natürlich viele von Aishley, aber auch aus Dannys und aus Lydias Galerien. Ich liebe es, die Werke meiner Freunde um mich herum zu haben. Es kommen heute Abend übrigens alle hoffentlich auf eine Pizza und etwas Wein zu uns, ich muss gleich mal herumtelefonieren. Aber es wäre toll, wenn du auch kämst. Dann lernst du Aishleys und meine Freunde mal kennen und vor allem auch Patrick. Es würde mich riesig freuen, wenn du dabei wärst."

„Klar, ich bin liebend gerne dabei, gar keine Frage, aber jetzt lass uns erst einmal ein bisschen arbeiten. Wieso gehen wir nicht zunächst die Bilder durch, die du aufhängen möchtest und dann schauen wir weiter."

„Ja, aber wir können zunächst wirklich nur schauen und uns Notizen machen, aufhängen sollten wir noch nichts, sonst sind unsere beiden Galeriebesitzer beleidigt, wenn ich ohne ihren Input auch nur einen Nagel in die Wand haue. Beide müssen unbedingt das Gefühl haben, dass sie bei den Entscheidungen zu meiner Einrichtung das letzte Wort haben. Trotzdem können du und ich schon mal die nötige Vorarbeit leisten."

In den nächsten Stunden haben Sophie und Blair viel Spaß. Sie entscheiden, wo ihres Erachtens ein Bild hängen sollte, Sophie hält es hoch und passt die Höhe nach Blairs Anweisungen an und dann macht Blair Fotos, um es für später zu dokumentieren. Zwischendurch ruft Sophie all ihre Freunde an und obwohl Freitag ist, haben alle wie durch ein Wunder kurzfristig Zeit, um abends zu ihnen zu kommen. Sophie freut sich riesig. Es ist das erste Mal in diesem Jahr, dass sie alle zusammentreffen. Normalerweise sind Dannys Vernissagen die Gelegenheit für alle zusammenzukommen, aber bis zu seiner nächsten ist es noch ein wenig hin.

Sophie ist aufgeregt. Was für eine schöne Art, ihre Wohnung einzuweihen! Dann räumen sie und Blair noch Bücher und anderen Kleinkram ein und am späten Nachmittag geht Blair nach Hause, um kurz zu duschen, während Sophie Blumen kaufen geht. Außerdem wird sie eine große Schüssel Salat machen. Um mehr muss sie sich heute nicht kümmern. Sie haben einen ausgezeichneten Pizzalieferservice um die Ecke und Wein ist genug da. Für Musik ist auch gesorgt. Mehr brauchen sie nicht. Das ist das Schöne am Feiern mit Freunden. Man muss sich nicht stressen. Als sie fertig ist, geht sie noch eine halbe Stunde laufen, um frische Luft zu schnappen und macht dann zu Hause – *ja, dies ist jetzt mein neues Zuhause!,* denkt sie – ein paar Yogaübungen. Sie wird von Tag zu Tag gelenkiger. Dann duscht sie ausgiebig, wäscht sich die Haare mit ihrem neuen Shampoo, das so wunderbar frisch riecht und schmeißt sich dann in eine ausgewaschene Jeans mit Löchern, Ballerinas und einen schönen Kaschmirpulli, der eine Schulter frei lässt. So fühlt sie sich perfekt gekleidet für ihren Abend. Dann kommt noch ein bisschen Make-up drauf, wie immer ‚Mademoiselle' von Chanel, sie föhnt sich schnell die rotblonden Haare und fertig ist sie! Nun macht sie eine Flasche Champagner auf und fängt an, den Salat vorzubereiten und den Tisch zu decken. Währenddessen klingelt es. Sie schaut auf die Uhr. Erst sechs Uhr. Sie hat für sieben Uhr eingeladen. Es ist eigentlich nicht die Art ihrer Freunde, zu früh zu kommen. Sie macht auf und Rose steht mit einem Blumenstrauß, einer Flasche Champagner und einem kleinen Päckchen vor der Tür.

„Sorry, dass ich so früh bin, aber ich musste raus, mir wäre zu Hause die Decke auf den Kopf gefallen. Zudem ist es schön, dich noch kurz allein zu sehen. Du hast doch nichts dagegen?"

Sophie umarmt sie.

„Natürlich nicht, ich freue mich doch immer auf dich, komm rein und nimm dir ein Glas Champagner."

Jetzt ist es an Rose, die Wohnung zu bestaunen und Sophie merkt, wie ihr Herz vor Stolz anschwillt. Ihr Zuhause ist wirklich schön geworden, die letzten Wochen Baustelle haben sich gelohnt.

Dann klingelt es schon wieder. Was ist heute nur los? Sie schaut wieder auf die Uhr. Noch nicht einmal halb sieben. Es ist Aishley. Ebenfalls mit einer Flasche Champagner, Blumen und einem Geschenk. Wie es aussieht, hätte sie selber gar nichts besorgen müssen. Eventuell nur ein paar Blumenvasen!

„Sorry, dass ich so früh komme, Süße. Nicolai kommt in einer halben Stunde nach. Aber ich wollte dich noch kurz alleine sehen, wir haben uns zwar erst vor zwei Tagen gesehen, aber ich vermisse dich schon wieder!"

In dem Moment steckt Rose den Kopf um die Ecke, und die drei Freundinnen müssen lachen. Sie schnappen sich die schon geöffnete Flasche Champagner, besorgen auch Aishley ein Glas, setzen sich auf den Boden und trinken auf ihre Freundschaft. Und auf die Liebe. *Ja, die Liebe,* denkt Sophie und ein Lächeln spielt um ihre Lippen. Es scheint, dass jetzt doch wieder alles gut wird. Dann klingelt es Sturm, was nur Danny sein kann. Und richtig, er und Rob kommen schnaufend die Treppe hoch, zwischen ihnen tragen sie ein großformatiges Bild als Geschenk. Eine Schwarz-Weiß-Fotografie, geschossen von einer der ersten Modefotografinnen, die eine Frau in einem Kostüm von Balenciaga vor einem See zeigt.

„Emanzipation und Ästhetik in den 30er Jahren", schnauft Danny, bevor er zuerst Sophie und dann die anderen umarmt. Rob ist wie immer etwas leiser, aber auch er hält sich nicht mit Lob über die tolle Wohnung zurück. Da klingelt es wieder und Claire und Lydia kommen hoch, mit Nicolai im Schlepptau. Gleich darauf kommt dann auch schon Patrick, der schnell ein Glas mittrinkt und sich dann entschuldigt, da er noch kurz unter die Dusche springen und sich umziehen will. Als er barfuß in verschlissener Jeans mit nassen, zurückgekämmten Haaren und weißem Shirt wiederkommt, merkt Sophie wie ihr Herz wie immer einen kleinen Hüpfer macht, wenn sie diesen Mann sieht. Dann klingelt es wieder und Blair vervollständigt ihre Runde. Sophie stellt sie all denen vor, die sie noch nicht kennen, und die Stimmung ist von Anfang an ausgelassen. Claire hat die Vorstellung von einem einfachen Pizzaessen zu sehr geschmerzt und sie hat selbst gemachte Kanapees mitgebracht, an denen sich jetzt alle gütlich tun. Dabei wird mehr als nur eine Flasche Champagner geleert, und als Sophie endlich dazu kommt, die diversen Pizzen zu bestellen, ist es schon später als erwartet. Aber egal, es ist Freitag und die Nacht liegt vor ihnen. Und für Sophie gibt es nichts Schöneres, als inmitten ihrer Freunde zu sein. Das ist für sie Heimat. Alle haben sich mehr als enthusiastisch über die Wohnung geäußert und inspirierende Dekorationsvorschläge gemacht. Besonders Nicolai möchte etwas italienisches Flair hereinbringen, was Sophie in Anbetracht ihrer von Versace inspirierten Kollektion gut gefällt. Aber glücklicherweise ist Nicolai weitaus dezenter als Versace. Denn würde sie versuchen, Gold und Ornamente in die Wohnung zu bringen, würde selbst der im Moment so entspannte Patrick auf die Barrikaden gehen. Dann lässt sie die anderen am Tisch zurück und begibt sich mit Lydia, Danny, Aishley und Blair auf eine Reise durch die Wohnung und zeigt ihnen, wie sie und Blair die Bilder hängen wollen. Es gibt hitzige Diskussionen, wie bei zwei Galeristen nicht anders zu erwarten, aber am Ende sind sie sich einig und hängen die Bilder auch gleich auf – wenn man schon einmal dabei ist … Dann zaubert Claire noch ein Dessert hervor, das sie vorbereitet hat, und obwohl es nur ein entspannter Pizzaabend werden sollte, sind alle am Ende pappsatt und glücklich. Gegen zwei Uhr verabschieden sich die Freunde und machen sich auf den Weg nach Hause, und Patrick und Sophie gehen ins Bett, nicht ohne sich einander vor dem Einschlafen nochmals ausgiebig zuzuwenden. Sophie schläft mit einem breiten Grinsen im Gesicht ein und wacht mit einem ebenso breiten Grinsen wieder auf, als Patrick ihr zärtlich den Nacken küsst. Sie schlägt die Augen auf und ihre ersten Worte sind: „Ich vermisse Rex und Leo, können wir heute zu ihnen fahren?"

Patrick lacht.

„Das liebe ich an dir – deine Spontaneität. Möchtest du wirklich jetzt gleich nach Somerset fahren? Meine Eltern würden sich natürlich unglaublich freuen und Leo und Rex selbstverständlich auch, aber möchtest du nicht erst noch ein bisschen deine neue Wohnung genießen?"

„Die werden wir noch ewig genießen können, aber ohne Leo und Rex ist es irgendwie nicht das Gleiche. Ich glaube, ich muss ihnen die Wohnung erst einmal vernünftig vorstellen, bevor ich mich hier hundertprozentig zu Hause fühlen kann. Schließlich sind sie Teil der Familie. Wieso fahren wir nicht gleich los, es ist so ein wunderschöner Tag, dann gehen wir spazieren und genießen die frische Luft, essen morgen mit deinen Eltern noch zu Mittag und fahren dann mit den beiden Hunden zurück. Ich kann sie jeden Tag ins Atelier mitnehmen und auch Blair kann ab und zu mit ihnen spazierengehen. Nächstes Wochenende können wir sie dann wieder nach Somerset zurückbringen. Aber irgendwie brauche ich das Chaos der beiden, um hier ganz zu Hause zu sein, im Moment ist alles so ordentlich, ich vermisse die Hundehaare."

„In Ordnung, dann machen wir das, meine Liebe. Lass uns bald aufstehen. Aber noch nicht sofort." Und damit knabbert er an Sophies Ohr und seine Hand verschwindet unter der Bettdecke. Sophie lächelt und stöhnt wohlig.

Kaum mehr als eine Stunde später sind beide fertig geduscht, haben alles für eine Nacht gepackt, Patricks Eltern über ihr Kommen informiert und machen sich in Patricks Landrover auf den Weg aufs Land. Sein Grinsen ist kaum zu übersehen. An der frischen Luft und auf den Feldern – mit seinen Hunden und Pferden – da ist er wirklich zu Hause. Es ist vielleicht etwas verrückt, drei Stunden pro Richtung zu fahren, um nur für eine Nacht zu bleiben, aber weder Sophie noch Patrick macht es etwas aus. Im Auto hören sie Musik, entspannen, schauen sich die Landschaft an und können sich mal ungestört unterhalten. Es ist heute auch nicht viel Verkehr und Sophie spürt, wie sich alles in ihr löst. Das einzige, das sie irritiert ist, dass Patrick sein Handy nicht in die Freisprechanlage steckt wie er es sonst immer tut. Normalerweise führt er immer noch eine Reihe von Telefonaten auf dem Weg nach Somerset, selbst wenn Wochenende ist. Und er scheint nie ein Problem damit zu haben, dass Sophie alles mithört. Heute hat er es jedoch in der Hosentasche stecken lassen und entweder ausgemacht oder auf lautlos gestellt. Sophie weiß es nicht, aber dass sein Telefon so lange nicht klingelt, das ist ungewöhnlich. Trotzdem entscheidet sie sich, nichts zu sagen und ihre Bedenken für den Moment beiseite zu schieben. Sie möchte sich die schöne Zeit jetzt nicht kaputtmachen lassen. Nach ein paar Stunden sind sie endlich da und nicht nur die Hunde fliegen ihnen mit wehenden Ohren entgegen, sondern auch Patricks Mutter, Constance, steht mit einem seligen Lächeln in der Haustür. Neben ihr ist Ms Burton, die Haushaltshilfe, die auch schon Patricks Kindermädchen war und für das übrige Hauspersonal verantwortlich ist. Beide nehmen Sophie und Patrick glücklich in die Arme, sobald diese sich von den Hunden befreit haben und diese nur noch hechelnd neben ihnen stehen.

„Ach, Sophie, du bist doch das liebste Mädchen, das man sich denken kann“, sagt Constance, die wieder wie aus dem Ei gepellt und mindestens zwanzig Jahre jünger aussieht, als sie wirklich ist. „Seit du mit Patrick zusammen bist, wirkt er nicht nur so glücklich, sondern es macht auch uns so glücklich, dass wir euch beide so oft sehen. Das Haus ist so groß und viel schöner mit ein bisschen Gesellschaft drin. Sonst gehen Arthur und ich uns doch nur auf den Geist.“

Sie lächelt und auch Sophie muss grinsen. Sie weiß, wie sehr Arthur Constance verehrt und auch sie schaut ihren gut aussehenden Mann oft anhimmelnd an, vor allem wenn dieser es nicht sieht. Jeder von ihnen hat seine eigenen Interessen und Hobbys, aber sie haben auch viele Gemeinsamkeiten. Sophies eigene Eltern haben in ihren Augen nie wirklich zusammengepasst und sich schließlich auch scheiden lassen. Patricks Eltern hingegen scheinen wie füreinander geschaffen zu sein. Sie hofft, dass Patrick und sie auch mal so wie die beiden sein werden. Dann stößt Ms Burton auch schon wie nicht anders erwartet aus:

„Sophie, Kind, du bist ja so dünn geworden, sag nicht, dass du noch mehr Sport machst und noch weniger als sonst isst. Gut, dass ihr hier seid, ich werde dem Koch gleich sagen, dass er euch etwas Vernünftiges zubereiten soll. Und du Patrick, du bist ja nur noch ein Schatten deiner selbst. Ich sage ja, dieses London sollte man wirklich um jeden Preis meiden, das zieht einem jegliches Leben aus den Adern.“

„Sie sollten uns mal in unserer neuen Wohnung besuchen kommen, Ms Burton“, sagt Sophie jetzt lachend, worauf diese ein „nur über meine Leiche“ vor sich hin brummelt.

„Wenn ihr nichts dagegen habt, gehe ich erst einmal ausreiten“, sagt Patrick jetzt. „Ich habe von der Fahrt schon ganz steife Glieder und könnte etwas frische Luft gebrauchen. Was ist, Sophie, kommst du mit?“, fragt er an sie gewandt.

Sophie lächelt ihn an. Patrick reitet schon seit er ein Junge ist und sie hat gerade erst damit angefangen - seit sie ihn kennt. Sie ist nicht schlecht und es macht ihr auch viel Spaß, aber sie weiß, dass Patrick ganz anders reitet, wenn er alleine ist oder mit dem Stallburschen zusammen ausreitet. Auch wenn er dies immer bestreitet. Aber sie hat es gesehen. Und das will sie ihm jetzt nicht nehmen. Er hat einen richtigen Ausritt verdient.

„Nein, geh du nur. Ich werde mich umziehen und derweil mit den Hunden spielen. Vielleicht könnten wir jetzt nur ein Sandwich bekommen und danach richtig mit euch zu Abend essen?", sagt sie jetzt an Patricks Mutter gewandt. „Oder habt ihr etwas anderes geplant, Constance?"

„Nein, das hört sich wundervoll an, ein paar Sandwiches stehen sowieso schon für euch bereit und dann treffen wir uns einfach so gegen sechs zu einem Aperitif. Und bis dahin macht ihr, worauf ihr Lust habt. Aber jetzt sagt erst einmal Arthur Hallo, er tut immer so, als würde er über den Dingen stehen, aber er konnte es kaum erwarten, dass ihr kommt. Vor allem in dich, Sophie, ist er ja ganz vernarrt."

Sophie muss grinsen. Sie bewundert Patricks Vater, der das Medienimperium Woods&Woods aus eigener Kraft aufgebaut hat und sich dann rechtzeitig zurückgezogen hat, um seinem Sohn die Zügel zu übergeben. Ein Unternehmen, das trotz seines schnellen Wachstums von Skandalen weitgehend verschont geblieben ist, was nicht zuletzt den hohen moralischen Ansprüchen von Arthur Woods zu verdanken ist. Dies war wohl nicht immer der Fall, wie Patrick ihr mal im Vertrauen erzählt hat. Früher hat sein Vater auch öfter skrupellos gehandelt und im Namen des Profits auch mal weggeguckt, wenn er eigentlich hätte hinschauen sollen. Aber er hat wohl seine Lektion gelernt und seitdem sind ihm Ehrlichkeit und Loyalität gegenüber Mitarbeitern und Kunden wichtiger als schneller Profit. Diese Grundsätze hat er auch an Patrick weitergegeben und die beiden haben ein herzliches, auf gegenseitigem Respekt basierendes Verhältnis.

Patrick und Sophie betreten das Haus, das mit seiner unendlichen Flut von Zimmern eher einem Schloss als einem Haus gleicht. Sie gehen direkt ins Wohnzimmer, wo Arthur mit einem Glas Brandy in seinem Lieblingssessel sitzt und über das ganze Gesicht strahlt, sobald er die beiden entdeckt.

„Sophie, mein Schmetterling, du wirst immer schöner. Wer ist dieser grummelige Kerl da hinter dir, der dich überhaupt nicht verdient hat? Du brauchst etwas Reifes, Lebenserfahrenes, mein Kind. Ich würde sagen, du lässt deine Sachen gleich eingepackt und wir beide machen die Düse. Die anderen werden schon ohne uns klarkommen und ich werde dir die Welt zeigen."

„Ein Angebot, das ich kaum ausschlagen kann, Arthur, aber im Moment fühle ich mich noch dem grummeligen Kerl verbunden und ich habe das Gefühl, diese wunderschöne Frau, die uns begrüßt hat, wäre auch nicht so ganz einverstanden mit deinem Plan."

Damit begrüßt und umarmt sie ihn lachend.

„Die Jugend von heute", grummelt Arthur, „war auch mal spontaner. Also, komm schon her, du Glückspilz, lass dich umarmen", sagt er an Patrick gewandt und nimmt diesen voll väterlichen Stolz in den Arm. „Was macht ihr jetzt? Geht ihr ausreiten? Oder wollt ihr euch auf einen Brandy zu mir gesellen?"

„Für uns ist es noch etwas früh für Alkohol, Vater, aber wir sind am frühen Abend wieder da. Ich reite aus, Sophie läuft etwas mit den Hunden. Ist Ken da? Ich würde ihn gern mitnehmen", sagt Patrick und meint damit den Stallburschen.

„Ja, er ist da, er wird sich sicher freuen. Also, viel Spaß euch beiden. Schön, dass ihr da seid!"

Sobald Sophie in Somerset ist, fühlt sie sich wie im Urlaub. Sie spürt, wie sich alles in ihr entspannt. Sie und Patrick nehmen je zwei Stufen auf einmal als sie die Treppe hochlaufen und in der Suite, die immer für sie reserviert ist, ihre Sachen ablegen. Es handelt sich um zwei helle, große Zimmer, eins mit einem riesigen Himmelbett und beide durch eine lange Terrasse miteinander verbunden. Der Blick scheint unendlich und geht über die grüne Weite, bis man in der Ferne das Meer mehr erahnen als sehen kann. Und dieses Land gehört, so weit man blicken kann, den Woods, die es jedoch so gut wie möglich auch anderen zugänglich machen. Auf ihrem Hof bieten sie zum Beispiel kostenlose Reitstunden für Kinder an und näher am Meer gibt es ein ganzes Feriencamp für Kinder mit Asthma, die mit ihren Eltern hierher kommen können, um sich zu erholen. Auch gibt es, so weit es sich vermeiden lässt, keine Schilder, die das Land als privates Eigentum kennzeichnen, sondern die Familie möchte, dass auch die Öffentlichkeit von ihrem Besitz profitieren und sich an ihm erfreuen kann. Dieses unermüdliche Engagement ist ganz klar Constance zu verdanken.

In ihrer Suite hat Sophie immer ein paar Anziehsachen bereitliegen und so wirft sie jetzt ihre Klamotten von sich und zieht sich stattdessen uralte Jeans an, die voller Grasflecken sind, dazu Turnschuhe, einen dicken Pullover und eine Windjacke. Patrick zieht währenddessen seine Reiterklamotten an und sieht bald aus wie ein wahrer Lord. Dann rasen sie wieder die Treppe hinunter. Sie fühlen sich plötzlich wieder wie Kinder und benehmen sich auch so. Das liegt an diesem Ort. Sophie schnappt sich eines der alten Fahrräder, die auf dem Hof herumstehen, während Patrick sich zu den Ställen begibt, wo man die Pferde schon in freudiger Erwartung wiehern hört.

Sophie fühlt sich wirklich gesegnet. Sie hat Patricks Familie so ins Herz geschlossen und hat ein Urlaubsparadies gleich vor der Tür. *Wie kann man nur so viel Glück wie ich haben,* denkt sie und radelt voller Elan los, und die Hunde rennen mit wehenden Ohren und fliegenden Lefzen neben ihr her.

Nach zwei Stunden kommen sowohl Sophie als auch Patrick etwa zeitgleich mit roten Gesichtern und den Lungen voll frischer Luft zurück. Sie trinken in der Küche einen Tee und essen ein paar Kekse dazu. Dann duscht Patrick kurz, zieht sich eine Stoffhose, ein Hemd und einen Pulli an und geht hinunter zu seinem Vater, wo die beiden einen Drink zusammen nehmen und über Geschäfte sprechen, bis die Frauen dazustoßen. Diese Stunden sind immer sehr wichtig für Vater und Sohn und Sophie weiß, wie sehr Patrick Arthurs Meinung schätzt. Sophie lässt sich indes ein Schaumbad in der großen Badewanne direkt vor dem deckenhohen Fenster ein, und genießt die weite Aussicht über die Felder. Ihren Tee und eine Flasche Wasser hat sie mitgenommen und während im Hintergrund klassische Musik läuft, spürt sie wie ihre Muskeln sich entspannen und ihre Gedanken immer mehr zur Ruhe kommen. Nach fast einer Stunde steigt sie aus der Wanne und hüllt sich in einen kuscheligen Bademantel. Dann bestellt sie sich über das Telefon ein Bier und holt ihren Zeichenblock heraus. Für die nächste Stunde verschwindet sie in ihrer eigenen Welt, in der sie entwirft, abändert, wieder verwirft und sich manchmal selbst überrascht. Auch Gott und Versace sind jetzt wieder bei ihr und wirken mit ihrem leisen Gespräch wie Hintergrundmusik auf sie. Was sie immer wieder hört, ist das Wort ‚Pizza', und ihr Magen knurrt mittlerweile beachtlich.

„Wieso unterhaltet ihr euch die ganze Zeit über Pizza", fragt sie schließlich Gott. „Gibt es denn im Himmel nichts Vernünftiges zu essen?"

„Ach, Gianni kann seit gestern Nacht von gar nichts anderem mehr sprechen. Seit er euch gestern Pizza essen gesehen hat, will er allen hier im Himmel von der besten Pizza Italiens erzählen, besteht darauf, dass ihr Engländer keine Ahnung von Pizza habt und dass wir hier im Himmel einen Pizza-Blindtest durchführen sollen, bei dem er angeblich eine Pizza aus irgendeiner Pizzeria in Neapel sofort wiedererkennen wird. Außerdem will er einen himmelseigenen Pizzalieferservice einrichten und ihn ‚Der fliegende Kurier' nennen. Er will natürlich der Chef davon werden und ausschließlich Italiener in seinen Dienst stellen. Als ob mich das alles interessieren würde! Ich habe wirklich Wichtigeres zu tun. Der Präsident der Vereinigten Staaten ist eine echte Herausforderung, ich überlege die ganze Zeit, wie ich sein Twitterkonto unauffällig schließen kann, um noch mehr Chaos zu vermeiden und da spricht der hier von Pizza! Unwichtiger kann es nun wirklich nicht sein! Und Gabriel lässt sich davon beeinflussen, wie immer! Ich glaube sogar, dass er einen kleinen Aufstand plant, wenn ich ihnen nicht bald Pizza in den Himmel liefern lasse. Dabei ist er schon ganz schön plump geworden. Sieht mit seinen Pausbäckchen langsam aus wie einer diese kleinen dicken Engel, die ihr immer auf eure Bilder malt, statt wie einer meiner stolzen Erzengel. Wenn das so weitergeht, Sophie, werden sie hier bald noch Cola verlangen!"

Sophie lacht. „Wäre das so schlimm? Die Pizza gestern war wirklich fantastisch, kein Wunder, dass Versace da etwas neidisch wird. Und du kannst ihm sagen, dass sie sogar Nicolai geschmeckt hat - so viel zu ‚wir Engländer haben keine Ahnung von Pizza'. Wobei ich schon hoffe, dass auch diese Pizza von waschechten Italienern gemacht wurde und nicht von welchen, die sich mit ihrem Ciao-Bella-Getue nur als solche ausgeben."

„Wie dem auch sei, ich brauche hier im Himmel keine Verhältnisse wie auf der Erde, es ist so schon anstrengend genug. Also, zeichne du weiter, ich kümmere mich hier um das Pizza-Problem. Um Himmels willen, da tweetet dieser Mann wieder, kann man den denn keine Sekunde aus den Augen lassen!?"

Sophie lacht. Sie hat jetzt keine Lust mehr zu arbeiten, schaut auf die Uhr und stellt fest, dass sie in vierzig Minuten schon unten sein soll. Daher macht sie jetzt in Unterwäsche noch ein paar Yogaübungen und zieht sich dann eine hellbraune Leinenhose, passende Pumps und eine weiße Bluse an. Abends machen Patricks Eltern sich immer sehr zurecht, selbst wenn sie alleine sind. Constance trägt gerne Samt und Seide mit edlem Schmuck, während Arthur jeden Abend ein Jackett anhat. Wenn Sophie und Patrick kommen, ziehen sie sich wie immer recht leger an, aber machen sich doch schick genug, um nicht ganz aus dem Rahmen zu fallen. Sophie mag diesen Gegensatz von extrem lässigem Landleben mittags, wo sie niemals auf die Idee käme, auch nur einen Hauch Schminke aufzulegen, und dann den eleganten Abenden, die immer mit einem Aperitif im Salon beginnen und an denen sie von dem begnadeten Koch bekocht und den Hausangestellten bedient werden. Oft sind auch noch Freunde der Familie da oder Patrick, Sophie, Claire und Lydia bringen Freunde mit, aber heute Abend sind sie nur zu viert. Nach dem Aperitif - Gin Tonic für die Männer und Champagner für die Frauen - setzen sie sich zu einem wie immer wundervollen Abendessen an den Tisch. Zunächst gibt es Kartoffelsuppe mit Lachs und Trüffeln, gefolgt von Hirschrücken mit Preiselbeeren und Kartoffelgratin. Den Hirsch hat Arthur selbst geschossen und während Sophie sich sonst Mühe gibt, einigermaßen vegetarisch zu leben, muss sie diesen Vorsatz immer zur Seite legen, sobald sie nach Somerset kommt. Somerset bedeutet fast immer Wild, aber dafür so frisches, dass es eine Freude ist. Dazu gibt es eine Flasche fantastischen Lynch Bage und Sophie spürt, wie ihr beim Dessert schon langsam die Augen zufallen. Sie bemerkt, dass auch Patrick müde aussieht und die beiden verabschieden sich nach dem Essen, um sich zurückzuziehen. Im Bett schlafen sie Arm in Arm bei tiefschwarzem Himmel und absoluter Ruhe ein, nur manchmal durchbrochen von den leisen Geräuschen der Nacht. Beim Einschlafen fällt Sophie nochmals das Handy ein, das heute in Patricks Hosentasche geblieben ist und ihre letzten

Gedanken vor dem Einschlafen sind, ob er ihr etwas zu verheimlichen hat …

Am nächsten Morgen scheint die Sonne durchs Fenster und kitzelt Sophie mit ihren Strahlen wach. Zeitgleich hört sie, wie Rex und Leo an ihrer Tür kratzen und Einlass begehren. Patrick schläft neben ihr noch tief und fest. Sophie springt barfuß aus dem Bett, öffnet die Tür, um die beiden Hunde hereinzulassen, und bedeutet ihnen, dass sie still sein sollen, um Patrick nicht zu wecken. Dann zieht sie sich dicke Wollsocken an, putzt sich flüchtig die Zähne, steigt in ihrem Pyjama in ihre Wellington Boots, wirft sich eine Jacke über und läuft mit den Hunden nach draußen. Patrick soll ruhig noch schlafen, sie jedoch will sich keine Minute dieser herrlichen Landluft entgehen lassen. Sie tobt mit den Hunden herum und geht dann in den Pferdestall, wo sie Ken und die Pferde begrüßt, besonders ihr Lieblingspferd Duchesse, das sie schon mit geblähten Nüstern begrüßt. Ken sagt sie, dass sie nach dem Frühstück wohl doch noch ausreiten will und ob er Duchesse bereit machen könnte. Patrick würde sicherlich mitkommen und er selbst sei natürlich auch eingeladen. Ken sagt freudig zu und Sophie geht zurück zum Gutshaus und in die Küche, wo auch Patrick und seine Mutter inzwischen beim Frühstück sitzen. Als Patrick sie sieht, nimmt er schnell sein Mobiltelefon vom Tisch und lässt es scheinbar unauffällig in seiner Hosentasche verschwinden. Eine kleine Geste, aber eine, die Sophie eindeutig irritiert. Dann lächelt Patrick sie jedoch herzlich an, steht auf und begrüßt Sophie mit einem innigen Kuss. Sie entscheidet sich, den Vorfall zunächst unkommentiert zu lassen, lässt sich stattdessen Tee geben und macht sich ein Sandwich, in das sie herzhaft hineinbeißt. Dann informiert sie Patrick über ihren Plan, mit ihm zusammen auszureiten, worüber dieser sich offensichtlich freut und beide schlingen ihr Frühstück herunter, um möglichst schnell auf dem Rücken der Pferde zu sein. Nachdem sie beide ihre schicken Reitoutfits angezogen haben, gehen sie zu den Ställen, wo Ken bereits mit den gesattelten Pferden auf sie wartet. Er selbst kommt wie verabredet auch mit, ist aber wie immer diskret genug, etwas hinter Sophie und Patrick zu bleiben. Erst nach der Hälfte prescht er dann wie immer an Sophie vorbei und er und Patrick gönnen sich ein Wettrennen und springen über umgestürzte Baumstämme, während Sophie in gemütlichem Tempo hinterhertrabt. Wie immer treffen sie sich auf der Anhöhe wieder, wo die beiden Männer sich schon mit Tee aus der Thermosflasche stärken, der sonst auch manchmal mit Rum angereichert ist. Aber nicht heute, da Patrick sie beide plus die Hunde noch nach London fahren muss. Da ist er glücklicherweise verantwortungsbewusst und lehnt selbst ein einziges Glas Wein beim Essen ab. So auch heute und als sich Sophie und Patrick nach dem Mittagessen mit den Hunden auf dem Rücksitz wieder auf den Weg in Richtung London machen, fühlen sie sich, als hätten sie eine Woche auf dem Land verbracht und nicht nur ein paar Stunden. Sophie merkt, dass das Telefon auch diesmal wieder in der Hosentasche bleibt, aber sie lässt dies auch jetzt unkommentiert. Nicht nur scheint es ihr nicht der richtige Zeitpunkt zu sein, um die Harmonie zu stören, sondern letztlich ist es immer noch Patricks Privatangelegenheit, was er mit seinem Telefon anstellt. Constance hat ihnen so viel zum Essen mitgegeben, dass sie ihre gesamte Straße davon ernähren könnten, und so lassen sie es sich abends schmecken, während sie eine gute Flasche Bordeaux dazu aufmachen. Dann fallen sie in ihr Bett, ihr neues Bett in ihrem neuen Zuhause und verbringen eine traumlose Nacht.

Am nächsten Morgen wacht Sophie voller Vorfreude auf. Sie schläft so wundervoll in der neuen Wohnung und sie genießt es, Leo und Rex für die Woche da zu haben. Zudem freut sie sich, dass sie nächste Woche wieder nach Somerset fahren werden, um die Hunde wieder zurückzubringen. Diesmal werden sie eine Nacht länger bleiben und sie wird auch versuchen, Claire und Lydia zu überreden mitzukommen. Selbst ihre eigene Schwester war mal mit. Kate, die Ärztin, die Menschen auf der ganzen Welt hilft, hatte sich bei der Einführung von Sophies letzter Kollektion überlegt, doch mal wieder in London ansässig zu werden, anstatt in irgendwelchen afrikanischen Ländern zu leben. Aber lange hat sie es in der Zivilisation nicht ausgehalten und nach zwei Monaten ist sie mit ihrem Mann Karl wieder abgedüst, um erneut für *Ärzte ohne Grenzen* tätig zu werden. Es war letztlich nur ein kurzes Intermezzo, das sie hier in London hatte, und doch hat Sophie das Gefühl, dass sich die beiden Schwestern seitdem näher sind. Im Gegensatz zu früher schreiben sie sich jetzt manchmal Nachrichten und Kate hat sogar ein Instagram-Konto eröffnet, um Sophie folgen zu können. Kate und Instagram, das wäre früher undenkbar gewesen!

Patrick und Sophie lassen heute das Frühstück ausfallen, da sie am vorherigen Abend so viel gegessen haben, aber sie trinken gemütlich eine Tasse Kaffee zusammen bevor sie sich für den Tag voneinander verabschieden. Sophie schnappt sich die beiden Hunde und macht sich auf in Richtung Atelier, wo Blair schon beschäftigt ist. Sobald Blair die beiden Hunde erblickt, ist jedoch alles andere vergessen, und die drei toben so sehr herum, dass Sophie Angst hat, ihre Schaufensterpuppen könnten allesamt umstürzen. Aber bevor das passieren kann, nimmt Blair die Leinen der beiden Hunde und verabschiedet sich für einen – wie sie jetzt schon ankündigt – ausgiebigen Spaziergang. So hat Sophie etwas Ruhe und kann arbeiten. Ihre Kollektion kommt immer mehr in Form, was sie bis jetzt kreiert hat, gefällt ihr gut, und nach dem anhaltenden Erfolg ihrer letzten Kollektion hat sie jetzt ein ganz neues Selbstvertrauen. Außerdem hat sie ein gutes Gefühl für die Materialien entwickelt und spart viel Zeit, indem sie Unpassendes im Textilladen gleich aussortiert. Als es Zeit für ihre Yogastunde ist, ist Blair immer noch nicht zurück, aber das macht nichts, denn inzwischen hat sie einen Schlüssel. Aishley wird heute auch nicht kommen, da sie für die GQ, für die Nicolai arbeitet, ein Fotoshooting macht. Das macht sie nicht häufig, sich professionell buchen zu lassen, aber für ihren Lover macht sie eine Ausnahme. So geht Sophie alleine ins Studio und begrüßt freundlich die anderen, die da sind. Mittlerweile kennt sie sie alle, wenn auch nur oberflächlich. Auch Tamara und Roswitha sind wieder da, die beiden fehlen so gut wie nie, und mittlerweile hat Sophie ihren übertriebenen Respekt für die Tänzerinnen so gut wie abgelegt. Im Gegenteil, sie steht ihnen jetzt eher skeptisch gegenüber. Beide sind zwar stets höflich zu ihr, aber Sophie wird das Gefühl nicht los, dass sie sie immer ein bisschen zu sehr über ihr Leben ausfragen und dass die Höflichkeit und das Lächeln aufgesetzt sind. Sophie wüsste nicht wieso, sie ist nicht der Typ, der auf irgendjemanden bedrohlich wirkt und bei der man deshalb manipulativ agieren müsste, aber irgendwie versuchen die beiden stets, Sophie in ein Gespräch zu verwickeln, ohne wirklich an ihr interessiert zu sein. Dafür fragen sie viel über ihre Lebensumstände, aber glücklicherweise ist Aishley ja meist dabei und erstickt die meisten Konversationen gleich im Keim. Aus irgendeinem Grund traut Aishley den beiden nicht über den Weg und hält sie für falsche Schlangen. Und Sophie hat gelernt, dass Aishleys Intuition sie selten täuscht. Aber heute ist Sophie allein und sobald sie hereinkommt beginnt Tamara:

„Sophie, hallo, wie geht es dir? Hattest du nicht gesagt, dass du und dein Freund am Wochenende umziehen wolltet? Hat alles geklappt?“

Sophie fühlt sich fast ein wenig geschmeichelt, dass diese tolle Tänzerin sich an solche Details aus ihrem Leben erinnert. Ihr selbst kommt ihr eigenes Leben nicht glamourös genug vor, als dass man sich so etwas merken sollte.

„Ja, es hat alles super geklappt, danke. Hatten auch schon eine kleine Einweihung mit Freunden und dann waren Patrick und ich am Wochenende bei seinen Eltern in Somerset ein wenig Landluft schnuppern."

„Eine Einweihungsparty ohne uns", sagt Roswitha nun gespielt gekränkt und macht einen Schmollmund. „Das kann doch nicht sein!"

„Nein, nein, keine Einweihungsparty, nur ein paar Pizzen und Wein mit den engsten Freunden. Aber bald mache ich tatsächlich eine Einweihungsparty, dann seid ihr natürlich eingeladen."

„Versprochen?", fragt Tamara mit einem koketten Augenaufschlag.

„Versprochen!", sagt Sophie und fragt sich, was sie hier gerade macht. Sie mag die beiden doch nicht einmal besonders, wieso lädt sie sie dann zu sich nach Hause ein? Aber gut, jetzt ist es zu spät und versprochen ist nun einmal versprochen. Und Sophie hat die Angewohnheit, ihre Versprechen zu halten.

Während dieser Woche werden endlich die restlichen Möbel geliefert und Sophie und Patrick sind jetzt fast komplett eingerichtet, was beide sehr glücklich macht. Auch Mrs Larrson ist jetzt nach Beendigung der Bauarbeiten wieder in ihre Wohnung unten eingezogen und freut sich sehr für die beiden, wie schön ihr Zuhause geworden ist. Patrick wiederum ist ihr dankbar, dass sie die unbequeme Zeit während der Bauarbeiten so anstandslos akzeptiert hat. Aber Mrs Larrson ist mittlerweile schon eher Familie als nur eine Nachbarin. Am Wochenende fahren sie dann wieder nach Somerset, um die Hunde zurückzubringen und nochmals ein Wochenende mit Patricks Eltern auf dem Land zu verbringen. Blair und die Hunde konnten sich kaum voneinander trennen und Sophies Instagram-Konto ist jetzt anstatt mit Fotos von Mode mit Fotos von Leo und Rex gefüllt. Aber diese scheinen super anzukommen und die Anzahl ihrer Follower ist tatsächlich noch einmal signifikant gestiegen. Auch Claire und Lydia haben sich für dieses Wochenende angekündigt und darüber freut Sophie sich ganz besonders. So werden es dann auch rundum schöne Tage mit viel Zeit an der frischen Luft, guten Gesprächen und viel Essen und Trinken. Am Sonntagabend kommen sie erschöpft aber überglücklich zurück. *Nächste Woche werde ich meine Party planen,* nimmt Sophie sich vor. Es ist immerhin schon Mai und sie möchte nicht zu lange warten.

So setzt sie sich am nächsten Morgen gleich mit Blair hin und gibt ihr eine neue Aufgabe: Partyplanung. Blair scheint in London die besten und günstigsten Lieferanten zu kennen, hat überallhin Beziehungen und eine schier unerschöpfliche Energie. Das Projekt Einweihungsparty wird sie gleich in Angriff nehmen, sobald sie einige Aufgaben für Aishley erledigt hat, sagt sie. Die beiden entscheiden, dass es Ende Mai so weit sein soll. Viel Zeit bleibt da nicht. Blair wird auch die Einladungskarten entwerfen, die Sophie dann in den nächsten Tagen per E-Mail rausschicken will. Zudem will sie darüber nachdenken, ob sie irgendwelche netten Männer kennt, die für Rose in Frage kämen. Denn diese ist seit dem Dilemma mit dem vermeintlichen Prinzen Harry sehr still geworden und Sophie fängt langsam an, sich Sorgen zu machen. Aber sie hat wenigstens wie besprochen mit Yoga angefangen und nach dem ersten Schock, dass sie jetzt unter die Sportler gegangen ist, scheint es ihr nicht nur einigermaßen Spaß zu machen, sondern die verrückten Verrenkungsstellungen lenken sie zudem ab und verhindern, dass sie zu sehr an die Harrys dieser Welt denkt, von denen es ja leider mehr als genug gibt. Blair verspricht, ihr Adressbuch durchzugehen und zu schauen, ob sie jemand Nettes für Rose einladen kann. Und Aishley wollte ja das Gleiche tun. Wobei Sophie ihre Zweifel hat, ob das etwas bringen wird. Nachdem Rose sich nämlich anfangs mit jedem getroffen hat, der ihr unter die Finger kam, hat sie sich jetzt wie eine Schnecke in ihr eigenes Haus zurückgezogen und ist nur schwer wieder hervorzulocken. Die Sache mit Harry hat sie offenbar mehr schockiert, als sie zugibt. Jedenfalls freut Sophie sich auf die Party und darauf, ihre Wohnung ihren Freunden und Bekannten vorstellen zu können. Es ist lange her, dass sie eine richtige Party gegeben hat. Und so entwerfen sie und Blair in den nächsten Tagen die Einladungen, sie erstellt mit Aishley und Rose zusammen eine Gästeliste und lädt auch Leute aus der Modebranche ein, um ihre neue Kollektion schon einmal informell anzukündigen. Auch Patrick fügt die Leute hinzu, die er gerne dabeihätte und so haben sie bald eine potenzielle Runde zusammen, die einen unterhaltsamen Abend verspricht. Sophie schickt fast alle Einladungen per E-Mail heraus, aber zwei druckt sie aus und nimmt sie zum Yoga mit, um sie Tamara und Roswitha zu überreichen.

„Wieso lädst du denn die beiden Kühe ein?“, fragt Aishley sie im Flüsterton. „Du kennst sie doch kaum, was sollen die dann auf deiner Party?“

„Ich habe es ihnen letztens versprochen“, antwortet Sophie, „und du kennst mich doch, ich versuche, meine Versprechen zu halten. Außerdem sind sie doch eigentlich ganz nett. Wie du sagst, wir kennen sie kaum. Wer weiß – vielleicht sind sie ja das Herz einer jeden Party und bringen den Raum zum kochen.“

„Glaube ich zwar nicht, aber gut, was soll’s, ist schließlich deine Party“, gibt Aishley klein bei. „Ich freu mich jedenfalls.“

Und so bestellt Sophie mit Blairs Hilfe in den nächsten Wochen nicht nur Getränke und Essen in einer Menge, die für ein einwöchiges Fest ausreichen sollte, sondern auch einen DJ, der coole Musik spielen soll. Selbst Lucas wird wieder hinzugeholt, ihr Freund aus Schultagen, der jetzt Lichtingenieur ist und Sophie schon bei der Präsentation ihrer letzten Kollektion geholfen hat. Auch seine Freundin Isabelle ist eingeladen, die jetzt Roses Nachfolgerin und damit Assistentin der Chefeinkäuferin von Harrods ist, von Jolanda Waters, die natürlich auch kommt. Es haben sich ungefähr sechzig Personen angekündigt und es verspricht eine lustige, interessante Runde zu werden. Sophie hofft nur, dass die Wohnung danach nicht renovierungsbedürftig ist. Aber eigentlich macht sie sich keine großen Sorgen, da es sich bei ihren Gästen ausschließlich um äußerst zivilisierte Menschen handelt.

Und so rückt der Tag der Party immer näher und Sophie hat sich den Freitag freigenommen, um alles vorzubereiten. Blair ist ebenfalls an ihrer Seite, was eine große Hilfe ist, und auch Aishley und Rose werden etwas früher kommen, um mit Hand anzulegen und ohne Zweifel schon die ersten Flaschen Champagner mit ihr zu killen. Glücklicherweise ist es noch kalt genug, sodass sie zumindest den Weißwein auf dem Balkon lagern können. In ihren Kühlschrank hätten all die Flaschen im Leben nicht gepasst. Zudem hat sie einen Cateringservice engagiert, der auch gleich zwei Damen mitliefert, die das Essen vorbereiten und die Gäste bedienen werden. Sophie war es das wert, diesmal ein bisschen mehr Geld auszugeben, wenn sie und Patrick dafür so wenig Arbeit wie möglich haben.

Am späten Nachmittag, als Blair zum Umziehen nach Hause fährt, legt auch Sophie sich in die Badewanne und entspannt sich in Vorfreude auf den Abend.

Ihr Outfit für heute Abend hat sie schon vorbereitet: ein leicht glitzerndes dunkelblaues kurzes Kleid von Dolce&Gabbana und flache Ballerinas. Sie findet es schick, kann damit aber trotzdem gut herumlaufen und sich bewegen. Denn obwohl sie heute Abend Hilfe haben werden, weiß sie doch, dass sie selbst auch immer auf Achse sein wird und da möchte sie nicht ständig über ihre eigenen Füße stolpern. Sie föhnt sich die Haare und trägt mehr Make-up auf als sonst. Unter anderem hat sie die beiden Schönheiten Tamara und Roswitha im Kopf und da möchte sie mithalten können. Schließlich legt sie noch etwas Schmuck an, betrachtet sich im Spiegel und ist zufrieden. Sie sieht jung, sexy und entspannt aus. Von dem heißen Bad sind ihre Wangen auch noch frisch gerötet und ihretwegen kann der Abend anfangen.

Da klingelt es auch schon und der DJ ist da, mit Lucas und seinen Lampen im Schlepptau. Sophie begrüßt die beiden, bietet ihnen jeweils ein Bier an – beide entscheiden sich zunächst für ein alkoholfreies – und lässt sie walten. Kurz darauf klingelt es erneut und die Lieferung von der Catering-Firma kommt. Auch hier mischt Sophie sich so wenig wie möglich ein, zeigt ihnen nur, wo die Küche ist und wo alles hin soll und zieht sich dann zurück. Als Nächstes kommen Rose, Aishley und Blair, alle schick zurechtgemacht und damit kann die Party für Sophie beginnen. Patrick hat wieder viel zu tun. Er hat natürlich angeboten, sich frei zunehmen und mitzuhelfen, aber Sophie liebt es, Feiern vorzubereiten und sie ist da gerne allein oder mit ihren Freundinnen zusammen. So kann sie alles genauso machen, wie sie es sich vorstellt und keiner mischt sich ein. Daher wird Patrick zur gleichen Zeit wie die anderen Gäste kommen und sie kann jetzt mit ihren Freundinnen schon einmal anstoßen. Dann schlagen Danny und Rob auf, daraufhin Claire und Lydia, bevor schließlich Patrick und die anderen Gäste eintrudeln. Die Stimmung ist von Anfang an ausgelassen, alle preisen die tolle Wohnung in den höchsten Tönen und Sophie fühlt sich pudelwohl. Es herrscht ein starker Männerüberschuss, da ein ganzes

Bataillon an adretten Kerlen nur für Rose eingeladen wurde. Aber wie Sophie schon befürchtet hatte, kümmern diese Rose so gar nicht und sie unterhält sich lieber mit Aishley und Nicolai, egal wie sehr Aishley auch versucht, sie mehr oder weniger unauffällig in Richtung der Herren zu bugsieren. Doch es ist hoffnungslos. *Na ja, dafür freuen sich die anderen Damen umso mehr,* denkt Sophie und ist eigentlich froh, dass Rose nicht mehr jedem Typen hinterherläuft, auch wenn diese hier zuvor einer strengen Qualitätskontrolle unterzogen wurden.

Der DJ macht super Musik und eines des Zimmer hat sich zur Disco umgewandelt, in dem die Leute begeistert tanzen. Dann ändert sich die Musik jedoch plötzlich und nicht nur wird jetzt ausschließlich 80er und 90er Musik gespielt, sondern die Songs hören mittendrin auf, und wechseln sich rapide und ohne Übergang ab. Die Gäste sind verwirrt, werfen mal ihre Arme in die Höhe, schwingen dann ihr Tanzbein zu dem nächsten Lied, die Hüfte ein paar Sekunden später zu dem übernächsten, aber der Wechsel geht selbst den flexibelsten Tänzern zu schnell. Sophie läuft zum DJ hin.

„Was ist denn jetzt los?", fragt sie aufgebracht. „Das war nicht ausgemacht. Das hört sich ja an wie Musik auf Stereoiden!"

Der DJ schüttelt verzweifelt den Kopf.

„Ich habe keine Ahnung was los ist. Das ist mir noch nie passiert. Ich mache gar nichts. Das bewegt sich alles von selbst. Wie von Zauberhand. Verflixte Software, ich weiß wirklich nicht, was ich da machen kann."

Ihm laufen mittlerweile die Schweißperlen über die Stirn. *Wie von Zauberhand …* in Sophie steigt ein Verdacht auf und sie dreht sich vom DJ weg. „Eine Sekunde", sagt sie zu ihm, während sie in Gedanken zu Gott sagt:

„Gott, sag jetzt nicht, dass du etwas damit zu tun hast! Ich kenn dich doch, sobald irgendwo Musik ertönt, gibt es für dich kein Halten mehr. Aber normalerweise gibst du dich doch damit zufrieden, laut mitzujohlen oder zu tanzen. Dass du jetzt hier mitmischst, das geht zu weit!"

„Sophie, du sollst nicht über deinen Gott urteilen, das Urteilen ist mein Job! Und ja, ich tanze", keucht er jetzt merklich außer Atem. „Aber ich habe nichts mit der Musik zu tun, das sind die anderen hier. Ich habe mir ja mittlerweile einen ganzen Himmelschor angelacht und wir haben uns entschieden, heute mit euch zusammen zu feiern. Mit euch und Pizza. Aber sie wollen sich alle gegenseitig beweisen, wie toll sie sich finden, das müsstest du mal sehen. Es tut mir leid, dass ihr das dort unten live miterleben müsst: Prince will David Bowie demonstrieren, wie sehr er seine Musik schätzt und rennt ständig zum Plattenteller, um seine Lieder zu spielen, dieser wiederum zieht Michael Jackson seinen eigenen Songs vor, der jedoch darauf besteht, Aretha Franklin zu spielen während diese wiederum Whitney Houston den Vorzug gibt, die dann George Michael spielt, der Amy Winehouse auflegt, die wiederum Michael Hutchence über Massen anpreist und da habe ich jetzt wahrscheinlich noch einige vergessen. So viel Höflichkeit hätte ich mir mal zu deren Lebzeiten gewünscht! Jedenfalls ist unser guter alter Plattenteller hier oben ihnen nicht mehr gut genug und da haben sie einfach die Anlage deines DJs übernommen. Aber das wird jetzt aufhören, ich werde für Ordnung sorgen! Soviel Einmischung in die Erdensachen ist nicht gesund und außerdem bringt dieser ständig wechselnde Rhythmus Gabriel ganz aus dem Atem. Er ist wie gesagt mittlerweile etwas pummelig und ich kann nicht riskieren, dass er einen Herzinfarkt bekommt und zu euch runterfällt. Also, Schluss jetzt!", hört Sophie Gott noch brüllen, bevor sich die Musik wieder beruhigt und der DJ Sophie erstaunt anschaut.

„Der Spuk scheint vorbei zu sein", sagt er zu ihr, um sich dann erstaunt am Kopf zu kratzen.

Sophie grinst. *Für den Moment zumindest,* denkt sie sich,

aber wenn die da oben außer Rand und Band sind, kann man für nichts garantieren.

Ziemlich spät klingelt es dann an der Tür Sturm. Sophie wundert sich, denn sie dachte, alle Gäste seien schon anwesend. Es wird doch nicht schon wieder Gott etwas damit zu tun haben? Aber als sie aufmacht, sieht sie Tamara und Roswitha die Treppe hochkommen. Die beiden hatte sie total vergessen! *Ob sie heute wohl noch eine Aufführung hatten und daher so spät kommen?*, fragt Sophie sich. Aber nein, sie wirken beide schon recht angeheitert, eigentlich sogar mehr als angeheitert, vor allem Tamara, die von Roswitha fast gestützt werden muss.

„Sophie, traute Maid, was für ein schönes Heim du hast", ruft Tamara ihr lautstark entgegen, sobald sie die Wohnung betritt und ein paar Gäste drehen sich nach ihr um. „Hast du dir das alles alleine geleistet oder hat dein Lover kräftig mitgeholfen?", fragt sie jetzt nicht minder laut.

Sophie wird leicht rot. Tamaras Benehmen ist ihr peinlich und kurz denkt sie, dass sie doch auf Aishley hätte hören und die beiden nicht hätte einladen sollen. Aber dafür ist es jetzt zu spät. Daher antwortet sie:

„Dies ist Patricks und meine Wohnung, natürlich haben wir beide dazu beigetragen. Es freut mich, dass sie dir gefällt."

„Ah ja, Patrick, so heißt ja der Werteste", ruft Tamara übertrieben laut und mit einem Anflug von Aggressivität. „Wieso stellst du ihn uns nicht einmal vor? Roswitha und ich können es kaum erwarten, den Mann kennenzulernen, der die Gunst der tollen Sophie Vanderbilt gewonnen hat."

Jetzt ist Sophie wirklich perplex. Was ist hier los? Hat Tamara ein Problem mit ihr? Wie dem auch sein, vielleicht wäre es wirklich keine schlechte Idee, die beiden Patrick vorzustellen, der kann mit so etwas besser umgehen als sie. Also lotst sie die beiden in den nächsten Raum, wo sie Patrick eben noch in ein Gespräch mit einem seiner Geschäftspartner vertieft gesehen hat. Als die drei jetzt hereinkommen, steht er immer noch dort, schaut flüchtig hoch und erstarrt dann regelrecht. So hat Sophie ihn noch nie gesehen. Sein Mund ist ihm mitten im Satz offen stehen geblieben und er wird weiß wie ein Geist. Auch sein Gesprächspartner sieht jetzt angesichts dieser Reaktion erstaunt zu ihnen hin.

Tamara lacht so laut auf, dass der ganze Raum sich nach ihr umdreht.

„Sophie, was rede ich denn da, dass du mir deinen Lover vorstellen sollst. Ich sehe, ich kenne ihn doch schon. Kenne ihn sogar sehr gut." Jetzt lacht sie fast hysterisch. „Und diese Wohnung hier hätte eigentlich meine sein sollen, nicht wahr, Patrick, und nicht plötzlich diesem Landei hier gehören."

Jetzt bleibt auch Sophie vor Schreck der Mund offen stehen. Was geht hier vor? Patrick kommt bedrohlich langsam auf ihr kleines Grüppchen zu.

„Tamara, was machst du hier? Hast du nicht schon genug Schaden angerichtet? Verschwinde aus meinem Haus. Und zwar sofort."

„Oh, ich verschwinde ganz sicher nicht, mein lieber Patrick, denn ich bin von der reizenden Sophie hier eingeladen worden und ich habe fest vor, die Einladung in vollen Zügen zu genießen. Sophie und ich sind nämlich Yogapartnerinnen, das weißt du doch. Wobei ich mich immer wieder wundere, wofür du mich ausgetauscht hast. Ein wenig plump und ungelenk die Gute, meinst du nicht?"

Patrick wird jetzt ganz ruhig, für Sophie ein klares Zeichen, dass er innerlich vor Wut kocht. Das ist ein Patrick, den sie noch nicht oft gesehen hat. Sie ist völlig verwirrt und fragt Patrick jetzt entgeistert:

„Patrick, was ist hier los? Wer ist diese Frau? Was hast du mir nicht erzählt?"

Mittlerweile haben sich alle Umstehenden zu ihnen umgedreht. Doch Patrick bleibt davon unbeeindruckt.

„Du fragst noch, wer das ist? Beantworte dir die Frage doch selber, Sophie. Du hast diese Verrückte doch in unsere

Wohnung hereingelassen, nicht ich. Und du meintest doch, unbedingt zu diesem bescheuerten Yoga gehen zu müssen, wo du ständig auf meine Ex triffst."

„Deine Ex?" Sophie kommt sich jetzt wirklich etwas schwer von Begriff vor. „Tamara ist deine Ex? Wieso hast du denn nichts gesagt? Woher hätte ich das denn wissen sollen?"

„Natürlich konntest du das nicht wissen, aber du hättest auf mich hören können und nicht gerade in dieses Yogastudio gehen müssen. Dadurch hast du ihr erst die Möglichkeit gegeben, ständig in unserem Leben präsent zu sein. Hättest du doch nur einmal auf mich gehört. Aber nein, du musst ja jedem Hype nachlaufen und dann im Yogastudio auch noch von unserem Privatleben erzählen. Da war es für die schlaue Tamara natürlich nicht schwer, eins und eins zusammenzuzählen und zu folgern, dass du meine Freundin bist."

Sophie starrt ihn fassungslos an. Jetzt macht er also sie dafür verantwortlich? Aber Patrick ist noch nicht fertig. Jetzt wendet er sich an die zufrieden grinsende Tamara.

„Ich sehe also, du willst nicht gehen? Gut, dann bleib hier. Kannst ja mit Sophie zusammen ein paar Yogaübungen machen. Ich gehe jedenfalls. Erwarte mich nicht zu schnell zurück", sagt er an Sophie gewandt, verschwindet ins Schlafzimmer, wo er offensichtlich ein paar Sachen packt, denn er kommt mit einer kleinen Reisetasche wieder heraus und marschiert wütend ins Treppenhaus und knallt hinter sich die Tür zu. Die anderen Gäste sehen sich betreten an, denn alle haben die Szene mitbekommen. Jetzt kommen Claire, Lydia und Aishley ins Zimmer gestürzt.

Claire sieht Tamara mit funkelnden Augen an.

„Tamara, wie sie leibt und lebt. Ich hatte schon ein komisches Gefühl, als Sophie letztens das Ballett erwähnte. Wir sind ja so einiges Verrücktes von dir gewöhnt, aber dass du so dreist bist, hier aufzutauchen, das hätte ich dir doch nicht zugetraut. Für dich gibt es wohl keine Grenzen, was Tamara?

Grenzen sind für andere Menschen gemacht. Und dir ist es wie immer egal, wie viel verbrannte Erde du hinterlässt, du egoistisches Miststück."

Diese Worte reißen Sophie kurz aus ihrem tranceähnlichen Zustand, da sie so überhaupt nicht typisch für die sanfte Claire sind. Jetzt setzt sie auch noch ein „und jetzt verschwinde, und zwar sofort" drauf. Mittlerweile sind auch Danny und Rob zu der Szene gestoßen und Danny nimmt Tamara jetzt unsanft am Ellenbogen und führt sie, flankiert von Rob und Roswitha, zur Tür. „Hier entlang. Auf Nimmerwiedersehen", und damit schlägt er die Tür hinter ihnen zu und Rob gibt dem DJ ein Zeichen, die Musik wieder aufzudrehen. Aber es ist schnell klar, dass die Party nicht mehr in Schwung kommt und nach ein paar Minuten ruft Aishley allen zu, dass es Sophie leidtue und sie sich bei allen bedanke, aber die Party sei jetzt zu Ende. Sophie, die sich immer noch in einer Art Schockzustand befindet, ist ihr dankbar und lehnt sich zurück, sobald sie sich nur noch in Gesellschaft ihrer engsten Freunde befindet. Aishley und Claire haben je auf einer Seite den Arm um sie gelegt und Danny reicht ihr ein Glas mit Brandy, sein Heilmittel für jede Situation. Und sie muss sagen, es hilft wirklich, wie die Flüssigkeit ihre Kehle herunterfließt und sich warm in ihrer Brust ausbreitet.

„Claire, was ist hier los? Wer ist diese Person?", fragt sie schließlich, als sie sich etwas gestärkt fühlt.

„Das, meine Liebe, ist Patricks Ex. Tamara, in ihrer ganzen Pracht. Ich weiß nicht, was mein Bruder an ihr fand, aber er hat dann glücklicherweise doch irgendwann seinen Kopf eingeschaltet, sie verlassen und dann auch wirklich nie wieder zurückgeblickt. Dann hat er dich kennengelernt und ich habe ihn noch nie so glücklich wie mit dir gesehen. Tamara hat er nie wieder erwähnt und wir dachten auch alle, dass sie weggezogen sei. Sie hat damals der Beziehung ganz schön hinterhergeweint, aber Patrick hat sich nicht erweichen lassen. Für ihn war die Sache durch und ehrlich gesagt war auch jeder um ihn herum froh darüber, dass es vorbei war, du hast Tamara ja jetzt selbst erlebt. Sie kann durchaus charmant sein, aber manchmal flippt sie völlig aus und ehrlich gesagt ist sie wirklich nur in kleinen Dosen zu ertragen. Jedenfalls war sie dann von der Bildfläche verschwunden und war auch nie wieder ein Thema, bis ihr bei uns essen wart und du plötzlich das Ballett erwähnt hast. Ich hatte gelesen, dass Tamara die Titelrolle tanzt, aber Patrick nichts davon gesagt. Und plötzlich erzählst du, dass ihr zusammen im Ballett gewesen seid. In der Küche habe ich ihn dann zur Rede gestellt und er hat zugegeben, dass Tamara ihm die Karten für euch zugeschickt hat. Angeblich als Friedensangebot. Da ist mein Bruder doch recht naiv. Von einer wie Tamara gibt es keine Friedensangebote. Die ruht nicht, bevor sie nicht das bekommt, was sie will. Entschuldige, Sophie", sagt sie daraufhin schnell, als sie Sophie schockiertes Gesicht sieht, „sie wird meinen Bruder natürlich nicht zurückbekommen, so sehr sie es auch versucht. Aber sie hat es offensichtlich geschafft, ein bisschen Unruhe zu stiften, wie wir jetzt sehen können. Nach dem Abend bei mir wollte ich ihn übrigens noch einmal vernünftig zur Rede stellen, aber ich habe ihn nicht mehr erwischt. Ich habe das Gefühl, er ist mir ausgewichen."

Sophie sieht sie mit großen Augen an.

„Dir auch? Wirklich? Mir gegenüber benimmt er sich seit dem Ballettabend auch so komisch, ich komme gar nicht mehr an ihn heran. Seitdem wir hier wohnen, ist es etwas besser geworden, aber das war wohl nur eine kurze Phase. Claire, sei ehrlich, glaubst du, die beiden treffen sich heimlich?"

Claire kann Sophie kaum in die Augen schauen, doch dann nickt sie.

„Ja, das glaube ich, Sophie. Ich denke nicht, dass sie romantisch verbandelt sind, dafür ist mein Bruder zu gradlinig und liebt dich zu sehr, aber Tamara kann hartnäckig sein und Patricks Verhalten in letzter Zeit deutet doch sehr darauf hin, dass etwas nicht stimmt. Dass er jetzt abgehauen ist, anstatt sich der Sache zu stellen, hilft natürlich auch nicht weiter und spricht auch nicht wirklich für ihn, aber das hat er von unserem Vater. Im Job können sie allen Stress aushalten, blühen bei Problemen sogar auf, aber sobald sie emotional überfordert sind, machen sie zu. Am Schlimmsten ist es, wenn sie sich schuldig fühlen. Dann gibt es kaum ein Rankommen und ich hoffe, du kannst Patrick diesbezüglich mal etwas öffnen, denn damit steht er sich nur selbst im Weg."

Sophie hat das Gefühl, dass ihre Welt zusammenbricht. Patrick und seine Ex-Freundin. Was für ein Albtraum! Ihr kommen die Tränen.

„Du glaubst also wirklich, dass sie sich treffen, Claire. Dass er sie hinter meinem Rücken sieht. Es fühlt sich alles so unwirklich an."

Jetzt schluchzt sie wirklich und Aishley nimmt sie fest in den Arm.

„Ähm, wenn ich mich mal kurz einmischen darf", sagt jetzt Blair und hebt ihr Telefon hoch. „Ich habe mir mal die Facebookseite dieser Dame angeschaut und Sophie, auch wenn das jetzt wirklich wehtun wird, aber ich denke, du solltest es wissen: Sie erwähnt Patrick recht häufig, war sogar wohl mal mit ihm in Paris. Hier ist ein Bild von ihm. Und noch eins. Und hier sind noch zwei. *Heiße Nächte in Paris* sind sie unter anderem betitelt, immer in einem anderen Restaurant."

Blairs Stimme bricht ab.

Sophie springt auf, läuft ins Badezimmer und übergibt sich. Immer und immer wieder. Der Boden unter ihren Füßen schwankt und sie hat weiche Knie. Und Patrick ist nicht hier, um sich erklären. Er ist einfach weg. Verschwunden. Ganze Sturzbäche aus Tränen strömen über ihr Gesicht, als sie ins Wohnzimmer zurückkommt.

„Was machen wir jetzt mit dir?", fragt Aishley. „Du kannst unmöglich hierbleiben. Komm, du ziehst erst mal bei mir und Nicolai ein. Ich lasse dich auf gar keinen Fall alleine hier."

„Sie kann auch bei mir wohnen", sagt Blair, „das ist gar kein Problem."

„Oder bei mir", sagt Rose.

„Und natürlich auch bei uns", schaltet sich Danny ein, der heute ungewöhnlich ruhig ist. Diese Sache hat sogar seinen Humor zum Erliegen gebracht. Aber da kommt Lydia schon mit einer Reisetasche ins Zimmer. Keiner hat gemerkt, dass sie weg war.

„Papperlapapp", sagt sie nun. „Sophie wird bei Claire und mir wohnen. Wir haben viel Platz, Claire ist Familie und zudem eine exzellente Köchin. Wenn jemand Sophie wieder auf die Beine bringen kann, dann sie."

Sophie schaut sie dankbar an. Auch ihr ist diese Lösung am liebsten. Hier will sie auf gar keinen Fall bleiben und bei Lydia und Claire fühlt sie sich immer wie zu Hause. Zudem kennt Claire ihren Bruder besser als alle anderen und kann ihr aus erster Hand von seiner Beziehung mit Tamara erzählen. Sophie spürt, dass ihr Kopf sich danach sehnt, das Ganze besser zu verstehen. Was sie hier heute Abend gesehen und gehört hat, ist so gar nicht der Patrick, den sie kennt. Sollte sie sich so in ihm getäuscht haben? Das kann doch nicht sein! Jetzt nimmt sie das Telefon von Blair und schaut sich mit stark klopfendem Herzen und einem Kloß im Hals das Facebookprofil von Tamara an. Sie hat natürlich tausende von Fans, die ihr folgen, und ihr Profil ist voller Tanzfotos, aber manchmal postet sie auch von Reisen und aus Restaurants. Zweimal schreibt sie „Heiße Nächte in Paris" und man sieht Fotos von Patrick, wie er an einem Tisch bei einem Glas Wein sitzt. Zweimal mehr hat sie „Dinner mit meinem Schatz" geschrieben, immer noch in Paris und diesmal hat sie sogar seinen Namen gepostet. Er selbst hat kein Facebookprofil, aber das hat sie nicht davon abgehalten, seinen Namen zu erwähnen. Sophie wird wieder schlecht, aber in ihrem Magen ist nichts mehr drin, das sie noch loswerden könnte. Dafür hat sie jetzt das Gefühl, gleich umzukippen. Es ist einfach zu viel für sie. War Patrick wirklich mit dieser Tamara in Paris? Hatten sie die ganzen letzten Wochen eine heimliche Affäre miteinander? Und sie hat nichts bemerkt, obwohl sie Patrick, wenn er nicht reist, jeden Tag sieht und Tamara beim Yoga mittlerweile auch mehrmals die Woche? Aber natürlich wäre trotzdem genug Zeit für einen kurzen Liebestrip gewesen. Und Tamara wusste, wer sie war? Woher nur? Na ja, ok, das war wahrscheinlich nicht schwer. Sophie hat Patrick öfter erwähnt und auch ihre Wochenendtrips zu seinen Eltern in Somerset, da wird Tamara sehr schnell Lunte gerochen haben. Und wahrscheinlich hat sie dann einfach nur auf Sophies öffentlichem Facebook- oder Instagramprofil nachgeschaut, wo durchaus auch Patrick auf dem ein oder anderen Foto zu sehen ist – und natürlich seine Hunde! Aber wusste Patrick, dass Tamara es wusste? Es sind einfach zu viele offene Fragen. Emotional fühlt sich Sophie reichlich überfordert, während ihr Verstand schon jetzt weiß, dass sie sich irgendwann besser fühlen und wieder Alltag einkehren wird. Im Moment allerdings kann sie sich das überhaupt nicht vorstellen. Am liebsten würde sie jetzt einfach einschlafen und nicht mehr aufwachen.

„So hast du dich letztes Jahr zwischendurch auch mal gefühlt“, hört sie da sanft Gottes Stimme in ihrem Inneren. „Und schau, wie viel stärker und glücklicher du aus der Situation hervorgegangen bist. Versuch auch diesmal zu vertrauen, dass alles gut wird, meine Liebe. Ich weiß, es ist nicht so einfach, aber versuche es. Und jetzt musst du gar nichts machen. Du musst nichts verstehen und auch nicht kombinieren, sondern einfach nur weiteratmen. Überlasse den Rest mir. Lass dich einfach mal fallen, Sophie.“

Sophie nickt. Mehr kann sie im Moment wirklich nicht tun. Also steht sie auf, umarmt ihre Freunde und verlässt mit

Claire und Lydia das Haus. Die anderen bleiben noch da, um aufzuräumen, wie sie sagen, aber zweifelsohne auch, um sich noch einmal ausführlich über die vertrackte Situation zu unterhalten.

Und da tat Rose mir so leid mit ihren unmöglichen Dates, wo ich doch in so einer stabilen, tollen Beziehung bin, denkt Sophie. *Ich fühlte mich ja so erwachsen, so allen verletzenden Gefühlen entwachsen und jetzt hänge ich hier durch – mit leer gekotztem Magen in einem Meer voller Tränen, während Rose in meiner Wohnung meine Unordnung aufräumt und heute tausendmal vernünftiger wirkt als ich. So schnell kann das also gehen, so schnell kann sich alles ändern.*

Einmal bei Claire und Lydia angekommen, legt sie sich gleich in das kuschelig weiche Gästebett und schläft unter Tränen ein. Die nächste Woche verbringt sie wie in Trance. Nichts bekommt sie wirklich mit. Patrick schreibt ihr ein paar Nachrichten und versucht sie auch einige Male anzurufen, aber sie geht nicht dran. Sie hat ihm im Moment nichts zu sagen. Auch sind seine Nachrichten nicht wirklich aufbauend oder erklärend, sondern beschränken sich darauf zu erfahren, wie es ihr geht. Außerdem scheint es ihm leidzutun, dass er so plötzlich abgehauen ist, aber eigentlich ist der Tenor seiner Nachrichten, dass es ihm im Moment alles ein wenig zu viel ist und er Abstand braucht. Sophie ist niedergeschmettert. Es ist fast wie ein Déjà-vu vom letzten Jahr, nur diesmal bei einem Mann, den sie wirklich von Herzen liebt und bei dem sie sich sicher und geborgen gefühlt hat. Zudem hätte sie für seinen Charakter die Hand ins Feuer gelegt. Wie konnte sich nur alles so schnell ändern? Wie kann plötzlich so eine Tamara auftauchen und von einem Moment zum nächsten ist alles anders?

Sophie verbringt unendlich viel Zeit damit, Tamara auf Facebook zu stalken, und jedes Mal, wenn sie die Bilder von Patrick sieht, verpasst es ihr einen Stich ins Herz, sodass sie meint, nicht mehr atmen zu können. Seit der Party hat

Tamara nichts mehr gepostet, auch nicht auf Instagram, es ist sehr ruhig um sie geworden. Ob sie sich wohl weiterhin mit Patrick trifft? Sophie glaubt es eigentlich nicht, er wirkte wirklich wütend. Aber es ist klar, dass es noch kürzlich eine Geschichte zwischen ihnen gegeben haben muss. Sophie fehlen nur die Details und keiner kann ihr helfen, das Bild zu vervollständigen. Claire versichert ihr stets, wie sehr Patrick sie liebe und dass sich sicherlich alles bald klären würde, aber selbst sie ist von den Fotos auf Facebook mehr als verwirrt. Währenddessen blickt Lydia zunehmend mürrisch in die Gegend. Nach der Geschichte mit ihrer Assistentin und jetzt auch noch Sophie scheint sie jegliches Vertrauen zu den Männern verloren zu haben und ist noch glücklicher als zuvor darüber, sich ausschließlich an Frauen zu halten. Und obwohl Claire mit aller Kraft versucht, Sophie aufzubauen, so blockt Patrick doch auch sie ab und sie weiß auch nicht mehr als Sophie. Also bekocht sie Sophie zumindest jeden Abend mit den feinsten Delikatessen und diese hat Angst, dass die Geschichte mit ihr als Pummelchen enden wird. Hat Tamara sie nicht vor Patrick ‚plump' genannt? Wie demütigend! Und neben der grazilen Balletttänzerin ist es tatsächlich einfach, sich plump zu fühlen, auch wenn Sophie sonst mit ihrer Figur immer ganz glücklich war. Und Patrick schien sie auch zu gefallen. Etwas in ihr weigert sich, sich ihr Selbstbewusstsein von einer anderen Person kaputt machen zu lassen. Es sollte ihr egal sein, was irgendjemand anders von ihr denkt, es ist nur wichtig, was sie selbst von sich denkt.

„Und ich", kommt da Gottes vertraute Stimme. „Und ich liebe euch alle unendlich. Was kann da also schon schiefgehen?"

Gar nichts, denkt Sophie ironisch. *Absolut gar nichts kann schiefgehen. Ist doch alles paletti, siehst du das nicht?*

„Ja, das sehe ich. Und ich weiß, dass du das anders siehst. Aber im Großen und Ganzen ist alles gut, glaub es mir."

Ruhe!, denkt Sophie. *Ich kann das nicht mehr hören. Es wäre schön, wenn du auch mal andere als Versuchskaninchen für deine Projekte in Persönlichkeitsentwicklung nutzen könntest und nicht immer nur mich. Ich habe genug davon! Für den Rest meines Lebens! Das nur zu deiner Info!*

„Ach, du Kleingläubige", seufzt Gott. „Ich sehe, das führt heute zu nichts. Da streite ich mich lieber weiter mit Versace darüber, ob wir im Himmel Selbstbräuner einführen sollen oder nicht. Er hat immer die abstrusesten Ideen und ist stur wie ein alter Bock. Nicht so leicht, ihm etwas auszureden. Also, suhl dich noch ein wenig in Selbstmitleid, ich werde dir dann mitteilen, ob wir Selbstbräuner einführen oder nicht."

„Interessiert mich einen Dreck", brummt Sophie.

„Im Moment vielleicht noch", antwortet Gott. „Aber irgendwann bist du auch mal hier und da wird es vielleicht relevant für dich sein mit deinem hellen Teint. Übrigens habe ich schon den Paten für deine nächste Kollektion ausgesucht. Es wird Alexander McQueen sein. Ich habe genug von den Kapriolen der Franzosen und Italiener mit ihrem Gold und Capes und Selbstbräuner und hast du nicht gesehen. Der nächste wird ein guter, bodenständiger Engländer sein. So kannst du deinem Heimatland eine Hommage widmen."

„Die einzige Hommage, die ich im Moment will, ist eine Ruhepause von dir. Danke!", schnappt Sophie zurück und widmet sich wieder der intensiven Betrachtung der Fotos von Tamara auf Facebook.

SO VEGETIERT Sophie eine Woche vor sich hin; sie fühlt sich, als sei alle Energie aus ihr herausgesaugt worden. Außerdem ist sie sich nicht sicher, wie lange Lydia und Claire sie noch bei sich behalten wollen, obwohl beide ihr versichern, dass sie willkommen sei, so lange sie möchte, und sie Sophie jetzt ohnehin noch nicht nach Hause lassen würden. Nach einer Woche ohne Kommunikation mit Patrick, aber voller Tränen und besessenem Facebook-Gucken, beschließt Sophie am

Montagmorgen, dass sich etwas ändern muss. Eine Woche lang zu trauern, weil der Mann, den sie liebt, nicht den Charakter zu haben scheint, wie sie es gehofft hat, reicht. Sie kann nicht ständig Rose Standpauken über Selbstliebe halten und sich selbst total vergessen, nur weil ihr Freund und seine Ex sich offensichtlich entschieden haben, dass es mit ihnen noch nicht ganz vorbei ist. Sie hat keine Kontrolle über das Leben der beiden und daher wird sie ihnen auch keine Kontrolle über ihr Leben geben. Das liegt schließlich immer noch in ihrer Hand! Also steht sie am Montagmorgen auf und geht erst einmal laufen. Es tut ihr gut, ihren Körper wieder zu spüren, und sie nimmt sich vor, in den nächsten zwei Wochen bis zu ihrem Yoga-Retreat auf Ibiza viel Sport zu machen und sich gut um sich zu kümmern. Nach Ibiza kann sie dann weiterschauen, aber jetzt möchte sie sich selbst wieder finden. Nach dem Lauf duscht sie ausgiebig und wäscht sich auch endlich mal wieder die Haare. Sie sieht, wie Claire und Lydia sich erleichtert anschauen, und muss lächeln.

„Na, endlich", sagt jetzt auch Gott. „Versace hatte sich schon überlegt, sich als dein Pate zu verabschieden, er mag es nicht verlottert. Aber dann hat er als Italiener Liebeskummer doch verstanden und Claire jeden Abend dazu inspiriert, dir die feinsten Sachen zu kochen. Aber du hast recht – es ist gar keine schlechte Idee, Sport zu machen", lacht er.

Sophie muss ihm zustimmen und packt ihre Yogamatte ein. Aishley hat ihr versichert, dass sowohl Tamara als auch Roswitha nicht mehr im Yogastudio auftauchen. Sie weiß nicht, ob es deren eigene Entscheidung gewesen ist oder ob es damit zu tun hat, dass Aishley um ein Gespräch mit der schönen Lisa gebeten und ihr gesagt hat, dass Yoga ein Platz zum Wohlfühlen sein sollte und nicht einer, wo Ex-Freundinnen versuchen, sich auf zerstörerische Art und Weise in das Leben der Neuen zu schleichen. Lisa stimmte ihr sofort zu und das Ergebnis ist, dass die beiden – aus welchem

Grund auch immer - nicht mehr zu den Stunden kommen. Aishley sagt, dass seitdem die Atmosphäre viel besser sei und auch alle anderen Teilnehmer gelöster wirkten. Tamara und Roswitha hatten doch etwas ziemlich Einschüchterndes an sich. Aber selbst wenn sie weiterhin da wären – Sophie hat sich vorgenommen, dass niemand so einen Einfluss auf ihr Leben haben soll, und so wäre sie auch weiterhin zum Yoga gegangen, selbst auf die Gefahr hin, dort Tamara zu begegnen. Aber sie kann nicht bestreiten, dass es ihr so lieber ist.

Im Atelier angekommen ist Blair schon da und nimmt sie fest in den Arm.

„Sophie, es tut mir so leid, dass ich die Überbringerin der Nachricht mit den Facebookfotos war, aber ich dachte, du solltest die Wahrheit wissen. Das ist dir doch lieber, oder?“

„Natürlich, Blair. Es fühlt sich immer noch absolut absurd an und immer, wenn ich daran denke, nimmt es mir die Luft zum Atmen, aber du hast recht, es ist immer besser, diese Sachen zu wissen. Und ich weiß, dass ihr alle voll hinter mir steht, dafür danke ich euch. Aber jetzt lass uns nicht mehr darüber reden. Wir werden sehen, was kommt. Irgendwann werden Patrick und ich uns wieder zusammensetzen, aber im Moment ist die Zeit dafür noch nicht reif. Die Aufregung muss sich erst einmal wieder ein bisschen legen. Und ich habe genug davon, mich gehenzulassen und meine Designs zu vernachlässigen. Zudem weiß ich, dass mir das Entwerfen und Nähen immer so guttut, da möchte ich mich in den nächsten zwei Wochen voll hineinwerfen und dann geht es nach Ibiza. Danach schauen wir weiter.“

Blair strahlt über das ganze Gesicht. So kennt sie Sophie.

„Also, wo stehen wir?“, fragt Sophie jetzt. „Wie sieht es aus mit unserer Kollektion?“

Und so gehen sie, Blair und - von Blair unbemerkt - auch Gott und Versace die jetzige Kollektion durch und schauen, was noch getan werden muss. Da gibt es die schwarze Kollektion mit goldenen und silbernen Ornamenten. Dann die weiße, die etwas orientalisch angehaucht ist, ebenfalls mit goldenen und silbernen Ornamenten. Und dann die von der National Gallery inspirierte, bunt und basierend auf den Werken italienischer Maler, die sich ganz klar an Versace anlehnt. Und natürlich ist wie immer alles mit Knöpfen abwandelbar. In dem Moment wird Sophie klar, dass sie die Kollektion ‚Amore' nennen wird, italienisch für ‚Liebe'. Denn die Liebe war es, die ihr letztes Jahr bestimmt hat. Nicht nur die Liebe zu Patrick, sondern auch die Liebe zu ihren Freunden, zu ihrer Familie und zu den Menschen, die sie bei allem unterstützt haben. Und natürlich die Liebe zu ihrer Arbeit. Ihre ganz eigene Sache, die sie erschaffen hat und die sie immer wieder aufbaut. Sie hört ein leises Räuspern und lächelt.

„Und natürlich die Liebe zu dir, Gott, auch wenn du mich manchmal in den Wahnsinn treibst und dich weigerst, mich in meinem Selbstmitleid zu unterstützen. Und auch zu Gianni Versace und euch allen da oben. Ich weiß jetzt, dass es hier viel, viel mehr gibt, als wir sehen, und dass die Liebe uns immer trägt."

Und da die menschlichen Liebesbeziehungen, wie man jetzt auch mit Patrick sieht, einem ewigen Wandel unterworfen sind, passt auch das Knöpfekonzept gut zu ‚Amore'. Ständig wandelbar, veränderbar, sich ergänzend, wieder abnehmend. Eines nicht besser als das andere, sondern ganz einfach anders. Interessanterweise hat Versace den Kopf der Medusa damals als Logo seines Unternehmens gewählt. Die Medusa hat der Sage nach die Menschen dazu gebracht, sich in sie zu verlieben, und dann gab es kein Zurück mehr. Sie wurden zu Stein. Also wieder die Liebe, diesmal in ihrer zerstörerischen Form. Sophie teilt Blair ihre Entscheidung mit und diese ist begeistert und fängt auch sofort an, einen Schriftzug zu entwerfen. Ansonsten haben sie sich dafür entschieden, dass ihre Marke wie ihr Name ‚Sophie Vanderbilt' heißt. Sie mochte ihren Namen immer und hat das Gefühl, dass er auch als Marke gut ankommt und international aussprechbar ist. So stürzen Blair und sie sich jetzt voll in die neue Kollektion und Sophie entwirft und näht, während Blair alles dokumentiert, vor allem mit Fotos. Zwischendurch läuft diese auch immer wieder zu Aishley herüber und macht dort das Gleiche. Ihr Dreigespann funktioniert richtig gut. Nachmittags geht Sophie dann zum ersten Mal seit einer Woche wieder zum Yoga und sieht dort auch endlich Aishley wieder. Selbst von dieser hat sie sich in der letzten Woche ferngehalten. Aishley umarmt sie.

„Sophie, meine Liebe", flüstert sie ihr ins Ohr, „du weißt, dass ich ein eher skeptischer Mensch bin und einer, der nicht schnell verzeiht. Aber einer Sache bin ich mir ganz sicher: dass Patrick dich liebt. Was auch immer er für einen Mist gebaut hat, ich bin davon überzeugt, dass es eine Erklärung dafür gibt. Auch wenn ich mir im Moment nicht vorstellen kann, wie diese lauten sollte. Aber seine Liebe zu dir ist eindeutig, sie ist so offensichtlich. Das kann er nicht alles gespielt haben. Und auch wenn du das jetzt vielleicht nicht hören möchtest, aber er ist eigentlich einer der Guten. Möchtest du nicht wenigstens mal mit ihm reden und ihn erklären lassen?"

„Im Moment nicht, Aish, ich muss mich erst einmal wieder selber finden und mir klarmachen, was ich eigentlich denken soll. Im Moment bin ich noch viel zu verletzt. Und um ehrlich zu sein, auch er scheint nicht gerade dahinter her zu sein, mit mir zu reden. Er hat mir geschrieben, dass er jetzt erst einmal Ruhe braucht und ihm das alles zu viel ist. Das hört sich nicht gerade nach Reue an. Ich denke, eine Pause wird uns guttun, auch wenn ich mich fühle, als wäre ich unter einen Laster geraten."

„Er hat mich übrigens angerufen", antwortet Aishley. „Wollte sich mit mir treffen und alles besprechen, aber ich habe ihm gesagt, dass meine Loyalität voll bei dir ist und ich im Moment auch nicht bereit bin, seine Sicht der Dinge zu hören, sondern erst wenn du dich damit einverstanden erklärst. Ich hatte Angst, dass ich sonst versuchen würde, dich zu überreden, zu ihm zurückzukehren; selbst wenn das vielleicht nicht der richtige Weg ist. Daher verstehe ich dich. Auch ich bin momentan noch zu verwirrt, um mit ihm zu reden, da möchte ich mir gar nicht vorstellen, wie es dir geht. Aber komm, wir müssen rein, die Stunde fängt an. Gut, dass die beiden Hexen die Atmosphäre dort drin nicht mehr vergiften."

Und so lassen sie sich auf ihren Yogamatten nieder und strecken und stärken sich die nächste Stunde. Sophie spürt, wie gut es ihr tut, ihre Muskeln und Sehnen wieder zu spüren und ja, auch ihre Kraft. Nach der Stunde geht sie ins Atelier zurück, arbeitet die nächsten Stunden konzentriert und hat heute darauf bestanden, Claire und Lydia als Dankeschön in ein Restaurant einzuladen. Danny und Rob kommen auch mit und obwohl Sophie immer wieder schmerzlich bewusst ist, dass Patrick fehlt, so merkt sie, dass sie den Abend doch einigermaßen genießen kann, vor allem als Lydia und Danny den Tisch mit Anekdoten aus der Kunstwelt unterhalten. In den nächsten Tagen arbeitet Sophie wie besessen. Es ist die beste Art für sie, sich von ihren Grübeleien über Patrick abzulenken. Wann immer sie an ihn denkt, kommt es ihr wie ein schlechter Traum vor und sie fragt sich, wie sie dort hineingeraten konnte. Patrick selbst meldet sich ein paar Mal, er scheint etwas sanfter geworden zu sein und fragt sie per SMS, ob sie sich nicht mal zusammensetzen könnten. Er möchte ihr alles erklären. Aber Sophie ist dazu noch nicht bereit. Sobald sie anfängt, schwach zu werden, muss sie sich nur die Bilder auf Tamaras Facebookprofil anschauen und ist dann jedes Mal wieder so verletzt, dass sie weiß, es ist im Moment keine gute Idee, sich mit ihm zu treffen. War er wirklich mit ihr in Paris? Das ist fast zu verrückt, um wahr zu sein. Aber wer weiß – Patrick reist viel und da kann er ein kleines Stelldichein mit seiner schönen Ex vielleicht eingeschoben haben. In der Stadt der Liebe! Und auf einem gewissen Gebiet hat Tamara sicherlich viel zu bieten. Sophie hat ja gesehen, wie biegsam sie ist. Das wird auch Patrick so schnell nicht vergessen haben. Im Übrigen findet sie, dass er nicht gerade wie ein Löwe um sie kämpft. Mit den paar SMS wird er bei ihr nicht weit kommen. Also schreibt sie ihm jeweils nur kurz zurück, dass sie noch Abstand brauche und dass er ihr bitte Zeit geben solle. Patrick ist so höflich, dass er ihren Wunsch respektiert, auch wenn sie sich tief drinnen wünscht, dass er vor Claires und Lydias Haus auftauchen würde, mit einer Ladung Blumen, sich vor ihr auf die Knie werfen und ihr wieder und wieder versichern würde, dass sie falsch liegt, dass er Tamara so unansehnlich findet, dass er den Blick abwenden muss, wenn er sie sieht, dass sie außerdem frigide sei und er bei ihr keinen hochbekommen habe und dass er noch nie, wirklich noch nie so verliebt gewesen sei wie jetzt in Sophie. Sie sei seine Traumfrau und die Vorstellung, sie jetzt zu verlieren, würde ihm das Herz zerreißen. Aber nichts dergleichen passiert. Höflich antwortet er, dass er sie verstehe, dass er selbst überreagiert habe, dies würde er jetzt erkennen, aber er würde ihr natürlich all die Zeit geben, die sie jetzt bräuchte. Sie solle sich einfach melden, wenn sie bereit sei, wieder mit ihm zu sprechen. Oh, wie sie das hasst! Damit hat er den Ball wieder auf ihre Seite gespielt. Sie soll sich melden! Versteht er nicht, dass er das hier vermasselt hat? Schließlich war sie es ja nicht, die mit der schönen Tamara ins Bett gegangen ist, sondern er. Schon wieder dieser Gedanke - er wird sie noch umbringen. Würde Patrick doch endlich verstehen, dass er jetzt kämpfen muss! Ihre Ablehnung ignorierend sollte er Beharrlichkeit an den Tag legen, so wie die Gentlemen in den alten Filmen es tun. Stattdessen zieht er sich zurück und überlässt ihr das Spielfeld. Aber darauf lässt Sophie sich nicht ein! Es ist jetzt an ihm zu zeigen, was sie ihm bedeutet. Sie wird sich keinen Zentimeter rühren!

Das Absurde ist, dass Sophie besonders gut arbeiten kann, wenn es ihr nicht gut geht. Das hat sie schon letztes Jahr gemerkt, als ihre erste Kollektion entstanden ist. Auch jetzt versinkt sie wieder ganz in der Welt ihrer Designs und hat Ideen, an die sie zuvor nie gedacht hätte. *So öffnet sich tatsächlich immer eine neue Türe,* denkt sie. Und natürlich hilft auch Gianni Versace tatkräftig mit, wobei sie ihn stets ein bisschen bremsen muss. Ein zu opulenter Stil ist einfach nicht ihr Ding. Das war bei der letzten Kollektion mit Coco Chanel als Patin anders. Die war Minimalistin und wollte alles weglassen, was nur weggelassen werden konnte. Das war manchmal selbst Sophie zu minimalistisch. Für Versace dagegen kann es gar nicht opulent genug sein – je mehr Farben, Schmuck und Deko und je offenherziger, desto besser. Wie sagte man über ihn und seinen damaligen Konkurrenten Giorgio Armani: „Armani kleidet die Ehefrau, Versace die Geliebte". Da kann Sophie natürlich perfekt herumspielen und herumexperimentieren und sich von ihm zu verrückten Ideen verleiten lassen, aber wie gesagt, manchmal muss sie ihn ein wenig bremsen und dann schmollt er vor Gott und kommuniziert auch mal ein paar Tage lang nicht mehr mit ihr. Aber das hält nie lange an, nachtragend ist er nicht, sondern scheint vielmehr ein großes und großzügiges Herz zu haben, das er mit allen teilen will. Sophie fällt ein, dass sie gar nicht weiß, was letztlich bei der Selbstbräunerfrage herausgekommen ist. *Werden wir die Engel bald dunkelbraun beziehungsweise braunorange darstellen müssen?,* fragt sie sich, um von Gott gleich ein geknurrtes „Nur über meine Leiche", zu hören. „Genug ist genug, selbst wenn er es jetzt ‚goldenen Feenstaub' statt Selbstbräuner nennt. Meint wohl, mich mit dieser Wortwahl manipulieren zu können. Und George Michael steht ihm in dieser Frage firm zur Seite, dabei dachte ich doch, die Engländer seien da bodenständiger. Wenigstens halten Prince und Michael Jackson dieses Selbstbräunerzeug genau wie ich für sinnlosen Unfug. Na ja, wahrscheinlich weil sie es nicht brauchen,", brummelt er, um dann mit plötzlich weich gewordener Stimme fortzufahren: „Und Coco natürlich, die mag es auch lieber elegant blass und vornehm, wenn man schon nicht von Natur aus mit schön gebräunter Haut ausgestattet ist. Wir teilen da den gleichen Geschmack."

Ha, sie wusste es. Gott ist also immer noch in Coco verschossen; sie hatte sich schon gefragt, was aus der Sache geworden ist. Aber sie nimmt an, mit Gott macht man nicht einfach so Schluss. Und mit Coco Chanel wohl auch nicht. *Eine wahrhaft himmlische Verbindung,* denkt Sophie lächelnd. Dann fällt ihr wieder ihre eigene, überaus irdische Verbindung mit all ihren irdischen Problemen ein und schnell lenkt sie sich wieder ab. Bis sie in nunmehr nur noch einer Woche nach Ibiza fliegt, möchte sie zumindest die gesamte Kollektion fertig entworfen haben. Einige Stücke sind auch schon genäht und sie liegt grundsätzlich gut in der Zeit. Rose und ihre Chefin kommen manchmal im Atelier vorbei und haben sich schon begeistert über ihre Fortschritte geäußert. Harrods wird wieder den Verkauf der Kollektion übernehmen und Sophie hat sich entschieden, sie ihnen auch diesmal wieder exklusiv zur Verfügung zu stellen. Das hat bei der letzten Kollektion so gut geklappt und die Harrods-Leute fühlen sich für sie mittlerweile fast wie Familie an.

So, nur noch eine Woche bis es nach Ibiza geht! Jetzt hat Sophie ganze zwei Wochen nicht mit Patrick gesprochen und vermisst ihn fürchterlich. Aber dann muss sie sich nur an die Bilder auf Facebook und an sein Verhalten in den letzten Wochen erinnern und schon ist es wieder dahin mit dem Vermissen. Er meldet sich mittlerweile immer öfter, versucht auch Claire und Lydia dazu zu animieren, dass sie auf sie einwirken, doch Sophie bleibt hart. Da soll er sich ruhig noch ein bisschen mehr anstrengen. Zudem hat sie das starke Gefühl, dass es ihr guttun wird, zuerst nach Ibiza zu fliegen und bei Yoga und Meditation ihre Gefühlswelt zu klären, bevor sie ihm wieder unter die Augen tritt. Im Moment könnte sie Dinge sagen, die sie später bereuen würde, und sie möchte ihm mit möglichst klarem Kopf gegenübertreten. Als sie Freitagnachmittag die Schere fallen lässt, ist sie mit ihrer Arbeit zufrieden. Die gesamte Kollektion ist jetzt säuberlich entworfen und die Hauptbestandteile auch schon genäht. Diese Kollektion hat so viele ihrer Lieblingsstücke, sie wird wahrscheinlich selbst aus ihnen gar nicht mehr herauszubekommen sein. Zunächst ist da ein weißes und ein schwarzes Kleid, beide mit relativ dezenten, aber doch schmückenden goldenen Ornamenten. Es ist in seiner Originalfassung sehr kurz, so wie die Kleider in den 60ern, die auch das Model Twiggy damals gerne trug. Es ist sehr sexy, aber macht auch eine super Figur, vor allem da es locker um den Oberkörper fällt. Mit anknöpfbaren Stücken kann man es etwas länger machen, sodass es gerade über dem Knie aufhört und damit auch als Bürokleid angezogen werden kann. Zudem kann man dem Kleid schmale lange Ärmel anknöpfen sowie einen weiten, locker fallenden Rollkragen oder einen größeren klassischen Kragen. Egal, wie man es kombiniert, es sieht nach Sophies Meinung einfach immer elegant und klassisch aus. Nach dem gleichen Prinzip hat sie Blusen entworfen und auch dünne, weiche Pullover, jeweils wandelbar. Dazu passend gibt es Capes, eine Art Poncho aus feiner Wolle, dem man ebenfalls eine Kapuze oder einen Fellkragen anknöpfen kann. Dann gibt es noch den bunten Teil der Kollektion, mit Drucken von Werken der alten italienischen Meister und etwas wild zusammengestellt. Das Kleid und die Blusen und Pullover werden mit unterschiedlichen Teilen ergänzt, die das jeweilige Gemälde vervollständigen. Alles etwas versetzt, damit es nicht zu akkurat wirkt, aber es sieht doch super und interessant aus und man kann den Blick nicht davon abwenden. Aber Sophies Lieblingsstück ist ein seidener, durchgehender Catsuit mit Ausschnitten aus Gemälden der italienischen Maler wild aufgedruckt, nicht unähnlich der von Warhol inspirierten Versace-Kollektion. Nur ist es bei ihr nicht Marilyn Monroe, die jedes Kleidungsstück mehrfach schmückt, sondern die Meisterwerke der alten Italiener. Sophie hat feinste Seide benutzt und auch bei dem Catsuit mit seinen etwas breiteren Trägern kann man lange Ärmel an- und abknöpfen, sowie unterschiedliche Krägen und lange, krawattenähnliche Schleifen hinzufügen. Mit High Heels ist das Stück unendlich sexy, es kann aber auch zu flachen Sandalen getragen werden und mit einem unifarbenen Blazer ist es sogar bürotauglich. Sophie hat sich längst in das Teil verliebt und weiß jetzt schon, dass es eines der Highlights in ihrem Kleiderschrank und hoffentlich auch in ihrer Kollektion sein wird. Es ist auch wirklich höchste Zeit. Denn im September werden gemeinhin die neuen Kollektionen schon vorgestellt und kurz darauf bestellt. Da möchte Sophie alles unter Dach und Fach haben, auch wenn sie momentan noch nicht genau weiß, in welchem Rahmen sie ihre Kollektion der Welt präsentieren wird. Das ist auch etwas, was sie noch mit Harrods besprechen muss. Sie fühlt sich diesbezüglich immer noch wie ein Anfänger.

Abends geht sie mit Rose, Aishley und Blair aus. Ihr letzter Abend mit Alkohol, denn während des Yoga-Retreats ist nur Gesundheit angesagt. Gepackt hat sie schon, viel muss man nicht mitnehmen. Ein paar Yogasachen, Badekleidung und Flip-Flops und das war es dann eigentlich auch schon. Deshalb können sie sich jetzt auch einen entspannten Abend machen, ihr Flug geht sowieso erst mittags. Sophie freut sich schon darauf, aber natürlich würde sie sich noch viel mehr freuen, wenn zwischen ihr und Patrick alles in Ordnung wäre. Sie gehen zum Inder und schlemmen sich durch die

Köstlichkeiten. Dabei erfährt Sophie von Aishley, dass Patrick diese mal wieder kontaktiert hat und ziemlich schockiert war, als er erfuhr, dass Sophie für eine Woche nach Ibiza fliegt. Das hatte er so gar nicht mehr im Kopf, was Sophie nicht verwundert, da sie es nur einmal kurz erwähnt hat, schließlich war ihr Yoga nicht gerade ein Lieblingsthema zwischen ihnen. Sie hätte natürlich noch ausführlicher darüber gesprochen, aber dazu kam es nicht mehr. Und jetzt ist er laut Aishley wohl sehr nervös. Denn diese hat gleich die Gelegenheit beim Schopfe gepackt und das Thema Yoga als zweitrangig dargestellt und die Partys auf Ibiza in den Vordergrund gerückt. So denkt Patrick jetzt, dass sie mit der ‚ewig andere Männer treffenden' Rose und der überaus attraktiven Aishley nach Ibiza fliegt und womöglich offen für einen interessanten Herrn sein könnte, der ihr Herz wieder heilen könnte. So hatte Patrick sich das nicht vorgestellt und als er Aishley gegenüber erwähnte, dass dies doch ein Yogaurlaub sein sollte, sagte diese ihm, dass er das falsch verstanden haben müsste. Natürlich würden sie auch Yoga machen, aber nicht so viel, sondern gerade genug, um sich fit zu halten. Ansonsten würden sie die Insel und alles, was diese zu bieten hat, genießen, besonders die Beachclubs. Als Patrick ihr dann noch das Versprechen abnehmen wollte, gut auf Sophie aufzupassen, sagte Aishley ihm, dass diese sehr gut selbst auf sich aufpassen könne und ihr einziges Interesse sei, dass es Sophie gut gehe und sie die Zeit genießen könnte. Daraufhin hat Patrick wohl recht geknickt aufgelegt. Die Freundinnen lachen, als Aishley das Telefonat zum Besten gibt, und gratulieren Aishley dazu, dass sie Patrick nicht in Sicherheit gewiegt hat. Dann wenden sie sich wieder anderen Themen zu, um sich schließlich noch vor Mitternacht zu verabschieden. Das kommt bei ihnen an einem Freitag auch nicht oft vor! Sie umarmen Blair, die als Einzige hierbleibt, aber verspricht, auf alles ein Auge zu haben, und dann machen sie sich auf den Weg nach Hause.

. . .

Am nächsten Morgen fühlt Sophie sich etwas eigenartig. Sie fliegt gleich nach Ibiza und das, ohne mit Patrick gesprochen zu haben und ohne sich von ihm zu verabschieden. Eine ganze Woche weg aus London, das hatte sie auch schon lange nicht mehr. Aber sie weiß, es wird ihr guttun, und nach dieser Woche wird sie entscheiden, wie es weitergeht. Bis dahin wird sie versuchen, sich auf sich selbst zu konzentrieren. Patrick ist in den letzten paar Tagen zu Hochtouren aufgelaufen und hat verzweifelt versucht, sie zu sehen. Das tut ihr natürlich gut und ihr Herz klopfte jedes Mal schneller, wenn sie seine Stimme auf ihrem Anrufbeantworter hörte. Aber sie ließ sich nicht erweichen. Die Facebookbilder sprechen Bände. Sie würde ihm schon noch einmal die Chance geben, sich zu erklären, aber noch nicht jetzt. Jetzt liegt erst einmal eine Woche mit ihren Mädels, viel Yoga und Meditationen vor ihr. Sie muss grinsen, als sie ihre Reisetasche hochhebt. So leicht ist sie noch nie gereist. Noch nicht einmal ein Koffer ist nötig. Aber sie würde auf Ibiza sicherlich noch einige Sachen kaufen. Sie war zwar noch nie dort, aber hat von einem Hippiemarkt gehört, den sie auf jeden Fall besuchen will. Zudem soll es in der Altstadt von Ibiza Stadt viele hübsche kleine Läden geben und sie liebt die typischen weißen Kleider im Ibiza-Style. Die Insel soll sehr entspannt sein, natürlich nur außerhalb der Party-Hochburgen, aber von denen sind sie weit genug entfernt. Das Yoga-Retreat findet in einer Finca in den Bergen oberhalb von Santa Eulalia statt, wo sie alle wohnen werden. Aishley, Rose und sie haben außerdem ein Auto reserviert, um auf der Insel herumfahren und alle Strandclubs kennenlernen zu können. Diese wären mit einem Glas Cava natürlich etwas prickelnder als mit stillem Wasser, aber Sophie hat sich fest vorgenommen, in dieser Woche keinen Schluck Alkohol zu trinken. Und die tollen spanischen Weine, die sie so liebt, kann sie sich auch zu Hause kaufen, wenn auch zu völlig anderen Konditionen im hochpreisigen London. Sie isst noch etwas Kleines, bindet sich ein Tuch um den Hals, zieht offene Schuhe an und ist reisefertig. Mit ihrer Tasche begibt sie sich zur Paddington Station, von wo der Expresszug sie innerhalb von fünfzehn Minuten nach Heathrow bringt, zu diesem riesigen Flughafen, der ihr immer wieder Kopfschmerzen bereitet. *Es ist eigentlich absurd, wie viele Flughäfen London hat,* denkt sie. Der riesige Flughafen Heathrow, der immer größer zu werden scheint, dann Gatwick, Stansted und London City Airport, ihr Lieblingsflughafen, der jedoch eher für Geschäftsreisende gedacht ist als für drei Mädels, die in Flip-Flops nach Ibiza fliegen. Beim Check-in trifft sie wie verabredet Aishley und Rose und die drei fallen sich begeistert um den Hals und fangen gleich an zu kichern.

„Das ich das noch einmal erleben darf, ich auf einem Sporturlaub“, sagt Rose. „Das hätte ich mir noch vor ein paar Monaten nicht träumen lassen und jetzt freue ich mich sogar darauf!“

Sophie schaut sie an und lacht. Rose ist bepackt, als würde sie auf einen mehrwöchigen Urlaub gehen. Sie hat einen Sonnenhut auf und drei weitere baumeln von ihrer Tasche. Dazu trägt sie eine riesige Sonnenbrille in Herzform.

„Wow, coole Brille“, sagt Sophie. „Die habe ich noch nie an dir gesehen. Neu?“

„Klar, ich habe auch noch acht andere Brillen eingepackt, für jeden Fall. Man weiß ja nie“, grinst Rose.

„Was weiß man nicht?“, fragt Aishley. „Ob wir vielleicht von irgendwelchen Anti-Yoga-Extremisten entführt werden und uns dann mit einer deiner Brillen freikaufen können?“

„Nein, daran habe ich nicht gedacht, solch eine Fantasie hast nur du“, lacht Rose. „Ich wollte mich eher ein wenig den Gegebenheiten anpassen, den Spanierinnen sozusagen. Ich finde es peinlich, dass wir Engländer immer so herausstechen und uns manchmal wie Elefanten im Porzellanladen benehmen. Da möchte ich mit gutem Beispiel vorangehen und stylish sein."

Sophie und Aishley schauen sie grinsend an. Die hellhäutige Rose mit ihren zarten Sommersprossen und den rötlichen Haaren schreit schon aus einem Kilometer Entfernung „Achtung, Engländerin im Anmarsch, versteckt die Sonne, Verbrennungsgefahr höchsten Grades!" Da kann sie sich modisch noch so gut anpassen, ihre Herkunft wird sie nicht verleugnen können. Zudem bezweifelt Sophie, dass die coolen Spanierinnen auf Ibiza eine ganze Kollektion von überdimensionalen Strohhüten haben, gepaart mit herzförmigen Sonnenbrillen. Aber das behält sie für sich. Rose sieht so glücklich aus, das hat es schon länger nicht mehr gegeben, da möchte sie ihr nicht die Laune verderben. Die drei checken ein und im Flugzeug wollen Rose und Aishley gleich die erste Flasche Champagner bestellen. Sophie jedoch bekräftigt ihren Beschluss, diese Woche nichts zu trinken und ausschließlich gesund zu leben. Die anderen beiden sehen sie kopfschüttelnd an, lassen sich aber nicht davon abhalten, sich trotzdem eine Flasche zu kaufen und sie sich zu zweit einzuverleiben. Sophie verdreht die Augen. *Damit steht ja dann fest, wer für die Woche der designierte Fahrer ist,* denkt sie.

Und so ist es dann auch. Kaum sind sie angekommen und werden von einer angenehmen Hitzewelle umspült, kichern Aishley und Rose ständig wie kleine Mädchen wegen irgendwelcher mehr oder minder lustigen Sachen, und überlassen es Sophie, sich in die lange Schlange bei der Autovermietung zu stellen, die äußerst nervtötenden Formalitäten zu erledigen, sich über die Gemächlichkeit der Spanier zu wundern, um schließlich ein Auto in Empfang zu nehmen, das in den meisten anderen Ländern nicht als ein solches durchgehen würde. *Aber gut, vielleicht haben es die Spanier nicht so mit Autos,* denkt Sophie. *Dafür haben sie Wein und Schinken, das bringt eh mehr Lebensfreude.*

Und bezüglich der Gelassenheit, die ein gemächlicheres Tempo verlangt, als sie es gewohnt ist: Dafür ist sie schließlich hier. Yoga ist ja nicht gerade für Speed bekannt. So fahren sie die Ostseite der Insel entlang, deren unprätentiöse Art sie sofort überzeugt. Man hat gleich das Gefühl, dass diese Insel zu cool ist, um zu versuchen zu gefallen. Die Leute dürfen sich ihr anpassen, nicht umgekehrt. Sophie hat wirklich das Gefühl, den Charakter Ibizas zu spüren. Patrick würde jetzt wieder die Augen über sie verdrehen, aber wenn sie meint, den Charakter einer Insel zu spüren, so meint sie halt, den Charakter einer Insel zu spüren! Und damit basta! Es dauert ein bisschen, bis sie die Finca finden, und die beiden angetrunkenen kichernden Frauen im Auto sind nicht gerade eine Hilfe. Aber dann sind sie da und fahren in die Einfahrt zu einem Haus, das von einem wunderschönen Garten umgeben ist. Eine Frau kommt auf sie zu und begrüßt sie mit einem strahlenden Lächeln.

„Hola, ich bin Grazia", sagt sie in gutem Englisch. Ihr müsst Aishley, Rose und Sophie sein, willkommen in der Casa Solaris, wir freuen uns, dass ihr hier seid. Und damit gibt sie jeder von ihnen eine herzliche Begrüßungsumarmung und Sophie spürt, dass sie gerne ein wenig wie diese Grazia wäre - so grazil und anmutig. Und dann kommt ein athletischer Mann hinter dem Haus hervor, wischt sich die Hände an einem Küchentuch ab, und sagt in ebenfalls gutem, aber doch etwas gebrochenerem Englisch: „Und ich bin Carlos, der Knecht dieser unerbittlichen Instrukteurin hier. Ich entschuldige, falls ich etwas nach Zwiebeln rieche, aber ich habe gerade Unmengen davon geschnitten. Während Grazia sich nämlich mit euch auf dem Yoga-Deck rekeln wird, bin ich für euer leibliches Wohl und damit für das Essen zuständig. Wie ihr wisst, ist dies eine vegetarische Woche. Ich hoffe, das ist kein Problem für euch. Aber ich versichere euch, ihr werdet nichts vermissen, auch vegetarisches Essen kann fantastisch sein. Solltet ihr sonst irgendetwas brauchen, so sagt es einfach."

Sophie verknallt sich sofort ein bisschen in ihn und sie sieht, dass es Rose und Aishley nicht anders geht. Aber das ist kein Wunder. Diese brennenden Augen und das charismatische Lächeln können einem nicht entgehen. Aber natürlich ist es nur eine harmlose Schwärmerei. *Und zudem bin ich weit, sehr weit davon entfernt, mich auch nur halbwegs wieder für einen anderen Mann zu interessieren,* denkt Sophie und ein kurzer Schmerz zuckt durch ihre Brust. Aber dann fängt sie sich wieder und atmet tief die herrlich frische Luft ein.

Dann zeigt Grazia ihnen ihr Zimmer und sobald sie wieder draußen ist, werfen die drei sich auf ihre Betten und fangen grundlos an, zu lachen. Es ist einfach so schön, zusammen hier zu sein! Sie fühlen sich wie kleine Mädchen in der Jugendherberge und benehmen sich auch ähnlich ausgelassen. Es ist für alle drei schon lange her, dass sie sich mit zwei anderen Frauen ein Zimmer geteilt haben. Es ist wieder wie früher und das Zimmer ist wirklich hübsch, mit einem großen Himmelbett für Sophie und Aishley und einem Einzelbett für Rose. Zudem gibt es ein kleines, aber sauberes Badezimmer und eine große Terrasse mit Ausblick über die grünen Hügel. Abgesehen von den nicht abbrechenden Begrüßungsritualen unten scheint es hier vollkommen still zu sein. Kein Autolärm, den sie ausmachen können, wo hat man das schon? Sophie merkt jetzt schon, wie alle Anspannung von ihr abfällt und sich Ruhe in ihr ausbreitet. Hierher zu kommen war eine gute Idee, das steht für sie jetzt schon fest. Heute gibt es noch kein offizielles Programm. Gleich gibt es eine kurze Vorstellungsrunde und Einführung. Wer möchte, kann dann in der Finca bleiben und hier essen oder ausgehen. Morgen fängt dann das Yogaprogramm an. Die drei haben sich noch nicht entschieden, was sie heute machen wollen, aber wenn Sophie sich die ausgelassene Stimmung ihrer Freundinnen anschaut, dann ist sie sich ziemlich sicher, dass sie auswärts essen gehen werden und sie die anderen herumkutschieren wird. Aber das macht ihr nichts aus. Sie würde sich auch freuen, ein bisschen was von der Insel zu sehen. Jetzt packen sie erst einmal ihre Sachen aus und setzen sich dann auf ihre Terrasse. Was ist das schön, diese frische Luft und die Ruhe! Sophie spürt ein Glücksgefühl in sich aufsteigen, wie sie es schon länger nicht mehr empfunden hat. Sie atmet tief durch und merkt, wie ihre Lungen sich weiten. Nachdem sie alle ihre jeweiligen Liebsten darüber informiert haben, dass sie gut angekommen sind und Haus und Insel bislang ihren Erwartungen entsprechen, machen sie sich frisch und ziehen sich um. Raus aus den Jeans und rein in dünne Kleidchen. Was für ein Gefühl von Freiheit das ist! Dann springen sie die Treppe hinunter in den Innenhof, wo sich schon alle versammelt haben und frische Säfte trinken. Auch Sophie, Aishley und Rose bekommen jeder ein Glas mit köstlichem, frisch gepresstem Saft und London ist ganz, ganz weit weg. Sie merken, dass ihre Konstellation speziell ist. Ein Pärchen scheint noch zusammen gekommen zu sein, alle anderen sind Alleinreisende, wie es bei Yogaurlauben wohl oft der Fall ist. Während sie plaudern, bilden sich verschiedene Grüppchen, meist nach dem gemeinsamen Herkunftsland. Abgesehen von Grazia und Carlos sind sie zwölf hoffnungsvolle Yogis aus England, Deutschland, Belgien, Italien und Spanien. Das hat Grazia ihnen vorher schon per E-Mail mitgeteilt. Die Kurse werden auf Englisch und Spanisch abgehalten, aber bislang scheint es so, dass alle ganz gut Englisch sprechen. Die drei machen die Runde, stellen sich allen vor und fühlen sich dann automatisch zu dem einzigen anderen Engländer, Josh, hingezogen, der wie sie aus London kommt, aber schon seit einer Woche da ist, da er hier noch beruflich zu tun hatte. Zudem hat er vorher noch nie Yoga gemacht, ist also ein blutiger Anfänger. Rose strahlt. So wird sie vielleicht nicht die Schlechteste sein! Sophie erinnert sie zwar immer wieder daran, dass es bei

Yoga nicht um Konkurrenz geht, sondern darum, zu sich selbst zu finden, aber Rose ist trotzdem erleichtert.

Genau das sagt ihnen jetzt auch Grazia, die sie alle herzlich begrüßt und daran erinnert, dass sie hier sind, um für sich selbst das Beste dabei herauszuholen. Die Kurse sind so konzipiert, dass Anfänger mitkommen, aber auch Fortgeschrittene auf ihre Kosten kommen. Alle sehen jetzt etwas erleichterter aus. Essen können sie am Abend entweder in der Finca oder auswärts. Auch sonst steht es ihnen natürlich frei, zu tun was sie wollen, aber das Programm selbst ist antialkoholisch und vegetarisch aufgebaut. Sophie, Rose und Aishley entscheiden sich, den Abend noch allein zu verbringen und die Insel zu erkunden. Zudem wurde ihnen vorher schon eine Weinkellerei empfohlen, in der man wohl toll essen kann. So machen sie sich mit Sophie als Fahrerin auf den Weg, da die beiden anderen unbedingt die lokalen Weine probieren wollen. Sophie wird jedoch standhaft bleiben. Das wird ihr guttun, gerade auch mit Gedanken an die Sache mit Patrick. Wenn sie angesäuselt ist, dann wird sie schnell wehleidig und würde womöglich anfangen, sich zu bemitleiden oder ihn mit Nachrichten zu bombardieren. Beides will sie vermeiden. Sie ist wirklich hier, um die Woche ganz für sich zu nutzen. Aishley geht es wie immer fantastisch, für sie ist ein bisschen Yoga nur das Tüpfelchen auf dem i und Rose braucht nach all ihren Männerkatastrophen sicherlich ein wenig Aufbauarbeit, aber ihre Art ist es, dies mit Essen, Trinken und noch mehr Flirten zu bewerkstelligen. Entzug, in welcher Form auch immer, ist einfach nichts für Rose. Sie ist ein Mädchen des Genusses - leider eines, das immer wieder auf die Nase fällt. *Aber so ist das eben*, denkt Sophie. *Das muss jeder für sich entscheiden. Ich kann schließlich meine Lebensphilosophie nicht allen anderen aufdrängen. Das würde außerdem heißen, dass ich kein Vertrauen habe, dass sie ihr Leben selber regeln können. Jeder soll seinen eigenen Weg gehen dürfen.* Während sie so nachdenkt, hört sie nur mit einem

Ohr dem fröhlichen Geplapper der anderen beiden zu und schaut sich stattdessen die Gegend an. Die Straße führt sie durch saftig grüne Berge und Sophie genießt die Stille um sie herum. Sie hat gar nicht gedacht, dass Ibiza auch so sein könnte! Sie kannte immer nur die Geschichten von wilden Partys. Jetzt merkt sie, wie sie sich in die Insel verliebt. Irgendwie liegt sie ihr mit ihrer Schnörkellosigkeit. Nachdem sie die Gegend etwas erkundet haben, haben alle drei Hunger und machen sich auf den Weg zu der Weinkellerei, die unauffällig am Straßenrand liegt und eher wie ein Motel aussieht. Aber kaum ist man drin, erwarten einen die besten kulinarischen Köstlichkeiten Ibizas, appetitlich zur Schau gestellt und deutlich günstiger als in England. Aishley und Rose probieren sich durch unterschiedliche Weine und werden immer fröhlicher, während Sophie ihren Fisch genießt und bei Wasser bleibt. Aber auch ohne Wein geht es ihr gut, alles wirkt so weit weg und sie merkt, wie sie sich immer mehr entspannt. Räumlicher Abstand tut ihr immer sehr gut, aber wenn sie an Patrick denkt, so merkt sie doch, wie sehr sie ihn vermisst. Unauffällig schaut sie auf ihr Handy, ob eine Nachricht von ihm gekommen ist, doch er hat nicht geschrieben. Enttäuschung steigt in ihr auf. Und ein plötzlicher Schreck, dass es zwischen ihnen wirklich ganz vorbei sein könnte. Und er sich womöglich mit Tamara tröstet. Sophie schluckt. Das kann doch nicht sein, oder? Sie muss diesen Gedanken schnell wieder loswerden, sonst wird sie verrückt. So sauer und enttäuscht sie von Patrick auch ist, sie spürt doch, dass sie ihn natürlich immer noch liebt. Vielleicht ist sie doch ein wenig zu hart zu ihm gewesen? Und hätte ihn eventuell erst einmal anhören sollen? Aber da fallen ihr die Facebook-Posts wieder ein, die wie immer ihren Zweck erfüllen und jeden Zweifel zerschlagen. Sie ist eindeutig im Recht und er muss sich schon etwas mehr Mühe geben, wenn er ihre Gunst zurückwill. *Und wenn ich nicht ganz die Gunst meiner Freundinnen verlieren will, sollte ich mich langsam wieder aufs Gespräch konzentrieren,* denkt Sophie, steckt ihr Handy weg und versucht, nicht mehr an den Mann zu denken, den sie in London zurückgelassen hat. Rose und Sophie sind mittlerweile ziemlich ausgelassen und flirten ungeniert mit dem hübschen spanischen Kellner, der sie einen Wein nach dem anderen kosten lässt. Trotz Abstinenz lässt Sophie sich von der Stimmung anstecken und als sie schließlich gegen Mitternacht kichernd in Richtung Auto taumeln, wird der Abend als voller Erfolg verbucht.

DIES SEHEN ZUMINDEST die beiden verkaterten Mädels ein bisschen anders, als am nächsten Morgen um sechs Uhr der Wecker läutet, um sie zur ersten Meditation des Tages zu rufen.

„Nie wieder Alkohol", stöhnt Rose und scheint wirklich zu leiden, während Aishley sich mit grimmiger Entschlossenheit und einem gemurmelten „Und das soll Urlaub sein?" aus dem Bett schwingt und ins Bad verschwindet. Sophie setzt sich derweil auf die Terrasse vor ihrem Zimmer und beobachtet, wie die Sonne aufgeht. Sie freut sich auf die Woche, die vor ihnen liegt, auf Tage voller Ruhe und Einkehr, aber sicherlich auch gutem Essen und viel Spaß mit ihren Freundinnen. Wie Spaß wirkt es im Moment jedoch gar nicht. Aishley schaut immer noch genervt aus der Wäsche, wie Sophie es morgens von ihr von etlichen Schulausflügen und gemeinsamen Reisen nicht anders kennt, und Rose scheint wirklich zu leiden. Wie gesagt, Disziplin ist nicht gerade Roses Stärke. Dann geht Sophie ins Bad, duscht schnell, bindet ihre Haare zu einem Pferdeschwanz und zieht Yogaklamotten und Flip-Flops an. So wird das hier jeden Tag sein – Yogasachen, Flip-Flops, Sonnenbrille, Hut und kein Make-up. *Herrlich,* denkt Sophie und empfindet ein tiefes Freiheitsgefühl.

„Macht ihr da oben eigentlich auch Yoga?", fragt sie Gott jetzt in ihrem Kopf.

„Nein, ist denen hier zu spirituell. Die fliegen alle auf Jane Fonda und machen daher lieber Aerobic. Ein Anblick ist das, sag ich dir! Prince ist der Aerobiclehrer und genießt offensichtlich die Aufmerksamkeit. Er wackelt so schnell mit seinem Po, dass fast kein anderer mitkommt. Nur George Michael und natürlich Versace können da mithalten. Der arme Gabriel ist jedoch heillos überfordert. Steht da in seinem kurzen Turnhöschen, dem Muskelshirt und Schweißbändern um Stirn und Handgelenke und versucht vergeblich, sich zum Takt zu bewegen. Dabei hat er vergessen, dass er nur sein Gesicht mit dem vermeintlichen Feenstaub bestäubt hat. Der Rest seines Körpers ist also weiß und weich wie Teig während oben sein rot-brauner Kopf hervorguckt. Sieht aus wie eine Praline, die in Mehl gefallen ist. Aber ich soll wahrscheinlich schon froh sein, dass er überhaupt etwas macht. Vor allem, seit der fliegende Pizzakurier ihn zu seinen besten Kunden zählen darf."

Sophie muss grinsen. Da hat Versace sich mit seinem Pizzakurier und dem als Feenstaub deklarierten Selbstbräuner also durchgesetzt. Gott ist doch nachgiebiger als sie dachte. Dann geht sie mit Aishley und Rose zu ihrer Meditationsstunde.

Durch das Yoga hat sie sich etwas mit dem Meditieren beschäftigt und es erinnert sie sehr an die Gespräche, die sie letztes Jahr mit Gott hatte, als ihre Emotionen und obsessiven Gedanken sie so übermannt haben. Alle diese Gedanken, Emotionen und so weiter sind eigentlich nur wie Wellen im Ozean, die kommen und gehen, oder wie Wolken, die über den Himmel ziehen. Aber doch bleibt der Himmel immer gleich und von den Wolken unberührt. Und diese gleichbleibende Natur, dieses Unendliche, Perfekte und Unverletzliche sind wir alle in unserer wahren Essenz, erinnert sich Sophie. Wir alle sind diesbezüglich gleich. Nur erinnert sich der Eine an seine wahre Natur und ist sich dieser bewusst und der Andere eben nicht. Dafür ist Meditation da.

Um die Wolken vorbeiziehen zu sehen und sich selbst als die Unendlichkeit zu erfahren. Dies ist die Verbindung mit dem Göttlichen und Sophie entsinnt sich – als sie diese in Brighton letztes Jahr zum ersten Mal gespürt hat, hat sich in ihr etwas gewandelt und es ist danach nichts mehr gewesen, wie es mal war. Wenn man einmal das Licht gesehen hat, ist man sich dessen vielleicht nicht immer bewusst, aber man ist verändert und die Dinge nehmen eine andere Form an. In Sophies Leben hat sich seitdem alles zum Besseren gewendet und in der Meditationsstunde versucht sie sich jetzt dessen wieder zu entsinnen und eine tiefe Ruhe kehrt in ihr ein. Nach der Meditation geht es sofort zur ersten Yogastunde. Sophie sieht Roses erschrockenen Blick. Ein Morgen ohne ausgiebiges Frühstück ist für Rose eigentlich undenkbar. Und dann auch noch Sport mit leerem Magen, wo sie doch während der ganzen Meditation schon an nichts anderes als an Essen gedacht hat! Also quält sie sich betont langsam in den weitläufigen Garten, an dessen Ende zwischen den schönsten und duftendsten Blüten eine Holzbühne für die Yogastunde aufgebaut ist. Von links und rechts weht sanft der Wind, während ein sich leicht in dem Lüftchen bewegender Baldachin vor der Sonne schützt, die jetzt zwar noch schwach ist, aber später am Tag sicherlich ganz schön herunterbrennt. Grazia hat die Matten schon auf den Boden gelegt und sie fangen mit ruhigen Atemübungen an. *Ist das herrlich in diesem Blütenmeer, wo man die Vöglein zwitschern und die Insekten zirpen hört,* denkt Sophie selig. Dann fangen sie langsam an, sich zu strecken und kommen in den Flow, den Sophie auch aus ihrem Studio in London schon so ähnlich kennt. Das scheint das Schöne am Yoga zu sein: Es gibt zig Arten und unzählige unterschiedliche Studios, aber letztlich scheint es sich doch immer wieder zu ähneln. Dieser Wiedererkennungseffekt hat etwas Beruhigendes. Sie merkt, dass sie schon viel stärker und beweglicher geworden ist in den letzten Wochen und genießt es, sich in ihrem Körper wohl und zu Hause zu fühlen. Auch ist es immer wieder ein Erfolgserlebnis, wenn man merkt, dass man sich weiter strecken kann als noch vor einer Woche. Yoga ist gespickt mit solchen Erfolgserlebnissen, die einem immer wieder ein neues Körpergefühl bescheren. Sophie ist heilfroh, dass sie diesen Sport kennenlernen durfte. Nach der Stunde sehen auch Aishley und Rose glücklich aus, selbst wenn Rose sofort zum Buffet prescht, das Carlos in der Zwischenzeit aufgebaut hat, und ihren Teller mit Salaten, Brot und Guacamole füllt. Auch Aishley und Sophie bedienen sich am Buffet, wobei Sophie sich vorgenommen hat, ihren Brotverzehr zu begrenzen. Das scheint sich bei ihr immer gleich auf die Hüften zu legen. Beim Mittagessen im Freien setzt sich der Engländer Josh zu ihnen und unterhält sie mit köstlichen Anekdoten aus seinem Leben als Restaurantbesitzer in London. Es handelt sich hierbei um das *Gravy*, eines von Londons feinsten Restaurants, das sehr gerne von Berühmtheiten besucht wird und in dem die drei bislang noch nie waren. Josh ist selbst gelernter Koch und besucht auf der Insel nicht nur einige Lieferanten, sondern holt sich auch Inspiration.

„Solche Trips brauche ich immer wieder“, erzählt er ihnen. „Wenn man sich die ganze Zeit nur in seinem eigenen Restaurant rumtreibt, kann man schnell vergessen, dass es da draußen noch eine Welt gibt. Daher eise ich mich immer wieder los und nutze die Chance, nicht nur unsere Lieferanten zu besuchen und neue Weine zu kosten, sondern mir auch auf der ganzen Welt Restaurants anzuschauen und mit neuen Ideen nach Hause zu kommen. Dabei gefallen mir vor allem die kleinen, unbekannten Lokale, die noch ganz authentisch von ihren Eigentümern geführt werden. Die großen Ketten und unpersönlichen Läden liegen mir eher weniger.“

Rose hört ihm mit großen Augen zu.

„Das hört sich an wie mein Traumjob“, sagt sie schwärmerisch. „Reisen und essen, was will man mehr?“

Josh lacht. „Nun ja, ich werde auch die Woche hier weiter nutzen, um mir neue Restaurants anzuschauen. Und natürlich ist es immer schöner, wenn man beim Essen Gesellschaft hat. Wieso kommst du morgen nicht einfach mit und wir futtern uns gemeinsam durch die regionalen Köstlichkeiten?"

Roses Augen glänzen. „Liebend gerne. Ich meine, falls es euch beiden nichts ausmacht", wendet sie sich entschuldigend an Sophie und Aishley. „Wir sind ja schließlich zu dritt hier."

„Ihr beiden seid natürlich auch herzlich eingeladen", wendet Josh da sofort ein. „Ich hoffe, das versteht sich von selbst!"

„Danke, danke", geben die beiden zurück, „aber wir halten uns im Moment noch an das strenge Regime hier, geht ihr also nur eure Freiheit genießen." Aishley zwinkert Sophie unauffällig zu.

„Wie ihr meint", sagt Rose und wird dabei leicht rot, was ihr immer entzückend steht und sie noch mehr wie eine echte englische Rose aussehen lässt. Ihren Namen haben ihre Eltern gut gewählt.

„Okay, die Damen", sagt Josh nun und erhebt sich, „leider gibt es für mich nie wirklich Urlaub und das heißt, ich muss auch hier jetzt noch ein wenig arbeiten. Bevor wir dann in ein paar Stunden schon wieder unsere nächste Yogasession haben."

Die drei verabschieden sich von ihm und gehen dann nochmals zum Buffet, um ihre Teller zu füllen und ganz in Ruhe ihr Mittagessen in der Sonne zu genießen. Danach sitzen sie in der Sonne und Sophie liest nach langer Zeit mal wieder ein Buch. Wie sie das genießt! *Dies verspricht der perfekte Urlaub zu werden,* denkt sie. Wenn sie nur Patrick nicht so vermissen würde. Aber dann zwingt sie sich, diesen aus ihren Gedanken zu verbannen. Sie wird es dieser Sache nicht erlauben, ihr die Zeit hier kaputt zu machen. Dafür arbeitet sie zu hart und hat es sich wirklich verdient, mal Zeit nur für sich zu haben und dabei gleichzeitig etwas für Körper und Seele zu tun.

Nachmittags gibt es wieder eine Meditationssession, diesmal in dem Yogabereich inmitten der Natur. Es ist so interessant zu schauen, wie die Gedanken kommen, versuchen, allen Raum einzunehmen, aber dann auch wieder gehen, wenn man ihnen nicht zu viel Aufmerksamkeit schenkt. Bei der Meditation erlebt man unmittelbar, dass man viel größer ist als Gedanken und Gefühle. So wie auch dem Himmel keine Gewitter und keine Wolken etwas anhaben können. Problematisch wird es erst, wenn der Himmel vergisst, dass er der Himmel ist und sich für die Wolken hält. Denn dann hat er sich auf einen ganz kleinen Teil reduziert und seine Macht vergessen. *Genau wie wir, wenn wir uns auf unsere Gedanken und Gefühle reduzieren,* denkt Sophie. Es ist genau, wie Gott es ihr gesagt hat.

„Es freut mich, dass du mir auch mal zustimmst", kommt da Gottes Stimme, „passiert ja selten genug!"

Sophie muss lächeln. Was hat sie ihn doch lieb gewonnen und wie wenig hat er mit dem Gott zu tun, der ihr in der Kirche von grummeligen alten Männern in Kutten vorgestellt wurde. Diesen Gott hier kann man herausfordern und hinterfragen, so viel man will, und er lässt sich nicht aus der Ruhe bringen. Zumindest von ihr nicht oder eher selten. Versace hingegen scheint es regelmäßig zu schaffen.

„Ach, hör mir mit dem auf", stöhnt Gott jetzt. „Er hat so lange gezetert, bis ich es nicht mehr aushalten konnte. Jetzt sieht die Hälfte meiner Engel aus, als seien sie in orangene Farbe gefallen, von wegen braun gebrannt. Und jetzt besteht er auf neuem Schuhwerk. Funkeln und glitzern soll es. Wenn nur Gabriel nicht so unglaublich anfällig für all diese Spinnereien wäre! Wir sind hier im Himmel und nicht auf einer Modenschau. Übrigens, nicht alle Teilnehmer da bei euch denken gerade an Meditation. Wenn du die Gedanken lesen könntest, würdest du erröten. Vor allem die von dem

Belgier sind gerade alles andere als spirituell", kichert Gott vergnügt.

Sophie muss grinsen.

Das ist nicht fair, denkt sie, *dass du mir die Gedanken anderer mitteilst. Die vertrauen schließlich auf deine Geheimhaltung.*

„Ach, Geheimhaltung", gibt Gott zurück. „Die wird hier oben bei uns nicht großgeschrieben, wir haben schließlich schon alles gesehen, da gibt es nicht viel, was uns noch schockiert. Um ehrlich zu sein gar nichts. Aber ein bisschen amüsieren dürfen wir uns doch auch. Und ich sage dir: Dieser Belgier, so steif er auch aussieht, in dem brodelt es. Oder vielleicht ist steif genau das richtige Wort", lacht Gott laut.

Gott, hör jetzt auf damit, ich werde ihn nie wieder so wie vorher ansehen können. Und jetzt lass mich bitte auf meine Meditation konzentrieren, denkt Sophie gespielt streng.

„Ha, das tue ich doch", gibt Gott zurück. „Meditation ist dafür da, dass du mich hörst und du hörst mich laut und deutlich. Das heißt, deine Meditation ist ein voller Erfolg."

Gott, ich möchte versuchen, nicht dein Geschnatter zu hören, sondern stattdessen die Ruhe zu genießen. Du weißt schon, die unendliche Natur, die ich eigentlich bin. Das ist aber schwierig, wenn du mir die schmutzigen Gedanken irgendwelcher unattraktiver Belgier mitteilst.

„Hast ja recht", gibt Gott ungewohnt milde zu. „Und die Ruhe bin ich ja in meiner wahren Natur auch. Aber mit euch Menschen muss man ja schnattern, damit ihr einen versteht. Meine subtilen Zeichen ignoriert ihr ständig. Und nicht nur ihr. Auch dieser Versace! Was der da schon wieder macht. Er blättert in Brautmagazinen! Mir schwant Schreckliches. Bald wird Gabriel hier als Braut durch den Himmel schweben und Raffael wird Blumen werfen. Ich muss dem Ganzen Einhalt gebieten. Und zwar sofort."

Und damit ist er verschwunden und Sophie kann sich wieder auf die Ruhe konzentrieren. Nur einmal macht sie kurz die Augen ein wenig auf, um sich den Belgier besser anschauen zu können, beschließt aber schnell, diese wieder zu schließen. Sie möchte gar nicht wissen, was er denkt!

Nach der Meditation setzen sich die drei wieder in den Garten und Rose plappert fröhlich vor sich hin. Ihr Herzschmerz aus London scheint vergessen, stellt Sophie erleichtert fest, der Urlaub scheint ihr wirklich gutzutun. Am frühen Abend haben sie vor dem Abendessen noch eine Stunde Yoga und so wird das Programm jetzt jeden Tag ablaufen. Das Yoga am Abend nennt sich Yin-Yoga und Sophie hat es vorher noch nie gemacht. Aber sie genießt es sehr. Es ist weniger dynamisch, sondern man verharrt für mehrere Minuten in einer Stellung. Typischerweise sind dies Stellungen, in denen man sich dehnt, dehnt und nochmals dehnt. Manchmal hat man das Gefühl, es kaum länger aushalten zu können, aber wenn man sich dann vertrauensvoll fallen lässt, so merkt man innerhalb weniger Minuten wie man lockerer und lockerer wird und auch das Vertrauen in das Leben wächst. Zudem führt es zumindest bei Sophie offenbar zu einer ordentlichen Dosis Endorphinen im Blut und sie empfindet Glücksgefühle wie nur selten. *Dies ist richtiges im Hier und Jetzt leben,* denkt sie. Nach der Session gehen die drei auf ihr Zimmer, Sophie und Aishley, um sich Pullis überzuwerfen, da es etwas kühler geworden ist und draußen gegessen wird, und Rose, um sich für ihren Abend mit Josh zurechtzumachen. Aber zurechtmachen wäre zu viel gesagt. Sie zieht ein geblümtes Kleid von Topshop an und bleibt in ihren Flip-Flops. Aishley kann sie gerade noch überreden, etwas Lipgloss aufzulegen. Als sie das Zimmer verlässt, sehen sich die beiden Freundinnen an und prusten los.

„Hast du das gesehen?", lacht Aishley. „Sie läuft halb London hinterher, ohne zu merken, mit was für Affen sie sich da trifft, und takelt sich für diese auf, als sei sie ein Pfingstochse, und jetzt geht sie mal mit einem wahrlich attraktiven und interessanten Mann aus und merkt es noch nicht einmal.

Das Einzige, woran sie denkt, ist, was sie heute essen wird. Wie kann das sein, Sophie? Dieser Josh ist heiß, wie kann das so spurlos an ihr vorübergehen? Wir können froh sein, dass sie nicht gleich in Yogaklamotten losgestiefelt ist."

Sophie muss ebenfalls lachen.

„Ich weiß auch nicht, was da los ist. Letztes Jahr stand sie doch so auf diesen Blumenlieferanten von Harrods. Hast du den mal gesehen? Der Horror, sag ich dir. Groß, schlaksig und verpickelt mit ungewaschenen Haaren und einer linkischen Art, die kaum auszuhalten war. Lebte noch bei seiner Mutter und hat jeden Abend mit Mami zu Abend gegessen. Er war ein paar Mal mit Rose im Kino und sie fand ihn so rührend, dass sie sich gleich in ihn verliebte. Er wollte jedoch nicht mehr, da seine Mami ihn zu dieser Zeit brauchte und Mami wohl die Tendenz hat, eifersüchtig zu sein. Und Rose versank mal wieder im Herzschmerz. Und jetzt kommt ein gestandener Mann daher - wie du sagst, sehr attraktiv, kultiviert und Inhaber eines der coolsten Restaurants Londons -, und Rose tut so, als würde sie mit ihrer Oma essen gehen. Das soll mal einer verstehen! Übrigens, ich glaube, der Belgier ist ganz schön notgeil!"

„Der Belgier? Dieser spießige Typ? Wie kommst du jetzt darauf? Hat er dir etwa schmutzige Blicke zugeworfen?", fragt Aishley leicht ungläubig.

Was sollte sie jetzt darauf antworten?

„Nein, nein, hat er nicht, ist nur so ein Gefühl."

„Aha", gibt Aishley zurück und sieht sie erstaunt von der Seite an. „Komm, lass uns runtergehen. Ich habe Hunger."

DAS VON CARLOS ZUBEREITETE ESSEN ist tatsächlich köstlich und abwechslungsreich. Die beiden hauen rein und unterhalten sich auch nett mit den anderen – zumeist weiblichen – Teilnehmern. Sophie merkt, wie sie sich unbewusst von dem Belgier fernhält. Sie hätte Gott doch mal fragen sollen, was dieser genau gedacht hat. Sie stellt sich jetzt die schlimmsten Sachen vor, und womöglich tut sie ihm damit unrecht. Außerdem sollten Gedanken doch wirklich privat sein, oder? Aber es gibt hier genug nette Menschen zum Quatschen. Besonders angeregt unterhält sie sich mit einer Diplomatin aus Rom und einer Fernsehmoderatorin aus Madrid. Zudem kommt Sophie mit einer Therapeutin, die mittlerweile in Rente ist, ins Gespräch und mit einer Unternehmerin, die mit ihrem Mann zusammen ihr Business aufgebaut hat. *Extrem interessante Menschen hier,* denkt Sophie. Das hätte sie gar nicht erwartet. Sie hatte etwas Angst, dass sie hier von lila gekleideten, leicht ungewaschenen Menschen mit Rastalocken, Joint in der Hand und verklärtem Blick erwartet wird. Aber das ist wirklich gar nicht der Fall. Alle stehen voll im Leben und wollen einfach etwas Gutes für sich tun. Sie findet die Gespräche mit den anderen Frauen sehr inspirierend und wundert sich, wie gut das alles auch ohne Alkohol funktioniert. An Männern ist außer Josh, der ja mit Rose unterwegs ist, und dem Belgier, den sie nicht wirklich kennenlernen will, nur noch ein bleichgesichtiger deutscher Lehrer mir Birkenstocksandalen da und dann ein totales Yoga-Ass aus Südspanien, der unglaublich schön, aber auch unglaublich schwul ist. *Danny würde bei diesem Anblick ausflippen,* denkt Sophie, aber ihr Typ ist er nicht so. Zwar schön anzuschauen und er scheint auch sehr nett zu sein, aber ihr ist er doch zu glatt. Sie mag es lieber etwas rauer. *So wie Patrick,* denkt sie mit einem Stich im Herzen. Aber dann versucht sie auch diesen Gedanken wieder zur Seite zu schieben. Mittlerweile ist es dunkel geworden, sie sitzen in der lauen Sommerluft um den Tisch, knabbern an den Resten ihres Essens, machen Lampions an und unterhalten sich alle blendend. Und obwohl sie viele unterschiedliche Sprachen sprechen, fühlt es sich vertraut an. Sophie schaut zu Aishley hinüber, die ebenfalls in ein lebhaftes Gespräch verstrickt ist und sieht, dass auch die Augen ihrer Freundin strahlen und ihre Haut leuchtet. Dies ist erst der erste Tag, und diese Auszeit tut ihnen jetzt schon gut. *Was die nächsten Tage wohl noch bringen werden?* Dann werden sie alle allmählich müde, bringen ihr Geschirr in die Küche, helfen ein wenig beim Aufräumen und verziehen sich dann auf ihre Zimmer. Aishley und Sophie sind jetzt wirklich erschöpft und nachdem sie den Tag und seine Eindrücke noch einmal kurz Revue passieren lassen, schlafen sie glücklich ein. Als Rose gegen ein Uhr nachts nach Hause kommt und schnell ins Bad und in ihr Bett huscht, bekommen die beiden das gar nicht mit, dafür schlafen sie viel zu fest.

Am nächsten Morgen ist Rose überraschenderweise diejenige, die als Erstes aufsteht und fröhlich vor sich hinschnattert. Mit Enthusiasmus reißt sie die Vorhänge auf.

„Aufstehen, ihr Langschläfer, die Sonne grüßt schon. Auf geht's zum Yoga. Ein bisschen Bewegung hat noch niemandem geschadet."

Aishley und Sophie schlagen synchron die Augen auf und sehen sich verblüfft an.

„Was ist denn mit der los?", fragt Aishley lautlos.

Sophie zuckt nur mit den Schultern.

„Rose, bist du okay?", fragt sie. „Woher diese frühmorgendliche Fröhlichkeit?"

Rose blickt sie nur erstaunt an.

„Wieso nicht? Es ist ein herrlicher Tag und mir geht es gut. Ich möchte keine Minute von diesem Paradies hier verpassen."

„Wann warst du zu Hause?", fragt Aishley jetzt, die auch langsam wach wird. „Und erzähl, wie war's?"

„Ach, es war ein Traum", schwärmt Rose. „Erst hatten wir die unglaublichste Variation an Tapas und dann eine Paella, von der man nur träumen kann. Sie war so riesig, am Anfang dachte ich, wir würden das niemals schaffen, aber dann habe ich mit dem Brot wirklich noch die Reste ausgetunkt. Zumindest auf meiner Seite der Pfanne. Josh hat auf seiner getunkt. Es war eine Portion zum Teilen. Und dann gab es noch etwas ganz Raffiniertes zum Nachtisch, aber ich weiß bis jetzt nicht wirklich, was es war. Aber es war köstlich. Und dazu als Aperitif Cava und dann herrlicher spanischer Wein. Ein mehr als gelungener Abend!"

Sophie und Aishley sehen Rose verständnislos an.

„Rose, wen interessiert das Essen?", fragt Aishley jetzt. „Wir sind doch hier nicht in einer Koch-Show. Wie war es mit Josh? Erzähl! Nur dafür haben wir in aller Hergottsfrühe unsere Augen aufgerissen."

„Josh? Wieso?", fragt Rose ehrlich verblüfft zurück. „Der ist nett, ja. Geschieden, hat eine Tochter, die bei der Mutter lebt, und das Verhältnis zwischen allen scheint sehr harmonisch zu sein. Ansonsten liebt er seine Arbeit, möchte aber mehr für seine Gesundheit tun. Deshalb ist er auch hier. Ansonsten weiß ich nicht viel von ihm, eigentlich habe ich die meiste Zeit erzählt. Er ist ein wirklich guter Zuhörer und hat an allem Anteil genommen. Außerdem ist er sehr beeindruckt davon, was ihr beide macht. Von deiner Kollektion hat er schon einmal gehört, Sophie, seine Ex-Frau mag deine Sachen wohl sehr, aber er wusste nicht allzu viel davon. Dafür hat er vor, deine Bilder, Aishley, in seinem Restaurant aufzuhängen und wollte sich demnächst mit Danny als deinem Galeristen in Verbindung setzen. Er konnte es gar nicht glauben, dass er dich nicht erkannt hat, aber ich denke, in den Glamourmagazinen Londons siehst du etwas anders aus als in deinem Yogaoutfit und ungeschminkt. Jedenfalls betrachtet er es als Glücksfall, dich hier getroffen zu haben."

Aishley ist rot vor Aufregung, etwas, was man bei ihr nicht oft sieht.

„Meine Bilder im *Gravy*, das wäre der Hammer. Mit all den Celebrities und Reichen dort würde das den Verkauf noch einmal extra ankurbeln. Ich muss sofort Danny anrufen."

Und damit verzieht sie sich mit ihrem Telefon auf die Terrasse und im Zimmer sind von draußen immer wieder kurze Freudesbekundungen zu hören.

Der Vormittag verläuft ähnlich wie der letzte Tag, nur die morgendliche Meditation findet nicht statt. So früh aufzustehen hat man ihnen nur am ersten Tag zugemutet, um sie auf die Tage einzustimmen. Ansonsten findet jetzt jeden Vormittag Yoga statt, dann ist Mittagessen, das man auch gleichzeitig als spätes Frühstück betrachten kann, nachmittags wird meditiert und abends findet dann wiederum vor dem Essen Yin-Yoga statt. Ein schön durchgetakteter Tag, der ihnen trotzdem noch genug Raum für eigene Aktivitäten, wie die Erkundung der Insel und der diversen Beachclubs gibt. Josh ist wie selbstverständlich ein Teil ihrer kleinen Gruppe geworden, was außer seiner charmanten und unterhaltsamen Persönlichkeit den Vorteil hat, dass er die Insel gut kennt, ihnen die besten Locations zeigt und zudem überall bekannt ist und bevorzugt behandelt wird. Er hält sich stets in Roses Nähe auf, was Sophie und Aishley mit einem Lächeln beobachten, während es Rose selbst gar nicht aufzufallen scheint. Sie wirkt zufrieden und unbeschwert, hat es trotz der Sonne geschafft, sich keinen Sonnenbrand, sondern einen leichten Teint zu holen, und ihre Rundungen und die roten Wangen lassen sie wie einen frisch gepflückten Apfel aussehen, in den man am liebsten reinbeißen würde. Und genau das würde Josh am liebsten, vermuten Sophie und Aishley, doch dieser ist viel zu sehr Gentleman, um unerwünschte Annäherungsversuche zu machen. Es hat sich jedoch so eingependelt, dass er und Rose jeden Abend zusammen in ein anderes Restaurant fahren und wie nach dem ersten Tag schwärmt diese danach immer von dem Essen und dem Ambiente, aber scheint den armen Josh völlig zu übersehen. Dieser ist jedoch die Gelassenheit in Person und zeigt sich einfach durchgehend von seiner besten Seite, ist auch den anderen beiden gegenüber charmant und hilfsbereit und lädt sie wie selbstverständlich jeden Abend mit ein. Bisher haben Sophie und Aishley stets abgelehnt, aber heute werden sie mal zusammen ausgehen. Josh hat ihnen ein besonders gutes Restaurant in Aussicht gestellt. Diesmal machen sich auch alle drei ein wenig zurecht, für Sophie und Aishley ist es sogar seit Tagen das erste Mal, dass sie sich aus den Yogaklamotten rausschälen und jede ein hübsches Kleid anziehen. Auch Make-up wird ein wenig aufgelegt, aber nicht zu viel, das würde hier in diesem natürlichen Ambiente überzogen wirken. Trotzdem ist es mal schön, sich wieder zurechtzumachen. Josh pfeift anerkennend durch die Zähne, als die drei die Treppe herunterkommen, und hält ihnen mit einer angedeuteten Verbeugung die Autotür auf. Ebenfalls wie selbstverständlich hat er sich zum Chauffeur der drei gemausert, was besonders Sophie sehr genießt. Trotzdem hält sie weiterhin an ihrem Plan fest, keinen Alkohol zu trinken. *Eine einzige alkoholfreie Woche im Jahr sollte doch möglich sein,* denkt sie und lässt sich in den Autositz sinken. Carlos kocht wirklich ausgezeichnet, aber jetzt wird es auch mal wieder schön sein, sich in einem Restaurant verwöhnen zu lassen. Vor allem ist dieses nach Josh's Aussage auch direkt am Meer und bietet einen fantastischen Ausblick. Und genau so ist es. Nachdem der Inhaber und Josh sich herzlich umarmt haben, führt dieser sie auf die Terrasse, von wo man einen fabelhaften Blick auf die Nachbarinsel Formentera hat. Und während man in Spanien grundsätzlich eher spät essen geht, sind sie heute extra früher losgezogen, um bei einem Drink noch den Sonnenuntergang genießen zu können. Campari für die anderen, Wasser für Sophie. Aber sie ist zufrieden. Abgesehen davon, dass sie sich wünscht, Patrick wäre jetzt hier. Die ganze Episode in London wirkt jetzt so weit weg und sie fragt sich, wie so etwas Patrick und ihr passieren konnte – sie sind doch immer so glücklich miteinander gewesen. Aber dann lässt sie sich von dem fröhlichen Geplapper der anderen anstecken, entspannt sich, und lässt den Dingen einfach ihren Lauf. Der Sonnenuntergang ist spektakulär und alle werden plötzlich still. Sophie ist sich sicher, dass die anderen ebenso wie sie ein Glühen im Herzen empfinden. Aishley scheint mit ihren Gedanken ganz weit weg zu sein, zweifellos bei Nicolai, und Sophie sieht, wie Josh Rose mit Sehnsucht in den Augen ansieht. Aber diese scheint nichts zu merken und schaut einfach mit einem entspannten Lächeln übers Meer. Dann ist der Zauber irgendwann verschwunden, alle räuspern sich kurz und machen schnell den ein oder anderen Witz. Es soll ja schließlich keiner merken, dass sie sich alle gerade nach etwas Zärtlichkeit gesehnt haben. Außer Rose. Sie scheint ganz in sich selbst zu ruhen und niemand anderen zu brauchen. *Was ist nur mit ihr passiert?*, fragt sich Sophie. Das bedürftige Mädchen aus London ist kaum wiederzuerkennen. Ob ein bisschen Yoga, Meditation und Sonne das bewerkstelligen können? Scheint zumindest so. Sie trinken alle noch einen Aperitif und der Kellner bringt ihnen Brot und Schälchen mit Oliven, um ihren Appetit anzuregen. Schließlich ist es dann so weit und Josh bestellt in perfektem Spanisch Essen für sie alle. Er scheint die gesamte Speisekarte hoch und runter zu bestellen, für Sophie hört es sich an, als würde er gar nicht mehr aufhören, und ihre Vorfreude wächst. Bei dem vielen Sport, den sie hier machen, Yoga plus Schwimmen im Meer, hat sie das Gefühl, dass sie sich ein ausgiebiges Dinner mehr als verdient hat. Nicht lange danach fangen die Kellner an, das Essen zu bringen und müssen einen extra Tisch dazustellen, um alles unterbringen zu können. Zunächst kommen Salate und wie es scheint unendlich viele Tapas. Sophie ist danach eigentlich fast schon satt. Aber jetzt kommt erst die Hauptspeise. Ausgezeichneter Fisch mit gerösteten Kartoffeln und diesmal mit grünem Salat. Man schmeckt das Meer und alle versinken in fast andächtigem Schweigen. Das Essen ist einfach, aber führt zu einer Geschmacksexplosion im Gaumen. Sophie hat selten so gut gegessen.

„Na, habe ich euch zu viel versprochen?", fragt Josh und grinst.

Die anderen schütteln die Köpfe. Sie wollen sich dieses Erlebnis jetzt nicht durch Gespräche verwässern lassen, sondern jeden Bissen genießen. Sie trinken kühlen Weißwein; Sophie bleibt bei ihrem Wasser. Lange nach Mitternacht machen sie sich auf den Weg zurück, Sophie hat Josh überredet, dass dieser so viel trinken soll wie er mag, sie würde fahren. Die anderen drei sind auf der Fahrt überraschend still. *Wahrscheinlich sind alle schon müde*, denkt Sophie und genießt die Fahrt durch die Nacht, die von den Sternen erhellt und sonst von nichts unterbrochen wird. Einmal in der Finca zurück, bedanken sie sich alle herzlich bei Josh für diesen mehr als gelungenen Abend und verabschieden sich müde. Die drei Freundinnen fallen direkt ins Bett, wobei Aishley kurz vor dem Einschlafen noch sagt: „Rose, hast du dir vielleicht mal überlegt, dass Josh der Richtige sein könnte?", woraufhin von Rose nur ein leises Lachen kommt. Dann sagt sie noch: „Ach Josh, er ist ein guter Freund, aber mehr wirklich nicht." Dann schlafen sie alle drei ein.

So vergehen die nächsten Tage mit Yoga, Meditation und in der Sonne aalen, und als es schließlich Zeit ist zurückzufliegen, fühlt Sophie sich nicht nur fit und gesund, sondern ist auch schön gebräunt. Aber sie merkt, dass die Rückkehr nach London sie nervös macht. Zwar ist sie voller Kreativität und freut sich darauf, ihre Kollektion zu Ende zu bringen, aber sie hat doch Angst, wie es jetzt mit Patrick weitergehen wird. Es war alles immer so perfekt zwischen ihnen, dass es immer noch unwirklich scheint, was in letzter Zeit vorgefallen ist. Und jetzt würde sie sich dem bald stellen müssen. Sie kann ja schließlich nicht bis in alle Ewigkeit bei Claire und Lydia wohnen.

„Gott, wirst du bei mir sein?", fragt sie in Gedanken.

„Selbstverständlich", kommt es prompt zurück. „Das bin ich immer. Und du wirst auch das schaffen. Du hast schon ganz anderes überstanden und du weißt doch – alles wird gut, mein Kind. Letztlich wird immer alles gut."

Sophie muss lächeln und an einen Satz aus dem Film *Das wunderbare Marigold Hotel* denken: „Am Ende wird alles gut und wenn es noch nicht gut ist, so ist es noch nicht das Ende." Sie nimmt sich vor, daran zu glauben. Es ist gut zu wissen, dass sie Gott immer bei sich hat und er sie unterstützt.

„Das tue ich bei euch allen", seufzt Gott. „Aber ihr müsst es auch zulassen. Denn ich dränge mich nur ungern auf."

„Ach, wirklich?", fragt Sophie lachend zurück. „So kommt es mir aber gar nicht vor. Ich habe das Gefühl, du mischst dich ein, wann und wo auch immer es dir passt."

„Na ja, bei besonders schweren Fällen ist es manchmal notwendig", gibt Gott zurück, bevor er in voller Lautstärke schreit: „Nein, Gabriel, keine roten Plüschpantoffeln. Das geht zu weit! Wir sind hier nicht in einem Freudenhaus. Du bringst die jetzt sofort dahin zurück, wo du sie herhast. Und mit diesem Versace werde ich ein ernstes Wort reden! Was der euch nur ständig für Flausen in den Kopf setzt!"

Und damit ist er wieder verschwunden. Sophie schüttelt lächelnd den Kopf. Was da nur los ist, im Himmel!

JOSH HAT seinen Flug so umgebucht, dass er mit ihnen zurückfliegt und entgegen seiner sonstigen Gewohnheit hat er sich auch für Economy-Class entschieden und seinen Sitz wie zufällig neben Rose gewählt. Er, Aishley und Rose trinken noch eine Flasche Champagner auf dem Rückflug, Sophie jedoch hält sich weiterhin zurück. Sie wird ihre einwöchige Abstinenz jetzt nicht mit einer Flasche zweitklassigen Champagners im Flugzeug beenden. Obwohl ihr ein Schluck jetzt guttun würde. Denn sie merkt, wie unruhig es sie macht, nach Hause zu kommen. Die Sache mit Patrick nagt wahnsinnig an ihr. Nachdem sie ihr Gepäck vom Gepäckband genommen und unbehelligt durch den Zoll gekommen sind, wollen sie sich gerade in Richtung Heathrow Express aufmachen, als ein lauter, fröhlicher Schrei ertönt.

„Sophie, Aishley, Rose, da seid ihr ja wieder“, rast eine ungestüme Blair auf sie zu und fliegt ihnen um den Hals. „Ich habe euch ja so vermisst.“ Die drei lachen und stellen ihr Josh vor. Das ist eine unerwartete Begrüßung, sie hatten nicht ausgemacht, dass Blair sie abholt, aber es ist schön, ihr vertrautes Gesicht zu sehen und ihre quirlige Art wiederzuhaben.

„Blair, was machst du denn hier?“, fragt Sophie jetzt lachend. „Mit dir haben wir gar nicht gerechnet.“

„Tja, siehst du, ich bin halt immer wieder für Überraschungen gut“, lacht Blair. „Ich konnte es einfach nicht abwarten, muss dir unbedingt etwas erzählen, Sophie. Rate was passiert ist!“

Sophie blickt sie mit großen Augen an.

„Na, was denn? Jetzt sag schon!“

„Nein, rate erst.“

„Ich kann doch nicht raten, was passiert ist“, sagt Sophie. „Außerirdische sind in London auf dem Parlamentsgebäude gelandet? Deine Tante hat einen Geliebten, der halb so alt ist wie sie?“

„Nein, nein, doch nicht so etwas Langweiliges!“, gibt Blair empört zurück. „Das Parlamentsgebäude ist schon lange von Außerirdischen besetzt und meine Tante hatte schon immer jugendliche Liebhaber, meistens mehrere parallel, das wären keine News. Aber nein, etwas viel Besseres: Der British Fashion Council hat die Entwicklung deiner Kollektion auf Instagram beobachtet. Natürlich ist alles top secret und man sieht nicht wirklich etwas, wie du weißt, aber es gibt einem doch eine Vorstellung davon, was kommen wird. Und diese Snippets in Kombination mit dem Erfolg deiner vorherigen Kollektion hat sie dazu bewogen, das Büro anzurufen, wo ich ans Telefon gegangen bin, da meine beiden Chefinnen sich in der Sonne Ibizas aalten und sich gekühlten Rosé servieren ließen. Jedenfalls kam seitens des Fashion Councils die Nachfrage, ob die aufstrebende Designerin Sophie Vanderbilt gewillt sei, diesmal zum Hauptprogramm der Fashion Week gezählt zu werden, und zwar mit einer Modenschau zu einer der Prime-Zeiten."

Blair strahlt über das ganze Gesicht und Sophie jubelt vor Freude. Einen Hauptspot auf der Fashion Week zu ergattern ist wie ein Sechser im Lotto. Sie fällt Blair um den Hals.

„Oh Blair, du bist ein Engel, was bist du nur für eine Glücksbringerin! Ich hoffe, du hast sofort zugesagt."

„Aber keinesfalls", gibt Blair empört zurück. „So einfach sind wir schließlich nicht zu haben. Ich habe gesagt, dass du dich gerade mit wichtigen Lieferanten auf der ganzen Welt triffst und mir eine Bedenkzeit von zwei Wochen erbeten. Dass du dich stattdessen wahrscheinlich gerade von einem rassigen Spanier massieren lieẞt, habe ich geflissentlich unterschlagen."

Sophie muss lachen.

„Blair, so abgebrüht kannst auch nur du reagieren. Ich danke dir."

Und damit dreht sie sich mit einem breiten Grinsen zu den anderen um, die sie ebenfalls voller Freude umarmen.

„Was ein schöner Abschluss für einen perfekten Urlaub", sagt Sophie und merkt, wie sie am liebsten sofort Patrick anrufen würde, um ihm die guten Neuigkeiten mitzuteilen. Aber nein, das geht ja nicht. Sie merkt, wie dies ihre Freude trübt. Da sagt Blair etwas leiser zu ihr:

„Sophie, die anderen nehmen den Heathrow Express, nicht wahr? Ich habe mir ein Uber genommen um herzukommen, und der Fahrer wartet draußen. Ich würde gerne etwas mit dir alleine besprechen. Meinst du, wir können die anderen mit dem Zug fahren lassen und wir nehmen den Wagen?"

Sophie schaut sie alarmiert an.

„Ist etwas passiert? Was ist los?", fragt sie erschrocken.

„Nein, nein, gar nichts ist passiert. Nichts Schlimmes zumindest. Ich denke, für dich ist es sogar gut. Also?"

Sophie ist immer noch beunruhigt. Aber sie dreht sich zu den anderen um und teilt ihnen mit, dass sie mit Blair im Auto mitfährt, da diese etwas Persönliches mit ihr zu besprechen habe. Sie umarmen sich zum Abschied und vereinbaren mit Josh, sich so schnell wie möglich wiederzusehen. Einmal im Uber will Sophie gerade dem Fahrer die Adresse von Lydia und Claire geben, als Blair sie unterbricht.

„Sophie, ich denke, es wird Zeit, dass du nach Hause fährst. In dein und Patricks Zuhause." Ohne dass Sophie noch widersprechen könnte, gibt sie dem Fahrer Sophies Adresse. Dann lehnt sie sich zurück und sagt:

„So, was ich mit dir besprechen wollte, ist, dass ich ein paar Erkundungen über diese Tamara eingeholt habe. Irgendetwas an der Geschichte stimmte für mich nicht. Ich kenne Patrick nicht gut und ich weiß, du bist meine Chefin und ich sollte mich vielleicht nicht in deine persönlichen Angelegenheiten mischen, aber es ließ mir einfach keine Ruhe, dass diese Sache mit Tamara so gar nicht zu Patrick passen wollte. Er wirkt so gradlinig und als ich euch zusammen sah, war er so verliebt in dich, und da sollte er das Ganze wegen so einer Kuh riskieren? Eine grazile Kuh, das gebe ich zu, aber trotzdem eine Kuh. Und dass sie eine falsche Schlange ist, das steht ja wohl fest. Das riecht man schon hundert Meter gegen den Wind. Jedenfalls hatte ich ein schlechtes Gewissen, dass ich dir die Facebook-Fotos gezeigt habe, und da ich ein ganz gutes Netzwerk habe, habe ich beschlossen, mich ein wenig umzuhören. Und dabei ist tatsächlich einiges Interessantes herausgekommen. Wie man hört, ist bei der Guten wirklich eine Schraube locker. Sie kann wohl sehr charmant sein, aber wenn man sie dann näher kennenlernt, neigt sie zu irrationalem Benehmen, um es vorsichtig auszudrücken. Dadurch hat sie wohl schon öfter mal riskiert, ihren Job zu verlieren, aber da sie in den richtigen Momenten doch Disziplin an den Tag legen kann und wohl eine verdammt gute Tänzerin ist, ist sie bislang immer mit einem blauen Auge davongekommen. Ich weiß aber, dass ihr diesbezüglich schon eine Therapie nahegelegt wurde, die sie auch angefangen, aber gleich wieder abgebrochen hat. Zudem hat die Frau eines ehemaligen Intendanten der Oper, der auch Tamaras ehemaliger Lover war, eine einstweilige Verfügung gegen sie erwirkt, dass sie sich ihr nicht mehr nähern darf, da Tamara sie wohl regelrecht gestalkt hat und ihr stets Details von der Untreue ihres Mannes darlegen wollte - besonders gerne in der Öffentlichkeit und in voller Lautstärke."

Sophie hört ihr zu und kann kaum atmen. Was wird jetzt noch kommen? Was erwartet sie?

„Als ich das hörte", fährt Blair fort, „habe ich meine Erkundigungen noch ein wenig intensiviert und schon nach kurzer Zeit machte mich eine enge Freundin darauf aufmerksam, dass eines der Bilder, auf denen Patrick angeblich in Paris ist, ganz klar hier in London aufgenommen wurde und zwar bei einem Inder im Bezirk Angel. Du erinnerst dich vielleicht an das Bild mit der auffälligen Tapete, das ist ganz klar das Interieur eines indischen Restaurants hier, ich bin extra hingefahren und habe es überprüft. Da gibt es kein Vertun. Sophies Herz bleibt fast stehen. Natürlich erinnert sie sich. Sie erinnert sich an jedes einzelne Detail auf jedem der Paris-Bilder. Natürlich ist sie erleichtert, aber Bedenken hat sie noch immer. Gut, das Bild ist vielleicht nicht in Paris aufgenommen, aber es zeigt doch, dass Patrick mit Tamara essen war. Und das nicht nur ein Mal. Und die

Bilder können auch nicht alt sein. Denn auf einem sieht man Patricks relativ neue Uhr und auf einem anderen liegt sein ebenfalls eher neues Telefon auf dem Tisch. Als hätte Blair ihre Gedanken gelesen, fährt diese fort:

„Ich weiß natürlich nicht, was das jetzt bedeutet, Sophie, aber ich weiß, dass diese Frau verrückt und eine pathologische Lügnerin ist, die zudem die Angewohnheit hat, ihren ehemaligen Liebhabern nachzulaufen, und zwar ohne Rücksicht auf Verluste. Außerdem hat einer meiner Bekannten festgestellt, dass alle Bilder von Patrick sehr stark mit Photoshop bearbeitet wurden. Was das genau bedeutet, weiß ich auch nicht, aber es wurde wohl alles dunkler gemacht und auch die Weingläser wurden hinterher ins Bild integriert. Patrick ist bei der ganzen Sache sicherlich nicht ganz unschuldig und ich entschuldige mich bei dir erneut, dass ich mich da so einmische, aber ich glaube wirklich, dass du deine Beziehung nicht wegen so einer Sache und so einer Frau riskieren solltest. Gib ihm zumindest die Chance zu sagen, was er zu sagen hat. Bitte, Sophie, wirst du das tun?"

Sophie hat Tränen in den Augen. Das ist jetzt alles ein bisschen viel für sie und sie weiß nicht, wie sie mit den neuen Informationen umgehen soll. Irgendwie macht es alles noch viel komplizierter, aber andererseits schiebt es auch ein paar dunkle Wolken zur Seite und gibt zumindest der Möglichkeit Raum, dass sich alles nicht ganz so zugetragen hat, wie es aussieht. Außerdem spürt sie, dass es sich gut anfühlt, nach Hause zu fahren. Blair hat recht. Sie kann sich nicht ewig verstecken. Ob Patrick wohl da sein wird? Um diese Uhrzeit würde er eigentlich noch arbeiten, aber er weiß, dass sie heute wiederkommt. Vielleicht ist er zu Hause. Sie dreht sich zu Blair hin.

„Du hast recht, es ist Zeit, nach Hause zu fahren. Und zur Liebe gehört auch, dass man dem anderen die Chance gibt, sich zu erklären. Falls es noch nicht zu spät ist", seufzt sie, bevor sie fortfährt: „Und danke, Blair, du bist so viel mehr als nur eine Assistentin. Du bist wirklich unser guter Geist und mittlerweile weiß ich gar nicht mehr, wie wir ohne dich ausgekommen sind. Du hauchst dem Ganzen so viel Leben ein. Dafür danke ich dir. Auch im Namen von Aishley."

Und damit umarmen die beiden sich und Sophie spürt, wie auch Blair sich eine Träne von der Wange wischt. *Schön zu sehen, dass ich nicht die einzige Heulsuse bin*, denkt sie. Dann sind sie trotz des dichten Londoner Verkehrs auch schon da, Sophie verabschiedet sich von Blair, nimmt ihre Reisetasche, steigt aus und schaut an ihrem Haus hoch. Sie denkt daran, wie vor mehr als einem Jahr ihr Ex-Freund Oliver sie hier herausgelassen und im wahrsten Sinne des Wortes sitzengelassen hat. An einem ihrer verzweifeltesten Abende hat sie dann ihren Vermieter Patrick kennengelernt, den sie am Anfang nicht ausstehen konnte und der sich dann unversehens als ihr Traummann entpuppte. Mit dem sie so viele glückliche Monate hatte. Und wo sich dann plötzlich herausstellte, dass doch alles nicht so gewesen ist, wie sie dachte. Wegen einer Frau namens Tamara. Und jetzt steht sie hier. Schaut an dem Haus hoch. Und wird sehen, was von ihrem Traum übriggeblieben ist. Sie holt den Schlüssel heraus und genießt trotz allem das Gefühl, nach so vielen Wochen mal wieder den Schlüssel in ihrer eigenen Haustür umzudrehen und nicht bei Lydia und Claire. Hier ist doch der Ort, wo sie hingehört, wo sie sich immer so wohlgefühlt hat. Dann geht sie langsam die Treppe hinauf und lauscht, ob sie etwas aus der Wohnung hört. Musik oder so. Aber sie kann keine Geräusche ausmachen. Es ist also wohl doch niemand da. Halb erleichtert und halb enttäuscht öffnet sie jetzt die Wohnungstür. Und dann steht er vor ihr – Patrick! Ihr Herz macht einen Satz. Mit völlig übernächtigten, roten Augen steht er in der Küchentür, unrasiert und offensichtlich erstaunt, sie zu sehen. Seine Augen werden groß und schauen sie ungläubig an.

„Sophie, du bist wieder da", sagt er leise und öffnet seine

Arme. Sie sieht, wie ihm Tränen in die Augen treten. Es ist das erste Mal, dass sie Patrick weinen sieht. Etwas in ihr will hart bleiben, aber ein anderer Teil gewinnt. Der Teil, der Patrick so sehr liebt und ihm gegenüber so viel Zärtlichkeit empfindet. Und eine nie gekannte Sehnsucht. Mit einem lauten Schluchzen wirft sie ihre Tasche auf den Boden und sich selbst in seine Arme. Er hält sie fest umfangen, scheint sie fast erdrücken zu wollen, während sie schluchzt und schluchzt und schluchzt.

„Oh Patrick, was ist bloß passiert?", fragt sie unter Tränen. „Wir waren doch so glücklich. So unglaublich glücklich. Zumindest dachte ich das. Und ich habe dir so sehr vertraut. Ich wäre nie, nicht im Traum, auf die Idee gekommen, dass du fremdgehen könntest. Patrick, was ist da nur passiert? Bitte sag es mir."

Ihr Schluchzen wird immer lauter, aller Schmerz kommt jetzt heraus und gleichzeitig fühlt es sich gut an, in den Armen des Mannes zu sein, den sie so sehr liebt. Und den sie so sehr vermisst hat, wie sie jetzt spürt. Seine Berührung, seinen Geruch, von ihm gehalten zu werden und ihn anzusehen. Einfach alles an ihm. Sie spürt, dass sie bereit ist, ihm zu verzeihen. Hier gehört sie hin.

„Sophie, meine große Liebe, ich bin nicht fremdgegangen und würde auch niemals fremdgehen. Nie im Leben. Ich brauche niemand anderen als dich. Du erfüllst mich so sehr, du machst mich so glücklich, das würde ich doch für nichts auf der Welt riskieren!"

„Aber was ist mit Tamara?", schluchzt Sophie nun etwas verhaltener und mit leiser Hoffnung in der Stimme. „Und was ist mit den Facebook-Bildern?"

„Facebook?", fragt Patrick ehrlich erstaunt. „Ich weiß nicht, wovon du sprichst. Aber jetzt zieh dir doch erst einmal die Schuhe aus, setz dich hin und ich mache dir einen Tee. Dann besprechen wir alles, okay? Ich bin so unendlich glücklich, dass du hier bist, Sophie."

Sophie nickt unter Tränen, putzt sich die Nase und macht es sich dann auf dem Sofa bequem. Es ist alles so vertraut. *Zu Hause,* denkt sie.

Dann kommt Patrick mit einer großen Tasse ihres Lieblingstees herein, einem Grüntee mit Kokosraspeln, und dazu ein paar Kekse. Er weiß immer genau, was sie braucht, wenn es ihr nicht gut geht. So war das schon, als sie noch nicht zusammen waren. Damals hat sie auch bei ihm in der Wohnung geweint und er hat ihr Tee und Kekse gegeben, bis sie sich geborgen fühlte wie ein Baby. Jetzt setzt er sich neben sie und fragt:

„Sophie, darf ich erzählen? Darf ich einfach mal alles loswerden? Bitte, ich ertrage die Last nicht mehr."

Sie nickt und er beginnt: „Es tut mir leid, dass ich so lange gewartet habe, Sophie. Ich hätte das schon viel früher tun sollen. Aber jetzt lege ich dir alles dar und ich hoffe, du kannst mir verzeihen."

Sophie wappnet sich für das, was da kommen möge, nimmt einen großen Schluck Tee und nickt ihm nochmals aufmunternd zu. Innerlich denkt sie: *Lieber Gott, bitte sei bei mir und gib mir Kraft.*

„Ich bin hier Sophie, es ist alles gut", kommt die Stimme Gottes zurück, um dann an Patrick zu übergeben, der nun erläutert:

„Schau Sophie, es tut mir so leid. Ich habe mich da einfach in etwas verrannt. Du weißt, dass ich mit Tamara zusammen war, aber schon einige Zeit bevor ich dich kennengelernt habe, habe ich mich von ihr getrennt. Als du und ich zusammenkamen, war es schon lange aus und vorbei. Da waren keine Gefühle mehr da. Es war einfach nicht das Richtige. Sie war immer so schwierig, wahnsinnig launisch. Ich hatte stets Verständnis für sie, schließlich hat sie einen Knochenjob als Tänzerin, und ich hatte auch viel Respekt vor ihrer Willenskraft. Diesen Respekt habe ich manchmal mit Liebe verwechselt. Wenn ich ganz ehrlich zu mir selbst war, spürte ich jedoch, dass ich im Herzen nie wirklich dabei war. Ich habe mir nie vorstellen können, mit ihr alt zu werden. Weder konnte ich mir vorstellen, dass sie für mich da sein würde, noch hatte ich das ehrliche Bedürfnis, für sie da zu sein. Manchmal war es durchaus schön mit ihr. Sie konnte sehr süß sein und auch sehr lustig und unterhaltsam, wenn sie wollte. Aber kaum fing man an, darauf zu vertrauen, so verwandelte sie sich auch schon wieder und eine hysterische Art kam durch, wie du sie dir kaum vorstellen kannst. Sie schrie, beleidigte, warf mit Sachen, nichts war ihr heilig, alles wurde zerstört. Es ist eigentlich erschreckend, wie lange ich das mitgemacht habe, wie oft ich ihr verziehen habe. Aber sie tischte mir immer irgendwelche rührseligen Geschichten auf und ich wäre mir wie ein Monster vorgekommen, hätte ich ihr nicht noch dieses eine Mal verziehen. Immer dieses eine letzte Mal. Ich kann nicht zählen, wie viele letzte Male es gab. So naiv es sich anhört, ich habe ihr tatsächlich immer geglaubt. Und ich glaube bis heute, dass sie es in dem Moment auch immer ernst meinte. Aber dann wurde es, was auch immer ‚es' ist, doch größer als sie und schien sie regelrecht zu überfluten. Und um ganz ehrlich zu sein, auch wenn es nicht gerade für mich spricht, vielleicht war ich manchmal sogar ein wenig geschmeichelt, dass eine so kontrollierte, willensstarke Frau, die Tänzerin in einem der besten Ballettensembles der Welt ist, wegen mir so die Fassung verlieren konnte. Meistens ging es nämlich um Eifersucht und das schmeichelte meinem männlichen Ego. Zumindest die ersten paar Male. Dann merkte ich, dass es gar nicht wirklich um mich ging, sondern dass sie einfach einen Sprung in der Schüssel hatte. Sie braucht das Drama. Sie kommt aus einem Alkoholikerhaushalt, wo Drama an der Tagesordnung war. Ich denke also, sie kann eigentlich gar nichts dafür, aber sie hätte sich im Laufe der Jahre ruhig mal Hilfe holen können. Das versprach sie auch immer wieder, aber es ist letztlich nichts geschehen. Andere Dinge waren stets wichtiger und haben Vorrang erhalten. Und irgendwann hatte ich genug. Ich erkannte mit großer Klarheit, auf was für ein perverses Spiel ich mich eingelassen hatte und dass diese Frau gar nicht lieben konnte. Sie hatte keinen Respekt vor sich und auch vor niemand anderem. Alles diente nur dazu, ihre Eitelkeit zu befriedigen und ihr kleines Ego zu päppeln. In dem Moment, als ich dies erkannte, war bei mir wirklich alles aus und vorbei, und obwohl sie noch weinte, schrie und bettelte, merkte sie doch, dass es kein Zurück mehr gab. Irgendwann zog sie sich dann tatsächlich zurück und ich habe monatelang nichts mehr von ihr gehört und sie trotz unserer relativ langen gemeinsamen Zeit auch nie vermisst. Und dann schickte sie mir plötzlich zwei Ballettkarten in mein Büro. Mit einem Briefchen, dass ihr alles so leidtue, sie habe sich mittlerweile unter Kontrolle, hoffe, dass ich ein glückliches Leben in einer glücklichen Beziehung lebe und würde mir als Friedensangebot gerne diese zwei Karten zukommen lassen, beste Plätze, und so weiter. Eigentlich wollte ich die Karten gleich wegwerfen, habe es dann aber aus irgendeinem Grund doch nicht getan. Und dann fingst du plötzlich an, ständig das Ballett zu erwähnen, da du ja das Atelier dort um die Ecke hast. Und ich dachte, dies sei doch ein Zeichen und ich könnte mit dir zu der Aufführung gehen, welchen Schaden konnte das schon anrichten? Wie habe ich mich da getäuscht! Mittlerweile hatte ich fast verdrängt, dass die Karten von Tamara kamen, aber kannst du dir vorstellen, wie peinlich es mir schon während der Aufführung war, dass ich dich dorthin mitgenommen habe, ohne dir vorher reinen Wein einzuschenken? Ich weiß nicht, was ich mir dabei gedacht habe. Irgendwie dachte ich wohl, dass sie unter all den Tänzerinnen untergeht und wir sie gar nicht wahrnehmen. Dass sie jedoch die Hauptrolle tanzt und du die ganze Zeit wie festgeschweißt durch dein Opernglas nur sie anstarrst, hatte ich wirklich nicht vorhergesehen. Ich hätte das in Erwägung ziehen sollen, habe es aber nicht. Ich war ein Idiot.

Ein ausgemachter Idiot. Und du sahst so glücklich aus. Fast selig. Da brachte ich es nicht übers Herz, diese Seifenblase zu zerstören. Also wollte ich einfach Ruhe darüber bewahren und die Episode vergessen. Woran ich aber ebenfalls nicht gedacht hatte, war, dass ich gesehen werden könnte. Und das wurde ich. Und zwar von Tamaras fürchterlicher Mutter, einer schrecklichen Klatschtante, die dich und mich zusammen im Foyer beobachtet hat und nichts Besseres zu tun hatte, als dies ihrer Tochter mitzuteilen. Und diese flippt seitdem ein wenig aus, um es milde auszudrücken. Denn sie hält die Tatsache, dass ich zu ihrer Aufführung gekommen bin, für einen stichfesten Beweis dafür, dass ich heillos in sie verliebt bin und es mir nur nicht eingestehen will. Dass ich mit dir da war und ihr in den letzten Wochen auch immer wieder versichert habe, wie sehr ich dich liebe, interessiert sie überhaupt nicht. Die Realität hat sie noch nie interessiert. Sie lebt in ihrer eigenen Welt. Ja, Sophie, ich habe sie in den letzten Wochen immer wieder getroffen", sagt er auf Sophies schockierten Blick hin. „Ich habe einfach keinen anderen Ausweg gesehen. Sie bombardierte mich mit Nachrichten und wollte nur eine einziges Treffen, eine letzte Aussprache. Irgendwann gab ich klein bei, das war mein großer Fehler. Dann wollte sie noch ein Treffen, da irgendetwas weiter unklar geblieben sei und dann noch eins. Jetzt sagte ich ihr, dass es genug sei und es nichts weiter zu besprechen gäbe, aber mittlerweile erpresste sie mich regelrecht. Wann immer wir uns auf einen Kaffee trafen, hat sie ohne mein Wissen am Nebentisch eine ihrer Freundinnen sitzen gehabt, die unauffällig Fotos von uns machte. Diese wollte sie dir zukommen lassen. Versteh mich nicht falsch – ich will mich hier nicht als hilfloses Opfer darstellen. Es war auch meine Schuld. Ich habe mich da immer tiefer reinziehen lassen, anstatt gleich von Anfang an mit dir reinen Tisch zu machen und ihr zu sagen, dass sie sich zum Teufel scheren soll. Es ist absurd. Ich führe ein erfolgreiches Unternehmen, aber in Anbetracht einer Frau, die durchdreht, fühle ich mich wie gelähmt und handlungsunfähig. Ist nicht gerade etwas, worauf ich stolz bin. Jedenfalls kannst du dir nicht vorstellen, wie ich gezittert habe, als du mit dem Yoga angefangen hast und dann auch noch in das gleiche Studio wie sie gingst! Sie hat natürlich sofort spitzbekommen, dass du meine Freundin bist. Du hast wohl schon am ersten Tag meinen Namen erwähnt und ich hatte deinen natürlich auch mal erwähnt und dann kam eines zum anderen und in kürzester Zeit war ihr klar, wer diese Sophie in ihrer Yogastunde ist. Nicht nur war sie brennend eifersüchtig, jetzt wurden ihre Erpressungsversuche immer unverfrorener. Sie schickte mir die Fotos, die ihre Freundinnen von uns gemacht hatten. Wollte dir wilde Geschichten über uns erzählen, dir die Fotos schicken, hat irgendwelche obskuren Zeuginnen ausgegraben, die bestätigen würden, dass zwischen mir und ihr etwas liefe, und so ging es immer weiter. Jeden Tag dachte ich, dass die Bombe jetzt platzt, dass sie dich mit irgendwelchen Lügengeschichten konfrontieren wird. Und wenn du am Abend normal warst, kam zwar einerseits Erleichterung hoch, aber andererseits auch wieder die Angst, dass es am nächsten Tag so weit sein könnte. Ich weiß, wie überzeugend Tamara sein kann, ich bin ja selbst immer wieder darauf reingefallen. Deshalb habe ich ihr auch immer wieder geglaubt, wenn sie mich um ein letztes Treffen bat, danach würde sie auch aufhören, sie bräuchte nur noch einmal ein finales Klärungsgespräch. Irgendetwas verhinderte dann aber immer wieder, dass sie es gut sein ließ und sie wollte noch einen Punkt geklärt haben und noch einen und noch einen, und so ging es immer weiter. Ich habe mich da einfach in etwas hereinziehen lassen, aus dem ich nicht mehr rauskam, und je länger es dauerte, umso schwieriger wurde es, mit dir darüber zu sprechen. Obwohl ich nichts gemacht habe, fühlte ich mich doch wie ein Verräter. Und Tamara hat das mit ihrer Art noch unterstützt. Sie hat zum Beispiel immer versucht, ihre

Hand auf meinen Arm zu legen und mir dann tief in die Augen geblickt und gesagt, wie sehr sie es genießen würde, dass wir uns jetzt so oft sehen und uns wieder näherkommen. Dass sie es so zu schätzen wüsste, dass ich ihr eine zweite Chance gäbe. Dass unsere Liebe doch nie vorbei gewesen sei. Dabei hat ihre Freundin eifrig geknipst und auf den Bildern sah es tatsächlich aus, als hätten wir ein romantisches Date gehabt. Es tut mir leid, Sophie", sagt er, als er Sophies verletzten Blick sieht, „aber ich möchte, dass jetzt alles herauskommt. Ich will nicht, dass irgendetwas zwischen uns steht, ich habe lange genug damit gelebt, dieses Geheimnis vor dir zu haben, und damit muss jetzt Schluss sein. Und ich garantiere dir – nichts von den Sachen, die sie sagte, ist auch nur ansatzweise wahr. Ich war bestenfalls höflich zu ihr, das war alles. Und oft noch nicht einmal das. Ich betonte immer wieder, wie sehr ich dich liebe und dass die Sache mit ihr und mir hundertprozentig aus und vorbei sei, aber sie wollte es einfach nicht glauben. Lebt mal wieder in ihrer eigenen Welt. Es wurde immer irrer. Das Einzige, das sie stets wollte, war nur ein einziges Treffen und dann sei es vorbei und sie würde aufhören. Ich wusste nicht mehr, was ich machen sollte. Und ich machte mit. So ging es über ein paar Wochen, und diese Wochen waren die schlimmsten meines Lebens. Und jetzt bitte ich dich darum, mir zu verzeihen. Ich bitte dich darum, meine Schwäche als das anzusehen, was es war, und mir zu glauben, dass ich dich niemals, auch nicht für eine Sekunde weniger als bislang geliebt habe. Im Gegenteil – die Vorstellung, dich zu verlieren, schnürte mir die Luft ab, sie machte mir eine so unvorstellbare Angst, ich kann es gar nicht in Worte fassen. Sophie, jeden Tag danke ich Gott dafür, dich in meinem Leben zu haben und an meiner Seite zu wissen. Dich abends in den Arm zu nehmen und morgens in dein schlafendes Gesicht zu schauen, sind Momente größten Glücks für mich und jedes Mal wird mir bewusst, dass ich da bin, um hinter dir zu stehen, für dich da zu sein und dich zu unterstützen. Und doch habe ich so kläglich versagt! Sophie, bitte glaube mir, wenn ich dir verspreche, dass so etwas nie wieder vorkommen wird. Ich liebe dich und ich werde alles tun, damit wir beide glücklich werden, so glücklich wie vor dieser Episode und noch mehr. Bitte vertraue weiter in mich Sophie, wende dich nicht von mir ab, nur weil ich einen Fehler gemacht habe. Ich verspreche dir: Ich war dir niemals, zu keiner Sekunde, untreu und meine Liebe zu dir hat niemals abgenommen. Bitte, Sophie, verzeih mir."

Tränen der Erleichterung laufen über Sophies Wangen und sie wirft sich in Patricks Arme. Aber irgendwie ist sie immer noch skeptisch.

„Und was ist mit Paris?", fragt sie mit tränenerstickter Stimme. „Mit den heißen Nächten in Paris?"

„Paris?", fragt Patrick erstaunt. „Ich war schon ewig nicht mehr in Paris und heiße Nächte hatte ich dort noch nie. Nur verdammt viel Arbeit. Wovon sprichst du, Sophie?"

Mit zitternden Händen holt Sophie ihr Handy hervor und geht auf Tamaras öffentliches Profil, um Patrick die Fotos von ihm bei romantischen Abendessen zu zeigen, die mit „Heiße Nächte in Paris" betitelt sind.

Patrick fallen fast die Augen aus dem Kopf und dann wird er knallrot vor Wut. So hat Sophie ihn noch nie gesehen.

„Diese Hexe, sie ist noch verrückter, als ich dachte. Sophie, hast du wirklich geglaubt, ich sei mit dieser Frau hinter deinem Rücken in Paris gewesen? Ich zeige sie an, das meine ich ernst. Es mag sich verrückt anhören und ich verstehe, falls du mir nicht glaubst. Aber diese Fotos sind so nie entstanden. Ja, ich war in diesen Läden und ja, auch mit Tamara zu den immer gleichen Gesprächen, aber weder war es Abend, so wie es auf den Bildern aussieht, noch brannte romantisches Kerzenlicht, und Wein haben wir auch nicht getrunken. Ich weiß nicht, wie diese Verrückte das gemacht hat, aber diese Bilder sind gefälscht, Sophie, bitte, glaub mir. Ich habe immer nur einen Kaffee getrunken und bin nach spätestens einer halben Stunde abgehauen. Aber ich verstehe natürlich, wenn du mir das nicht glauben kannst", sagt er und vergräbt den Kopf in seinen Händen. „Es hört sich einfach zu unwahrscheinlich an."

„Nein, das tut es nicht", gibt Sophie zurück. „Im Normalfall schon, aber Blair hat mich vom Flughafen abgeholt und mir schon gesagt, dass die Bilder mit Photoshop bearbeitet wurden. Sie hat irgendwelche Freunde, die das feststellen können. Daher bin ich jetzt auch hier. Blair hat mich überredet."

„Gott segne Blair", sagt Patrick und schaut ungläubig und erleichtert hoch. „Das heißt, du glaubst mir, mein Schatz? Oh Gott, Sophie, und mit diesem Glauben musstest du leben? Dass ich mit einer anderen Frau in Paris gewesen bin? Meine Güte, wie schlimm muss das für dich gewesen sein. Jetzt verstehe ich natürlich, warum an dich kein Rankommen mehr war und du mich so vehement abgewiesen hast. Hätte ich solche Fotos gesehen, ich hätte bestimmt genauso reagiert. Ich bringe sie um, Sophie, ich meine es ernst."

„Nein!!!", kommt es da von Gott, „wir haben hier oben gerade schon genug miteinander zu tun, wir brauchen nicht noch eine Aufrührerin. Schlagt ihr euch mal da unten weiter miteinander rum, aber lasst uns für den Moment in Ruhe."

Sophie muss gegen ihren Willen lächeln.

„Ich glaube, sie können Tamara im Jenseits im Moment nicht so gut gebrauchen", sagt sie und grinst den erstaunten Patrick an. „Das willst du ihnen nicht antun." Dann fügt sie ernster hinzu: „Und Patrick, diese Frau ist es nicht wert, dass wir ihr noch weiter Energie schenken. Wir sollten uns lieber auf uns konzentrieren, okay?"

Patrick sieht sie erleichtert und mit Zärtlichkeit in den Augen an. „Das heißt, du glaubst mir, Sophie? Du glaubst mir, dass ich immer nur dich wollte und nie eine andere? Dass ich dich nie hintergehen würde?"

Jetzt lächelt Sophie voller Erleichterung.

„Ja, Patrick, ich glaube dir und ich liebe dich. Lass uns nach vorne blicken." Und damit fangen die beiden an, sich lange und innig zu küssen. Sophie meint, in ihrem Kopf Applaus aus dem Himmel zu hören. „Ruhe!", denkt sie und dann konzentriert sie sich nur noch auf den geliebten Mann in ihren Armen.

„Sophie", fragt Patrick, nachdem sie sich ausgiebig genossen haben, bei Sophie von vielen Glückstränen begleitet und bei Patrick von mehreren ungläubigen, seligen Blicken. „In letzter Zeit haben wir uns so wenig gesehen und so viel mit anderen Menschen unternommen ... ich schlage jetzt nicht vor, dass wir aufhören zu arbeiten, aber meinst du, zumindest die nächsten Abende können wir uns mal nur auf uns konzentrieren und uns, unsere neue Wohnung und unsere Zweisamkeit genießen? Ich habe dich so sehr vermisst, wenn es nach mir ginge, bräuchte ich in nächster Zeit erst einmal niemand anderen zu sehen."

Und so machen sie es. Sie nehmen sich morgens viel Zeit füreinander und frühstücken gemeinsam, um sich abends zu treffen, lange Sparziergänge zu machen, zusammen zu kochen, Scrabble zu spielen oder Fernsehen zu schauen, aber immer Arm in Arm und in lang vermisster Vertrautheit. Sophie ist einfach nur glücklich und nach dem Urlaub und dann der ruhigen, beschaulichen Woche mit Patrick vibriert sie nur so vor Energie und merkt, dass es an der Zeit ist, ihre Kollektion ihrem engsten Kreis vorzustellen.

Die Stücke werden innerhalb der nächsten paar Wochen alle genäht sein und das wird auch Zeit, denn sie wird sich für die London Fashion Week im Herbst vorbereiten müssen – mit professioneller Modenschau und allem. Aber bevor es so weit ist, wird sie die Sachen wie schon letztes Jahr zunächst ihrem Freundeskreis vorstellen. Das Feedback ihrer Freunde ist ihr wichtiger als alles andere.

. . .

Aber bevor sie sich darum Gedanken macht, freut sie sich auf heute Abend, denn sie sind alle bei Josh im Restaurant eingeladen. Sie und Patrick, Aishley und Nicolai, Rose natürlich und auch Blair, aber auch Danny und Rob, da Josh ja Aishleys Bilder in seinem Restaurant aufhängen möchte und Danny ihr Galerist ist, mit dem er das alles besprechen muss. Und da sie schon einmal dabei sind, laden sie der Vollständigkeit halber auch noch Claire und Lydia ein. Sophie ist schon den ganzen Tag aufgeregt – all ihre Liebsten auf einem Fleck in einem der tollsten Restaurants Londons, in dem sie zudem noch nie war, da es so gut wie unmöglich ist, dort einen Tisch zu ergattern. Aber heute hat Josh sichergestellt, dass ihre ganze große Truppe Platz findet. Sophie geht extra etwas früher aus dem Atelier nach Hause, um sich für heute Abend schön zu machen. Sie spürt, sie hat etwas zu feiern. Patrick und sie sind so glücklich wie schon lange nicht mehr und sie fühlt sich in der Beziehung wohl und geborgen, ihre Kollektion ist bald fertig und bringt frischen Wind und eine große Vorfreude in ihr Leben. Sie fühlt sich gesund und strahlend und wird heute alle ihre liebsten Menschen zu einem fantastischen Dinner treffen. Wie es ihre Angewohnheit ist, nimmt sie ein langes Schaumbad und hört Musik. Heute mal italienische Opernmusik, wo sie so tut, als würde sie laut mitsingen, obwohl sie kaum ein Wort italienisch kann. Aber ihr Lieblingswort ‚Amore' kommt immer wieder vor und zumindest das kann sie voller Leidenschaft mitschmettern. Dann nimmt sie ihre ganz besonders exklusive Körperlotion aus dem Schrank, nämlich die zu ihrem Parfum ‚Mademoiselle' passende Lotion von Chanel. Die trägt sie nur zu besonderen Gelegenheiten auf, aber heute ist solch eine Gelegenheit. Dann macht sie sich besonders sorgfältig zurecht, schlüpft in ein kurzes, weich fallendes Seidenkleid von Gucci mit relativ gewagtem Ausschnitt, ein bisschen schöner Schmuck, die Haare in sanfte Wellen geföhnt, High Heels an die Füße und fertig ist sie. Sie dreht sich vor dem Spiegel und ihr gefällt, was sie sieht. Da öffnet sich auch schon die Tür, Patrick kommt herein, stößt einen bewundernden Pfiff aus und nimmt sie begehrlich in die Arme, aus denen sie sich jedoch lösen kann, um ihn in die Dusche zu schicken. Fünfzehn Minuten später steht er in einem legeren Anzug vor ihr und sieht aus wie einem italienischen Männermagazin entsprungen. Sophie ist mal wieder so stolz, diesen Mann an ihrer Seite zu haben! Dann nehmen sie ein Taxi nach Mayfair, wo sie das *Gravy* hinter einer unscheinbaren Fassade erwartet. Auch das Schild ist kaum sichtbar, wohl um keine ungebetenen Gäste zu einem Besuch zu motivieren. Einmal drinnen sind sie wie verzaubert. Josh hat das Restaurant mit viel Stil und Feingefühl eingerichtet und gleich beim Eintreten fühlt man sich wie in einer anderen Welt. Ob es das Licht und die gut abgestimmte Farbgebung ist oder der Pianospieler in der Ecke oder auch die gute Verteilung der Tische, die ein Gefühl von Privatsphäre und zugleich Intimität vermittelt – Sophie weiß es nicht. Sie weiß nur, dass man sich hier auf Anhieb wohlfühlt und versteht sofort, wieso das Restaurant schon seit langer Zeit eine Institution ist und seine Stammgäste so gerne wiederkommen. Wenn das Essen auch nur halb so gut ist wie die Atmosphäre, so ist dies ein nachhaltiges Erfolgsrezept. Gekrönt wird das Ganze von professionellen aber zugleich herzlichen Kellnern und dann natürlich von Josh, der strahlend aus der Küche kommt, Sophie fest umarmt und Patrick lange die Hand schüttelt. Er fühle sich geehrt, sie dazuhaben, sagt er sogleich, Rose sei schon angekommen. Und damit führt er sie in einen kleinen gemütlichen Nebenraum, wo Rose schon mit geröteten Wangen vor einem Glas Champagner und ein paar kleinen Snacks sitzt. Josh schenkt auch Sophie ein Glas Champagner ein und Patrick entscheidet sich für ein Bier. Und dann trudeln auch schon langsam die anderen aus ihrem Grüppchen ein und sie machen in kürzester Zeit so einen Lärm, dass Sophie Sorge hat, sie würden die Gäste im Hauptrestaurant stören. Aber

Josh sieht das Ganze gelassen und wenn er sich nicht gerade um die anderen Gäste kümmern oder neue Gäste begrüßen muss, sitzt er bei ihnen und nimmt an dem lebhaften Gespräch teil. Es fasziniert Sophie, was für eine gelassene Ausstrahlung er hat, selbst hier an seinem Arbeitsplatz. Bevor der Abend vorbei ist, nimmt sie ihn zur Seite und bespricht flüsternd etwas mit ihm. Er hört zu, nickt, überprüft ein paar Daten in seinem Reservationsbuch und schüttelt dann ihre Hand. Sophie sagt den anderen nicht, worum es geht, sondern gibt sich geheimnisvoll. Dann sind sie die letzten im Restaurant und als es ans Bezahlen geht, weigert Josh sich, ihnen die Rechnung zu bringen, sondern stellt stattdessen noch Schnaps für alle auf den Tisch, was zu lauter Empörung, aber auch zu Verzückungslauten führt. Dafür werden sie sich revanchieren, versprechen sie ihm. In Zukunft wird er zu ihren Freundestreffen eingeladen und da werden sie ihn verwöhnen, wenn auch ihr Essen nie an die göttlichen Speisen im *Gravy* herankommen kann, wie sie ihm versichern. Und tatsächlich war es ein durch und durch gelungener Abend, vor allem da alle heilfroh waren, dass Sophie und Patrick wieder glücklich vereint sind. Die ganze Geschichte hat den Freunden sehr zu schaffen gemacht und heute merkt man, wie die Spannung sich löst und in fröhliche Erleichterung umkippt. Dann ist es aber irgendwann doch einmal Zeit zu gehen, alle verabschieden sich voneinander und von Josh. Sophie und Patrick nehmen ein Taxi nach Hause und fallen glücklich ins Bett.

Obwohl sie am Vortag recht viel getrunken haben, wacht Sophie am nächsten Morgen voller Energie auf. Draußen ist Sommer, die Vöglein zwitschern und sie fühlt sich wie neugeboren. Mit Josh hat sie gestern ausgemacht, dass die erste Präsentation ihrer Kollektion in kleinem Kreise im *Gravy* stattfinden wird, und dafür gibt es jetzt noch viel vorzubereiten. Es erinnert sie sehr an letztes Jahr, als sie ihre erste Kollektion ihren engsten Freunden vorgestellt hat, nur machen sie und die anderen Beteiligten es diesmal nicht zum ersten Mal, was das Ganze wesentlich vereinfacht. Sie misst, schneidet und näht und zwischendurch ruft sie Lucas an, damit dieser weiß, was er mit dem Licht zu tun hat. Ein paar Mal trifft sie sich mit Aishleys Nichten, die auch diesmal wieder als Models fungieren werden und sie bespricht mit ihrem Friseur Reno, wie er sie und die beiden Mädels zurechtmachen soll. Zudem hat sie diesmal Blairs unermessliche Hilfe bei allem und auch um Essen und Trinken wird sie sich nicht kümmern müssen, da dies alles in Joshs' Verantwortungsbereich fällt. Die Einladungen an das kleine Grüppchen sind schon per E-Mail verschickt und alle haben umgehend ihr Kommen zugesagt. Obwohl sie das erst zum zweiten Mal macht, sind Sophies Pre-Launch-Events etwas, das keiner ihrer Freunde mehr verpassen will.

Und dann ist der Tag schließlich da: Ihre neue Kollektion wird das Licht der Welt erblicken!

Es ist Freitag und Sophie nimmt sich wie letztes Jahr alle Zeit der Welt, um sich zu entspannen. Und wie im letzten Jahr zieht sie sich nur eine Jogginghose und ein Sweatshirt an und bleibt ungeschminkt, da sie ja Teile aus ihrer eigenen Kollektion tragen wird und sich direkt vor Ort von Reno zurechtmachen lässt. Aber dafür geht sie zur Pediküre und Maniküre, badet lange, rasiert sich sorgfältig die Beine und Achselhaare und cremt sich wie immer dick ein. Auch ihr Parfum darf natürlich nicht fehlen, sozusagen ihr Markenzeichen und passend zu jedem Look. Und dann geht es los. Sie vibriert fast vor Vorfreude. Sie hat die letzte Kollektion schon geliebt, aber diese hier ist noch spezieller, noch einzigartiger und extrem lebensfroh. Versace sei Dank! Dann nimmt sie sich ein Taxi und fährt nach Mayfair ins

Gravy. Sie hatte Josh eigentlich vorgeschlagen, dass sie das Event an einem Montag machen, wenn im *Gravy* Ruhetag ist, aber er hat darauf bestanden, dass sie es an einem Freitag macht und er das Schild ‚geschlossene Gesellschaft' draußen aufstellt, was er nur selten tut, da er für seine Stammgäste immer da sein möchte. Zudem hat er die schon bestehenden Reservierungen kurzerhand storniert. *Nun ja,* denkt Sophie, *als Inhaber vom Gravy kann man sich so etwas wahrscheinlich erlauben.* Sie ist ihm extrem dankbar, aber sie hat auch das Gefühl, dass er im Moment sehr viel tun würde, nur um Rose zu sehen, und das war vielleicht der ausschlaggebende Punkt für sein extrem zuvorkommendes Verhalten. Als sie ankommt, ist Josh schon da und begrüßt sie herzlich. Zudem besteht er darauf, dass sie zur Einstimmung auf den Abend ein Glas Champagner trinken. Da kann Sophie immer schlecht Nein sagen, zudem liegen ihre Nerven doch etwas blank und ein Schluck Champagner wird ihr sicherlich guttun. Sie stoßen an, nicht nur auf diesen Abend, sondern auch auf ihre neue Freundschaft. Und dann kommt auch schon – wie immer laut und unübersehbar wie ein Wirbelwind – ihr Friseur Reno in das Restaurant gestürmt.

„Schätzchen", ruft er, sobald er durch die Tür ist, „du wirst von Tag zu Tag posher, das GRAVY, mit wem musstest du ins Bett steigen, um das zu bekommen?"

Josh lacht. „Das wäre mit mir gewesen, aber ich habe mich entschieden, dieser talentierten jungen Dame das Restaurant auch ohne diese gewisse Gegenleistung zur Verfügung zu stellen." Und mit einem Blick auf Sophie: „Nicht, dass ich ihre Reize nicht zu schätzen wüsste, aber ich denke doch, die sind einem anderen vorbehalten."

Damit streckt er eine Hand aus: „Josh, freut mich."

Reno schüttelt sie leicht verlegen. „Hallo, ich bin Reno, Sophies Friseur, aber auch sonst der Mann für alle Sorgen und Nöte." Dann schaut er sich Joshs Haare an.

„Schöne Haare übrigens, schön gepflegt. Welches Produkt benutzt du?"

Josh schaut ihn mit großen Augen an. Solch eine Frage wurde ihm noch nie gestellt und schon gar nicht von einem Mann. Unsicher fährt er sich durch die Haare.

„Ich weiß nicht genau, darüber habe ich mir noch nie Gedanken gemacht", antwortet er sichtlich um die richtigen Worte bemüht.

„Hach", kommt es da in Sophies Kopf von Gott. „Was habe ich nur mit diesen Männern falsch gemacht? Er benutzt seit Jahren das gleiche Shampoo und kann sich immer noch nicht an den Namen erinnern? Kiehls benutzt er. Kiehls. Das kannst du ihm ruhig mal sagen. Aber was beschwere ich mich? Ich wünschte, ich hätte solche Männer hier oben. Hier ist es mittlerweile wie in einer Manege. Alle sind braun, parfümiert und laufen in glitzernden Klamotten herum. Manchmal weiß ich gar nicht mehr, wo ich hier bin. Dieser Gianni hat doch für ganz schön Wirbel gesorgt, seit er durch dich wieder designen kann. Dieses bisschen da unten auf Erden reicht ihm nicht, jetzt muss er auch noch den ganzen Himmel einkleiden. Und seit Hubert Givenchy hier ist, ist es nur noch schlimmer geworden. Die beiden sind nicht zu bremsen und kleiden alle in opulente Gewänder. Mich wollten sie auch schon in so ein Ding stecken, kannst du dir das vorstellen? Seit tausenden von Jahren predige ich Bescheidenheit und dann kommen da so ein paar kreative Kauze und stellen alles auf den Kopf."

„Kiehls", sagt Sophie jetzt, bevor Gott sich noch weiter ereifern kann. „Josh benutzt Kiehls."

Zwei Paar Augen sehen Sophie verdutzt an.

„Jetzt wo du es sagst, Sophie, du hast recht", sagt Josh verblüfft. „Woher weißt du das? Kennen wir uns vielleicht doch besser, als ich dachte? Habe ich irgendetwas vergessen, was zwischen uns passiert ist? Doch zu viel Wein gehabt?"

„Das frage ich mich allerdings auch", sagt Reno und stützt

die Fäuste in die Seiten. „Du weißt, vor mir gibt es keine Geheimnisse."

„Das weiß ich allerdings, Reno", lacht Sophie. „Es gibt nicht nur vor dir keine Geheimnisse, sondern auch nicht mit dir. Sobald du es weißt, weiß es auch der Rest von London", sagt sie lachend, während sie eifrig darüber nachdenkt, wie sie aus dieser Sache wieder herauskommt. Woher zum Teufel könnte sie wissen, was Josh für ein Shampoo benutzt?

„Das kannst du ganz alleine ausbaden", antwortet Gott leicht beleidigt. „Mich mitten in meinen Ausführungen zu unterbrechen, sich dann mit meinem Wissen rühmen und dann noch den Teufel anzurufen, da kannst du dir jetzt selbst überlegen, was du sagst."

„Aha, so viel also zu selbstloser Liebe", denkt Sophie.

„Die ist schon selbstlos", sagt Gott, „aber ich muss es euch ja nicht immer so einfach machen."

Josh und Reno starren sie weiterhin erwartungsvoll an. Aus der Sache kommt sie jetzt nicht mehr raus.

„Ich habe es gerochen", sagt sie also. „Ich bin sehr gut im Shampoo-Riechen, habe damit sogar früher mal Wetten gewonnen." *Was erzähl ich da nur für einen Mist?*, denkt sie.

Und die beiden sehen sie an, als würden sie genau das Gleiche denken.

„So, so, du bist also eine gute Shampoo-Riecherin", sagt Reno jetzt mit einer ordentlichen Portion Skepsis in der Stimme. „Ist mir noch nie aufgefallen. Aber gut, was soll's, lass uns zur Arbeit schreiten. Erzähl, wie ich dich zurechtmachen soll und du wirst dich im Spiegel nicht mehr wiedererkennen. Danken wirst du Meister Reno danach, mit Freudentränen in den Augen wirst du mir danken!"

Und dann kommen wie auf Kommando auch schon Liv und Sam, Aishleys Nichten, hereingeschneit, zusammen mit Lucas, der hinter ihnen unter der Last seines Equipments fast zusammenbricht. Damit ist das Vorbereitungskommittee komplett. Die anderen werden in zwei Stunden aufschlagen und dann geht es los. Aber bis dahin gibt es noch viel vorzubereiten! Josh macht sich in der Küche zu schaffen, Lucas bringt all die Kleidungsstücke herein, die er am Tag zuvor bei Sophie im Atelier abgeholt hat, dann schiebt er alle Tische und Stühle zur Seite, baut eine provisorische Bühne auf und stellt jeweils eine Stuhlreihe links und rechts davon auf. Als Backstagebereich benutzen sie den Raum, in dem sie letztens gegessen haben. Dort macht Reno jetzt die Mädels zurecht, während Lucas sich um das Licht kümmert und Josh damit beginnt, eine Bar sowie ein kleines aber feines Buffet aufzubauen. Es ist eine angenehme, entspannte Stimmung. Letztes Jahr war das noch ganz anders. Da wussten Sophies Freunde noch nicht, dass sie Designerin werden will und es war eine riesige Überraschung für alle. Auch hat sie damals noch ganz alleine an der Kollektion gearbeitet und hatte keinen anderweitigen Input. Nun ja, zumindest keinen irdischen. Dieses Jahr hat sie ein ganz anderes Selbstbewusstsein. Nicht nur dass sie jetzt weiß, dass sie Kollektionen entwerfen kann, die gut ankommen und sich verkaufen, nein, zudem hat Blair sie unterstützt und Sophie weiß deren kritisches Auge zu schätzen. Außerdem ist sie in diese Kollektion hier wirklich verliebt. Aber das war sie in die letzte auch schon, wenn sie ehrlich zu sich ist. Wenn man etwas macht, das einem Spaß macht, so macht man es auch gut. Das Eine scheint mit dem Anderen Hand in Hand zu gehen. Reno macht sie diesmal ziemlich wild zurecht. Das passt zu Versace. Die Haare werden auf dem Kopf zusammengesteckt und teilweise wieder herausgezupft, sodass sie aussehen, als hätte man sich nach dem Bett noch ungekämmt schnell einen Dutt gemacht. Die Augen werden dramatisch geschminkt, mit viel Blau, Glitzer und Gold. Die drei sehen wirklich scharf aus, findet Sophie. Kaum wiederzuerkennen. Dann schlüpfen sie in ihr erstes Outfit, die schwarzen Kleider mit den goldenen Bordüren, in denen sie auch ihre Gäste begrüßen werden. Dazu tragen sie schwarze High

Heels und in der ersten Version sind die Kleider noch knielang mit langen Ärmeln.

Als Erstes kommt Blair mit Rose hineingeschneit. Sophie beobachtet, wie sich Josh's Wangen vor Aufregung röten. als er Rose sieht, und muss lächeln. Sie findet es unglaublich süß, wie so ein selbstbewusster, erfolgreicher Mann plötzlich wieder zu einem kleinen Jungen wird, wenn es um die Liebe geht. *Da sind wir dann alle wieder gleich,* denkt sie. *Kaum ist man verliebt, geht alle Souveränität flöten. Egal, wie jung, alt, arm oder reich wir sind.*

Kurz darauf trudeln auch alle anderen ein: Patrick, Aishley, Nicolai, Rob, Danny, Lydia und Claire sind natürlich da. Aber diesmal haben sie auch noch Roses Chefin Jolanda Waters eingeladen und ihre Assistentin, Lucas´ Freundin Isabelle. Und damit ist die Runde komplett. Letztes Jahr waren nur Aishley, Rob und Danny da. *Verrückt, wie sich der Kreis meiner engsten Freunde in nur einem Jahr erweitert hat,* denkt Sophie. Natürlich ist allen klar, dass die Klamotten, die Liv, Sam und Sophie tragen, aus Sophies neuer Kollektion stammen und alle äußern sich begeistert, auch darüber, wie toll die Mädels zurechtgemacht sind. Lydia möchte am liebsten sofort ein Outfit bestellen, und Sophie muss sie vertrösten, da diese natürlich noch gar nicht in Produktion sind, aber bald sollte es so weit sein. Sie unterhalten sich alle aufgeregt, Patrick ist liebevoll an Sophies Seite und hat stets leicht seine Hand um ihre Taille gelegt, während alle anderen schon wieder kräftig Champagner trinken, Joshs ausgezeichnete Häppchen essen und sich auf die Modenschau freuen.

Und dann geht es los. Sophie, Sam und Liv gehen nach hinten, und Lucas legt *Material Girl* von Madonna auf. Versace war einer der ersten Designer, der Mode und Musiker zusammengebracht hat und er war mit vielen von ihnen eng befreundet. So möchte Sophie jetzt auch Musik von den ihm nahestehenden Künstlern spielen und natürlich Songs aus dieser Zeit. Alle drei gehen gleichzeitig auf die

Bühne und fangen an, ihre Kleider zu verändern. Liv macht die knielange Verlängerung ab und sieht nun unglaublich sexy aus, was sogleich Pfiffe aus dem Publikum auslöst. Dann knöpft sie die Ärmel ab, hat nun ein sommerliches 60er-Jahre-Kleid an und geht unter lautem Applaus von der Bühne. Dann kommt Sam. Sie löst ebenfalls die Verlängerung und knöpft stattdessen rhythmisch einen süßen runden Kragen an, der dem Kleid noch einen zusätzlichen Pfiff gibt. Jetzt kommt Sophie, die das Kleid knielang lässt und sich einen weiten Rollkragen anknöpft, der locker um ihren Nacken fällt und das Kleid extrem elegant aussehen lässt. Auch sie bekommt jubelnden Applaus. Dann wiederholen die drei dies noch einmal mit der weißen Kollektion, diesmal in leicht abgewandelter Form. Das Publikum ist begeistert. Daraufhin ziehen sie sich enge Jeans und hochhackige Sandalen an und stellen die Blusen und Pullis vor. Die schwarzen und weißen haben goldene und silberne Bordüren und die bunten zieren Gemälde der italienischen Meister - natürlich allesamt abwandelbar. Das Publikum kommt aus dem Klatschen und den begeisterten Rufen gar nicht mehr heraus. Gekrönt wird dieser Teil von den Ponchos, die schließlich über die Blusen und Pullover gezogen werden. Alle drei kommen gemeinsam auf die Bühne, die Eine im Poncho ohne alles, die Nächste mit Fellkragen und die Dritte mit Kapuze, jeweils mit Regenschirmen in der Hand und sich zu *Purple Rain* bewegend. Ihr kleines Publikum gibt mittlerweile Standing Ovations, aber es geht ja noch weiter. Jetzt kommt Sophies Lieblingspart, der Teil, in dem sie die bunten Catsuits vorstellen. Sie lassen die hochhackigen Sandalen an und eine nach der anderen stolziert jetzt auf die Bühne und stellt sich in provokanter Pose vor das Publikum. Dann beginnt *Vogue* von Madonna und die Catsuits werden passend zum Rhythmus des Songs abgewandelt, mit langen Ärmeln, schmalen Schleifen und Krägen. Als die Musik mit einem Schlag aufhört und alle drei in ihrer Pose verharren, herrscht für einen kurzen Moment Stille und dann brechen die Zuschauer in Applaus und lauten Jubel aus. Sophie, Liv und Sam strahlen. Doch anstatt dass das Licht angeht, kommt Patrick auf die Bühne und holt Sophie herunter, die merkt, dass ihre beiden Mitmodels gar nicht mehr neben ihr stehen. Jetzt sieht sie auch, wieso nicht - denn diese kommen nun zusammen mit Blair in Yogaoutfits auf die Bühne, die vom Stil her genau zu ihrer Kollektion passen. Die Hosen sind im gleichen Stil gemacht wie der Catsuit und die Oberteile sind uni in jeweils Blau, Gelb und Rot. Dann beginnen sie, zu *Cry me a river* von Justin Timerlake Dehnübungen zu machen. Sophie kann ihren Augen nicht trauen. Das war gar nicht Teil ihrer Show! Sie sieht sich verwirrt um, um zu sehen, ob die anderen verstehen, was gerade vor sich geht, aber diese lachen und klatschen einfach nur und grinsen Sophie an. Sobald sie fertig sind, stellt Blair sich vor die kleine Gruppe hin, der Scheinwerfer fällt auf sie und sie beginnt eine kurze Rede:

„Liebe Sophie, ich fühle mich etwas unpassend, die Rede hier im Namen aller zu halten, da ich dich am kürzesten kenne – na ja, außer Josh vielleicht", sagt sie mit einem Zwinkern zu Josh hin, der, wie Sophie jetzt sieht, seinen Arm um Rose gelegt hat, die sich vertraut hineinkuschelt. Ein kurzes, freudiges Erstaunen flackert in ihr auf, aber dann konzentriert sie sich wieder auf Blairs Worte, die fortfährt: „Aber ich wurde ausgewählt, diese kurze Rede hier zu halten, da ich die Einzige bin, die der Entstehung deiner Kollektion folgen durfte und daher von Anfang an wusste, was für eine fantastische Show uns hier heute erwartet! Wie du weißt, waren und sind wir alle sowie viele tausende deiner Kundinnen schon Fans deiner letzten Kollektion. Aber falls dies noch möglich ist, so hast du dich noch einmal selbst übertroffen. Die Sachen haben nicht nur deinen unverwechselbaren Stil, sondern strahlen auch eine ungemeine Lebensfreude aus und es tut mir in der Seele weh, dass ich mir nicht sofort ein Teil von jedem Stück kaufen kann, sondern warten muss, bis es auf der Fashion Week offiziell eingeführt wird. Ja, so weit bist du gekommen, Sophie! Eine Designerin, die letztes Jahr noch niemand kannte und die dieses Jahr schon auf der Fashion Week dabei ist! Das muss dir erst einmal jemand nachmachen! Wir alle sind auf jeden Fall ungemein stolz darauf, dich bei deinen Schaffensprozessen begleiten zu dürfen. Und ich persönlich bin dankbar dafür, dir und Aishley assistieren zu dürfen. Nicht nur habe ich damit die zwei wundervollsten und talentiertesten Chefinnen, die man sich vorstellen kann, nein, diese Chefinnen sind auch noch enge Freundinnen geworden, die mich immer wieder inspirieren und dazu anhalten, mein Bestes zu geben. Und nicht zu vergessen, wie viele andere wunderbare Menschen durch euch in mein Leben kamen", ergänzt sie und blickt vielsagend auf die kleine Gruppe vor sich. „Und daher habe ich als kleines Dankeschön eine Mini-Yogakollektion für dich, Aishley und Rose entworfen, ganz im Stil deiner Kollektion, aber natürlich aus Fasern, die für den Sport geeignet sind. Dies sind Unikate und ich hoffe, du freust dich darüber und dass ich meine Dankbarkeit damit ein bisschen ausdrücken konnte. So, aber jetzt genug davon. Ich stehe hier, um dir im Namen von uns allen von Herzen zu gratulieren, Sophie. Wir lieben dich und sind stolz darauf, uns zu deinen Freunden zählen zu dürfen."

Sophie springt auf, läuft auf die improvisierte Bühne und lässt Blair in einer riesigen Umarmung verschwinden. „Meine eigenen von Versace inspirierten Yogasachen, ich danke dir so sehr, Blair, du bist ein Star! Wie hast du das nur noch geschafft neben all den anderen Dingen, die du ständig für Aishley und mich tust? Ich freue mich riesig, jetzt wird mir das Yoga noch mehr Spaß machen. Und ich kann die Hose sogar zum Laufen anziehen", sagt sie grinsend. „Zwei Fliegen mit einer Klappe geschlagen."

Daraufhin stehen alle auf, klatschen und einer nach dem

anderen umarmt Sophie und flüstert ihr liebevolle Worte ins Ohr. Patrick hält sie ganz besonders fest und sagt: „Ich kann kaum in Worte fassen, wie glücklich ich mit dir bin, Sophie Vanderbilt. Du bist meine Liebe, meine Inspiration, der Grund, weshalb ich morgens aufwachen möchte. Dich an meiner Seite zu haben, gibt mir immer wieder die Gewissheit, dass alles gut wird. Deine Ausstrahlung, dein Lachen, deine Freude und deine Präsenz sind Balsam für mich. Und dass du dann auch noch so gnadenlos talentiert bist, lässt mich vor Bewunderung mit offenem Mund dastehen. Ich fühle mich unendlich gesegnet, der Mann an deiner Seite sein zu dürfen. Ich liebe dich!"

„Ich liebe dich auch, Patrick", flüstert Sophie zurück und dann steht auch schon Jolanda Waters auf der provisorischen Bühne, von Lucas professionell angestrahlt.

„Sophie, ich mache es kurz. Blair hat schon alles gesagt, was es zu sagen gibt, ich möchte mich nur im Namen von Harrods bei dir für die stets wundervolle Zusammenarbeit bedanken, und dass du unser Haus mit deinen Stücken noch weiter aufwertest. Nicht nur ich persönlich bin ein großer Fan deiner Kollektionen, nein, jeder bei Harrods steht voll hinter dir und glaubt an dich und deine Zukunft. Daher würden wir uns geehrt fühlen, wenn wir auch diese Kollektion wieder exklusiv für dich vertreiben dürften. Ich bin fest davon überzeugt, dass es in dieser Partnerschaft noch viel Raum für Neues und Unerwartetes gibt und diese Kollektion ist der Anfang dieses Unerwarteten. Denn obwohl ich natürlich davon ausgegangen bin, dass es auch diesmal wieder um knöpfbare Stücke geht, so hast du mich doch mit deiner Kreativität und deinem Perfektionismus in der Ausführung wieder einmal vom Hocker gerissen. Auf eine gute Zusammenarbeit, Sophie", sagt sie, hebt ihr Champagnerglas und alle rufen „Auf Sophie!"

Sophie geht zu Jolanda und umarmt diese fest. Dann mischt Josh sich ein und ruft der Gruppe zu: „So, und jetzt hoffe ich, dass ihr meinen Weinkeller leeren werdet. Es ist mehr als genug da und heute geht alles auf mich, also haut rein."

Sophie sieht ihn erschrocken an und läuft zu ihm hinüber: „Josh, das kannst du doch nicht machen, das war nicht ausgemacht. Natürlich zahle ich dafür. Das ist doch keine Frage. Dass du nur für mich den Laden geschlossen hast, ist schon Wahnsinn genug."

„Oh nein, Sophie, das hier ist gar nichts. Denn du stehst gerade dem glücklichsten Mann der Welt gegenüber. Rose hat endlich erkannt, dass hinter dem Typen, der sie ab und zu ausführt, auch ein Mann steht, und zwar einer, dessen Herz für sie schlägt und der sie glücklich machen will. Und nach langem und verzweifeltem Buhlen meinerseits zieht Madam jetzt sogar in Erwägung, mich zu erhören. Nicht dass ich denken könnte, sie sei zu einfach zu haben", sagt er jetzt lachend, während Rose von der anderen Seite des Raums zu ihnen herüberschaut und dann mit einem glücklichen Lächeln im Gesicht herüberkommt. Sie schmiegt sich an Josh, der sie selig drückt. „Jedenfalls, Sophie", fährt dieser fort, „hat Rose mir mitgeteilt, dass sie sich nie auf uns eingelassen hätte, wenn es dich nicht geben würde. Denn du hast ihr wohl irgendetwas von Selbstliebe und Königin erzählt, und glaube mir, sie verhält sich wie eine Königin. Wie dem auch sei, du bist wohl diejenige, der ich danken darf, dass ich jetzt dieses Juwel in meinen Armen halte und daher ist es mir eine Ehre, einer unglaublich talentierten Designerin und guten Freundin, wie ich hoffe, diesen Abend spendieren zu dürfen."

Damit umarmen die beiden sich. Dann dreht Sophie sich zu Rose: „Rose, was ist denn hier los? Ich freue mich ja so, aber ich hatte überhaupt keine Ahnung. Wieso hast du denn nichts erzählt?"

„Ach, man muss nicht immer alles gleich ausplappern, Sophie", entgegnet Rose würdevoll.

Dieselbe Rose, die sonst alles sofort loswerden muss,

nichts mit sich selbst ausmachen kann, nicht einmal für ein paar Minuten. Sophie schaut sie mit großen Augen an.

„Rose, du bist wahrlich verändert. Wow! Was ist passiert?"

„Du bist passiert, Sophie. Du und Patrick. Zunächst habe ich mich entschieden, darauf zu vertrauen, dass es noch mehr Männer wie Patrick auf der Welt geben muss. Es war eine bewusste Entscheidung, nicht verbittert und desillusioniert zu werden, sondern daran zu glauben, dass das Glück auch noch zu mir kommt. Und zwar von alleine, ohne dass ich verzweifelt darum kämpfen muss. Und dann habe ich beobachtet, wie du trotz allem Schmerz, den du wegen der Geschichte mit Patrick hattest, so sehr bei dir geblieben bist. Und dann hast du mir die große Rede mit Königin und so weiter gehalten, erinnerst du dich?" Sophie nickt. „Nun, auch wenn ich nicht alles sofort verstanden habe, so haben deine Worte doch bleibenden Eindruck hinterlassen. Ich habe verstanden, dass alles mit dem Selbstwert anfängt und wenn ich mich selber nicht wertschätze, so kann ich auch nicht erwarten, dass es jemand anders tut. Und so habe ich mich auf mich selbst konzentriert, dieses wundervolle Yoga gemacht und schließlich den wertvollsten Mann kennengelernt, ohne dies überhaupt wahrzunehmen. Denn ich wusste tief drin, wenn er der Richtige ist, so wird er da sein, auch wenn ich mich nicht sofort auf ihn stürze." Damit grinst sie Josh an. „Die alte Rose hätte sich sofort an dich herangeworfen und dich damit vergrault, glaube mir das!"

Josh lächelt sie an und drückt ihr einen Kuss auf die Schläfe. „Vielleicht, Rose, aber vielleicht auch nicht. Ich möchte glauben, dass ich Mann genug gewesen wäre, auch hinter einer verzweifelten Fassade den Diamanten zu erkennen, der nur darauf wartet, ans Tageslicht gebracht zu werden. Ich würde hoffen, dass ich dich geheilt und dir das Vertrauen in die Männer wiedergeschenkt hätte. Aber das brauchst du ja nun alles nicht mehr", sagt er lachend. „Du hast es auch alleine geschafft."

„Na ja, vergiss nicht", sagt Rose jetzt mit einem Augenzwinkern, „ich bin schließlich immer noch Rose. Das heißt, mein lieber Josh, dass ich mir sicher bin, dass es für dich immer noch viel zu tun gibt."

Damit grinsen die beiden Sophie nochmals an und wenden sich dann den anderen Gästen zu. Sophie steht noch mit offenem Mund da, als Aishley lachend auf sie zukommt.

„Ich weiß genau, was du denkst, ich bin genauso überrascht wie du. Da schicken wir sie auf alle Plattformen dieser Welt, damit sie etwas zum Daten ergattert und sie nimmt sich mit links den besten Mann, den London zu bieten hat. Na ja, den Zweitbesten", sagt sie mit einem verliebten Blick zu Nicolai. „Jedenfalls haben wir das gut hingekriegt, findest du nicht?", fragt sie und legt einen Arm um Sophie. Da kommen auch schon der hoch gelobte Nicolai sowie Rob und Danny auf sie zu. Nicolai lächelt Sophie begeistert an:

„Sophie, du könntest glatt Italienerin sein! Das ist ein großes Lob von einem eingefleischten Italiener, der nur der Liebe wegen in diesem verregneten Land ist. Aber so sind wir Italiener halt. Für die Liebe tun wir alles, Geld hingegen vergessen wir sofort wieder. Gianni Versace wäre jedenfalls stolz darauf, so eine Hommage an ihn zu sehen."

„Und Gianni ist besonders stolz darauf, von einem Mann wie Nicolai beachtet zu werden", sagt Gott jetzt in Sophies Kopf und hört sich dabei sehr grummelig an. Er mag es offensichtlich nicht, für solche Aussagen zum Dolmetschen eingesetzt zu werden. „Eben, bin doch kein Kuppler", murmelt er nun. „Jedenfalls sitzt Versace jetzt schon seit einer geschlagenen Stunde auf seiner Wolke sieben und starrt diesen Nicolai an, als hätte er noch nie etwas so Faszinierendes gesehen."

Sophie muss grinsen. So reagieren viele auf Nicolai, er ist einfach ein außergewöhnlich schöner Mann. Aber jetzt muss sie sich wieder auf das Gespräch mit ihren Freunden konzentrieren, Gott hat da so eine Angewohnheit, sie abzulenken.

„Danke, Nicolai, das ist lieb, dass du das sagst. Aber vergiss nicht, es war immerhin deine wunderschöne Stadt, die mir die Inspiration zu dieser Kollektion geschenkt hat. Und der allererste Versace-Laden war auch in Mailand, wusstest du das?“, fragt sie ihn.

„Ja, das weiß ich Sophie, und ich denke, damals hätten sie sich nie träumen lassen, dass eine Engländerin sich mal so von ihm inspiriert fühlen wird.“

„Wir haben übrigens auch gute Neuigkeiten“, grinst Danny jetzt.

„Was, habt ihr etwa ein Kind adoptiert oder hat Brad Pitt sich mittlerweile zu einem Besuch in deiner Galerie angekündigt oder war die Börse gestern besonders stark oder schwach oder stabil oder wackelig oder was auch immer sie sein soll?“, fragt Sophie lachend, sich mit dem letzten Statement auf Robs Job als Banker beziehend, den sie nie wirklich verstanden hat und es in diesem Leben auch gar nicht mehr vorhat. Da entwirft sie lieber noch ein bisschen vor sich hin.

„Nein, nein, Sophie, doch nicht Rob und ich. Ich spreche von Aishley und mir.“

„Ach“, machen Rob und Nicolai fast gleichzeitig und sehen die beiden erstaunt an. „War ich etwa so mit Erbsenzählen beschäftigt, mein lieber Danny“, fragt Rob jetzt, „dass ich gar nicht gemerkt habe, dass du unter die Heteros gegangen bist? Meinst du nicht, du hättest mir das in einem stilleren Moment mitteilen können?“

„Ach, ihr spinnt doch alle“, antwortet Danny. „Natürlich bin ich keine Hete geworden. Solange Brad Pitt ein Mann ist, solange bleibe ich auch schwul“, sagt er bestimmt.

„Es ist wirklich schön zu spüren, dass man die Nummer eins ist“, sagt Rob jetzt lachend und gibt Danny einen Kuss auf die Wange.

„Du bist meine Nummer eins im richtigen Leben, in dem man Steuern zahlen und morgens aufstehen muss. Brad ist mein Mann in meinem Traumleben, in dem ich auf Wolke sieben ruhe", sagt er verträumt. „Und glaube mir, dein Anteil ist quantitativ wesentlich höher."

„Du weißt wirklich, wie man Komplimente macht", lacht Rob. „Und da wäre ich schon beinahe beleidigt gewesen. Wie dünnhäutig von mir!"

„Kein Grund, beleidigt zu sein", kommt da auch schon wieder Gottes Stimme. „Die Wolke sieben hier wird ganz klar überschätzt. Wenn dein guter Danny nur eine Ahnung hätte, was da jetzt los ist, dann würde er sich ganz schnell zu seinen Steuern zurücksehnen."

„Die Wolke sieben ist bestimmt überbewertet", gibt Sophie grinsend weiter. „Also, freu dich, lieber Rob, dass du der Mann für die Steuern und das Alltägliche bist."

„Stimmt, muss ja auch jemand machen", sagt Rob. „Ich werde mich wohl damit abfinden müssen, dass ich in dieser erlesenen Gruppe kreativer Köpfe der dröge Banker bin. Aber was soll ich machen? Vielleicht werde ich ja in meinem nächsten Leben auch ein verrückter Künstler und kriege Millionen für irgendwelche Kühe, die ich ausstopfe. Soll ja schon Verrückteres gegeben haben."

„Aber wir freuen uns, dass du uns immer wieder auf den Boden der Tatsachen zurückholst, lieber, verlässlicher Rob!", sagt Sophie jetzt zu ihm und hakt sich bei ihm unter. „Wir können ja nicht alle immer unsere Köpfe in den Wolken haben. Da gibt es dann dich und Patrick, die uns wieder auf die Erde bringen. Da, er steht schon mit Jolanda Waters in der Ecke und handelt ohne Zweifel die Bedingungen meiner Exklusivität mit Harrods aus. Vielleicht sollte ich beleidigt sein, dass er das so an sich reißt, aber um ehrlich zu sein, bin ich froh, mich nicht damit beschäftigen zu müssen. Und er kann das auch viel besser als ich. Mich langweilt dieser Part nur. Also, du siehst, Rob, es muss auch euch Menschen mit Geschäftssinn geben. Wir Kreativen wären sonst in dieser Welt heillos verloren. Aber jetzt zu euch beiden", dreht sie sich zu Danny und Aishley. „Was sind eure großen Neuigkeiten?“

„Na ja, nichts Neues eigentlich“, gibt Aishley zurück, „aber Danny und Josh haben sich jetzt darauf geeinigt, wie meine Bilder hier im *Gravy* gehängt werden und ich freue mich, euch verkünden zu können, dass es morgen schon so weit ist. Das *Gravy*, Londons heißestes Restaurant, wird mindestens für den Rest des Jahres die Werke von Aishley Candel-Gross ausstellen. Damit wird es niemanden mehr in der Crème de la Crème Londons geben, der meine Bilder nicht kennt. Oh, ist das nicht fantastisch, Sophie?“, und damit fällt sie Sophie glücklich um den Hals.

„Aish, ich freue mich ja so, das sind wundervolle Neuigkeiten! Das heißt, dass wir in Zukunft mehr hier essen kommen müssen, bei dem Ambiente deiner Bilder wird das Essen noch besser schmecken. Hoffentlich kommen wir rein – wir werden uns mit dem Inhaber gut stellen müssen“, sagt sie zwinkernd.

Mittlerweile sind auch Claire und Lydia zu ihrem Grüppchen gestoßen.

„Sophie, wir haben auch noch Neuigkeiten“, sagt Claire jetzt und ihre Wangen röten sich leicht. „Wir wollen, dass du es als Erste erfährst.“

„Wir werden heiraten“, platzt es jetzt aus Claire heraus und ihre Wangen glühen förmlich. Selbst Lydia ist rot und leicht verlegen, was man von ihr so gar nicht kennt. „Ihr werdet was?“, schreit Sophie und fällt den beiden abwechselnd immer wieder um den Hals.

„Glückwunsch, ich kann euch gar nicht sagen, wie glücklich ich für euch bin!“

„Und ich wollte dich fragen, ob du meine Trauzeugin sein möchtest, Sophie“, sagt Claire jetzt schüchtern und Sophie merkt, wie ihr die Tränen in die Augen schießen.

„Natürlich will ich das“, sagt sie. „Natürlich! Was für eine Ehre das ist!“

„Und ich wollte dich fragen, ob du mein Trauzeuge sein willst", sagt Lydia jetzt mit Blick auf Danny, dessen Augen immer größer werden und sich, wie Sophie sehen kann, ebenfalls mit Tränen füllen. „Wir sind zwar Konkurrenten, aber wir sind auch Freunde, und ich möchte, dass die Geschäftswelt Spaß macht und nicht von Konkurrenzdenken und spitzen Ellenbogen dominiert wird. Ich möchte, dass wir, Danny, du und ich, dafür stehen, dass es auch in der Geschäftswelt Liebe zwischen den Menschen geben kann und dass man Konkurrent sein und sich trotzdem schätzen und vertrauen kann. Ich möchte durch meine Heirat mit Claire mehr Liebe in die Welt bringen, Danny, und mit der Wahl auf dich als Trauzeugen ebenso. Wirst du Ja sagen? Bitte sag Ja."

„Ja", sagt Danny und die Tränen laufen ihm jetzt frei über das Gesicht. „Ich sage Ja, meine liebe, liebe Freundin und ich fühle mich von Herzen geehrt."

Und dann fallen sie sich alle gegenseitig um den Hals und ein lauter Gratulationstrubel beginnt. Selbst Patrick und Jolanda können sich von ihren Verhandlungen losreißen, um gratulieren zu kommen. Patrick strahlt über das ganze Gesicht.

„Mein Schwesterchen heiratet", sagt er und nimmt sie fest in den Arm. „Zwei der wundervollsten Frauen, die ich kenne, kommen hier zusammen. Ich bin so unendlich glücklich und würde sagen, nächstes Wochenende steht ein Trip nach Somerset an. Unsere Eltern würden es uns nie verzeihen, wenn sie es als Letztes erfahren."

„Und Rex und Leo", murmelt Sophie.

„Und Rex und Leo, ja, natürlich, wie konnte ich die vergessen", sagt Patrick und dann werden noch mehr Champagnerflaschen geköpft, um Sophies Erfolg, Aishleys bevorstehende Ausstellung und Claires und Lydias Verlobung gebührend zu feiern. Und Versace lächelt von Wolke sieben.

EPILOG

Sophie hält die Luft an. Jetzt ist der Moment der Wahrheit gekommen. Sie ist nervöser, als sie gedacht hätte. Jetzt! Eine Pause. Stille. Und dann bricht er los, der Applaus. Sie hört Klatschen und Jubeln und sogar ein wenig Trampeln. Da kommen auch schon Liv und Sam mit ihren vier Freundinnen, die alle für sie Model gespielt haben. Obwohl London Fashion Week ist, und sie gerade ihren größten Auftritt hatte, hat Sophie entschieden, nicht mit professionellen Models zu arbeiten. Sie hat stattdessen junge, lebensfrohe Mädchen gewählt, die ihrer Kollektion mit dem Spaß, den sie an der Sache hatten, noch mehr Pepp gaben. Diese nehmen Sophie jetzt bei der Hand und ziehen sie gegen ihren schwachen Widerstand auf die Bühne. Sie kann kaum etwas sehen, so sehr blendet sie das Blitzlichtgewitter. Aber dann erkennt sie sie: Alle Menschen, die ihr lieb sind, sitzen in der vordersten Reihe: Patrick mit seinen und mit ihren Eltern. Ihre Schwester ist mit ihrem Mann Karl da. Dann natürlich Aishley, Nicolai, Danny, Rob und Rose. Jolanda Winters sitzt mit Isabelle, Kollegen von Harrods und diversen Journalisten dort und auch Lucas ist diesmal mit im Publikum. Nur Blair ist nicht hier, da diese ihr hinter der Bühne geholfen hat, wo auch Reno und sein Team die Models geschminkt und frisiert haben. Der Raum ist dekoriert mit Bildern, die Aishley letztes Jahr in Mailand geschossen hat und die die Zuschauer auf eine italienische Piazza versetzen. *In Andenken an dich,* denkt Sophie und schaut schnell nach oben, wo sie weiß, dass ihr Pate Gianni Versace wahrscheinlich beglückt zuschaut.

„Und nicht nur Gianni", meldet sich Gott zu Wort. „Wir sind alle da und ich habe mir erlaubt, heute ein Fest dir zu Ehren zu geben. Von mir aus mit Selbstbräuner oder Feenstaub oder wie das Zeug heißt. Ist mir egal, ich bin einfach nur stolz auf dich. Du hast auf dein Herz gehört, Sophie, ich hoffe, dass sich noch mehr Menschen von dir inspirieren lassen. Denn ich habe jedem ein eigenes Talent gegeben, auch wenn es nicht immer sofort erkennbar ist. Meistens ist es jedoch das, was ihr am liebsten tut. Ich will einfach nur, dass ihr glücklich seid."

Danke Gott, denkt Sophie mit einem warmen Glühen im Herzen, während sie sich weiterhin verneigt und in die Kameras lächelt.

„Und noch etwas", sagt Gott leicht schüchtern, was Sophie von ihm gar nicht gewohnt ist. Er hört sich fast an, als würde er erröten. „Wir tragen hier gerade alle deine Capes, haben sie ruckzuck nähen lassen. Selbst ich habe eins an und das will was heißen … nur Gianni hat sich für den Catsuit entschieden, war ja klar."

Jetzt muss Sophie wirklich lachen, was hinterher auf den Bildern von der Show hinreißend aussieht. Und dann macht sie sich auf den Weg zurück hinter die Bühne, wo Patrick schon ihren Mantel für sie aufhält.

„Wir haben keine Zeit zu verlieren, junge Dame", sagt er und zwinkert ihr verschwörerisch zu. „Du hast etwas Erholung verdient, also habe ich mir eine Überraschung ausgedacht. Ta ta", macht er dramatisch und zieht dann mit Schwung zwei Flugtickets aus seiner Manteltasche. „Auf geht's, die Seychellen warten!"

Sophie fliegt ihm lachend um den Hals und die beiden machen sich auf in Richtung Flughafen – nicht ahnend, dass sie von einer bunten Himmelsschar in opulenten Gewändern begleitet werden, die eine glitzernde Spur von Feenstaub am Firmament hinterlässt …

DIE FORTSETZUNG IST DA!

Danke, dass du VERSACE SPIELT MIT FEENSTAUB gelesen hast. Jetzt ist auch die Fortsetzung da, **GOTT RETTE MCQUEEN**!

AUS DEM INHALT: Die Hochzeit von Lydia und Claire steht bevor und Sophie und ihre Freunde sind mitten in der Vorbereitung für ein unvergessliches Fest! Da darf natürlich auch die Hochzeitsgarderobe nicht fehlen, die Sophie gemeinsam mit Alexander McQueen und einer gewissen vorlauten Stimme entwirft. Alles scheint perfekt zu laufen, wäre da nur nicht Patricks Cousin Ben, der extra aus Australien angereist ist, um etwas Zeit in London zu verbringen. Aber Sophie wird den Verdacht nicht los, dass er nur da ist, um ihr dazwischenzufunken ...

EIN GESCHENK FÜR DICH

Als Dankeschön fürs Lesen und für deine Treue würde ich dir gerne mein Buch Ticket zur Erde und zurück schenken.

Hierbei handelt es sich um eine spirituelle Fabel, die im Robert-Betz-Verlag zum Bestseller wurde. Wenn auch du die transformierende Geschichte lesen möchtest, so trag dich einfach auf www.annakupka.com für meinen Newsletter ein und ich schicke dir das Buch per E-Mail zu.

Und wieder eine Bitte in eigener Sache:

Als unabhängige Autorin, die ihre Bücher selbst verlegt, steht mir nicht das Marketingbudget der großen Verlage zur Verfügung. Für uns unabhängige Autoren sind daher positive Rezensionen Gold wert. Wenn dir Versace spielt mit Feenstaub also gefallen hat, so würde ich mich riesig über eine Rezension auf Amazon freuen und danke dir dafür schon jetzt von Herzen!

In Liebe, Anna

ÜBER DIE AUTORIN

Anna Camilla Kupka wuchs in Düsseldorf auf, wo sie erst Jura studierte und dann ihren Doktortitel an der Universität Münster erwarb. In Folge besuchte sie die Stanford Graduate School of Business in Kalifornien und lebte 10 Jahre in Dublin. Heute lebt Anna in Zürich und lässt sich dort von den täglichen verrückten Geschichten in und rund um ihren Freundeskreis inspirieren.

www.annakupka.com

BÜCHER VON ANNA CAMILLA KUPKA

In Liebe, Chanel (Sophie Vanderbilt 1)

Versace spielt mit Feenstaub (Sophie Vanderbilt 2)

Gott rette McQueen (Sophie Vanderbilt 3)

Karl der Große (Sophie Vanderbilt 4)

Mollys wundersame Reise (Molly 1)

Molly verzaubert ihre Welt (Molly 2)

Molly, Architektin des Lebens (Molly 3)

Meine Reise ins Glück (Ein Ausfüllbuch - Molly 4)

Ticket zur Erde und zurück

Printed in Poland
by Amazon Fulfillment
Poland Sp. z o.o., Wrocław

58849577R00122